ATRIUM

IRISH CRIME

Sam Millar

Die kalte Kralle

Ein Fall für Karl Kane

Deutsch von Joachim Körber

Atrium Verlag · Zürich

Für Jemma Doyle. Du weißt, warum.

Erster Teil

Citizen Kane

Che Gelida Manina (Deine zarte Hand ist gefroren)
Giacomo Puccini, *La Boheme*

Kapitel **Eins**

The Ice Harvest

»Durch diese schäbigen Straßen muss ein Mann gehen, der selbst nicht schäbig ist ... ein gewöhnlicher und doch ungewöhnlicher Mann. Er redet wie der typische Mann seiner Zeit, geistreich, rüde, mit einem ausgeprägten Sinn für das Groteske, Ekel vor falschem Schein und Abscheu vor dem Banalen.«
Raymond Chandler, *Die simple Kunst des Mordes*

Die Dunkelheit wich dem Morgengrauen, als Karl Kane – der nur einen zu kleinen rosa Morgenmantel trug – die abgeschnittene Hand bemerkte, die neben der Milch und der Morgenzeitung auf der verschneiten Treppenstufe seines Büros / Apartments in der Belfaster Hill Street lag.

»Scheiße ...«, murmelte Kane, nachdem er begriffen hatte, was er da sah.

Aus dem Rorschachmuster der feuchten Flecken in dem frisch gefallenen Schnee schloss Karl blitzschnell, dass diese Hand sich vor gar nicht allzu langer Zeit noch an dem zugehörigen Körper befunden haben musste. Es sah aus, als wäre sie zu einem makabren Handschlag ausgestreckt.

Ein frostiger Wind wehte vom Fluss Lagan herüber und pfiff unter den Morgenmantel und über Karls plötzlich eiskalte Gletscherspalte; er schlotterte. Hastig zog er den Gürtel des Morgenmantels enger, ließ sich auf ein Knie nieder und betrachtete die Hand und alles um sie herum, das noch relevant sein könnte.

»Was zum Teufel ...?« Der kleine Finger fehlte, doch im Gegensatz zur sauberen Schnittkante der abgetrennten Hand war er offenbar achtlos abgebissen worden.

Plötzlich sah Karl etwas zwischen den beiden Säulen ungeleerter Mülleimer am Rande seines Gesichtsfelds. Eine magere Katze mit deutlich sichtbaren Rippen behielt ihn misstrauisch im Auge, während sie den fehlenden blutigen Finger fest zwischen den zusammengebissenen Zähnen in ihrem schmutzigen Maul hielt.

Bei dem Anblick schrumpelte Karls Schwanz zusammen. Er war kein Katzenfreund mehr, seit seine Exfrau Lynne ihm vor vier Jahren eine ins Gesicht geworfen hatte – die Narben hatten man noch monatelang gesehen. Die ausgemergelte Kreatur trug nicht dazu bei, seine Vorbehalte auszuräumen.

»Mistvieh!«, brüllte Karl, stand auf setzte an, nach dem diebischen Tier zu treten, wobei er prompt und unzeremoniell auf dem Allerwertesten landete.

Sofort durchbohrten ihn Schmerzen, die sich in Wellen vom Steiß durch die Wirbelsäule fortpflanzten und ihn jeden einzelnen Wirbel spüren ließen.

»*Scheiße ... oh ...*« Tränen schossen ihm in die Augen, als er das Gewicht zu verlagern versuchte. Zu allem Unglück löste sich auch noch der Gürtel des Morgenmantels, sodass Karl sich unzüchtig entblößte.

Zwei Schulmädchen, die vorbeikamen, kicherten und stießen sich mit den Ellbogen an, als sie die blutige Hand erblickten. Sekunden später liefen sie kreischend die Straße hinunter und warfen ihre Schulranzen achtlos in die Luft.

»Ich hatte heute Morgen im Urin, dass es wieder so ein Scheißtag werden würde …«, murmelte Karl, der rasch die Fassung wiedererlangte und dann linkisch in das warme Haus stolperte, um die Polizei zu rufen.

Kapitel Zwei

Wie ein wilder Stier

»Meine Augen haben gesehen, was meine Hände getan haben.«
Robert Lowell, *Dolphin*

»Haben Sie eine Ahnung, warum Ihnen jemand eine abgeschnittene Hand vor die Tür legt, Mister Kane?«, fragte Detective Malcolm Chambers drei Stunden später, als er in Karls Wohnzimmer stand. Der junge Polizist hielt ein aufgeschlagenes Notizbuch in der Hand. Unmittelbar hinter Chambers summte ein Radio. Ein Song aus den Siebzigern, der Erinnerungen an Motown heraufbeschwor.

»Mich beschäftigt mehr die Frage, welches Arschloch die Presse informiert hat«, sagte Karl, der unbehaglich auf dem Sofa herumrutschte, da sein Steiß vor Schmerzen pochte. Chambers hatte er noch keinen Platz angeboten. »Die lungern schon fast den ganzen Vormittag vor meiner Tür rum, brüllen zum Fenster herauf oder durch den Briefschlitz und verscheuchen meine Klienten.«

»Wir waren das ganz sicher nicht. Die Medien machen unsere Arbeit nie leichter.«

»Außer, wenn sie was für euch durchsickern lassen sollen.«

»Die Hand«, sagte Chambers. »Können Sie sich vorstellen, weshalb sie jemand vor Ihre Tür gelegt hat?«

»Das ist nicht nur *meine* Tür. Ich teile sie mir mit rund zwanzig weiteren Unternehmen und den betrunkenen Idioten, die nachts auf die Treppe pissen.«

»Wir können auf den Sarkasmus und die Flüche verzichten, Mister Kane.«

»Ich denke, wir sind uns beide darin einig, dass der Besitzer dieser Hand von dem Serienkiller zerstückelt wurde, der gerade Belfast unsicher macht.«

Chambers erstarrte. »Die Polizei glaubt nicht, dass es einen Serienkiller gibt.«

»Vielleicht sollten Sie noch mal nachdenken. Zwei abgehackte rechte Hände, und Sie glauben nicht an einen Serienkiller?«

»Die erste Hand – die vor drei Wochen auf dem Hafengelände gefunden wurde – gehörte Kevin Johnson, einem stadtbekannten Wucherer. Den Rest seines Leichnams fand man kurz darauf. Für die Tat haben wir schon jemanden angeklagt.«

»Charley Montgomery? Das ist ein schlechter Witz. Jeder weiß, dass Charley in seinem ganzen Leben nie ein Messer benutzt hat. Sein Modus Operandi ist ein komplettes Magazin in den Rücken – und ich spreche nicht von einer Zeitschrift.«

»Wir haben erdrückende Beweise gegen Mister Montgomery. Zwei Augenzeugen haben ihn am Tatort gesehen und –«

»Blödsinn. Heben Sie sich den Mist für die Kameras draußen auf.«

Chambers' Gesicht lief rot an. »Bitte mäßigen Sie Ihre Ausdrucksweise, Mister Kane. Ich mache nur meine Arbeit als –«

»Sagen Sie mir verdammt noch mal nicht, dass ich meine Ausdrucksweise mäßigen soll!« Karl wurde gereizt. Sein Steißbein brachte ihn um, und die Hämorrhoiden brannten auch wieder. »Wie lange machen Sie schon *nur* Ihren Job als Detective, Detective Chambers?«

»Ich …«

»Ja?«

»Sechs Monate …«

»Sechs Monate. Sechs *Scheiß*monate!« Karl schüttelte den Kopf. »Da trage ich meine Unterwäsche ja schon länger.«

»Sie müssen sich wirklich auf die Fragen konzentrieren, Mister Kane, anstatt –«

»Wir haben uns das letzte Mal vor fünf Monaten auf der Beerdigung von Ivana gesehen. Richtig?«

»Ivana?« Chambers sah einen Moment verwirrt drein. »Oh, Frank Gilmore, der Transvestit, den Robert Hannah ermordet hat?«

»Ivana war *kein* Transvestit. Er war transsexuell. Kriegen Sie nicht mal *das* richtig hin, *Detective?*« Karl wurde allmählich richtig wütend. »Warum haben Sie den Polizeifotografen da ein Foto von mir machen lassen?«

»Ich habe mich nur an die Vorgehensweise und meine Befehle gehalten. So viele Fotos wie möglich von allen auf dem Friedhof machen, falls der Mörder zur Beerdigung kommt. Es heißt doch, ein Hund kehrt stets –«

»Zu seiner eigenen Kotze zurück. Ja, das habe ich schon gehört, als Sie noch in die Windeln gekackt haben.« Jetzt kam Karl so richtig in Fahrt. »War *ich* ein Verdächtiger?«

»Sie? Nein … nicht dass ich wüsste.«

»Vielleicht Naomi?«

»Naomi?«

»Verschonen Sie mich mit diesem gespielt fragenden Blick. Ich hatte genügend Zeit, um über diesen Tag auf dem Friedhof nachzudenken. Vielleicht haben Sie sich ja gar nicht für meine runzlige alte Visage interessiert, sondern für Naomis hübsches Gesicht?«

»Ich weiß nicht, wovon Sie reden.« Chambers' Gesicht lief von Sekunde zu Sekunde dunkelroter an.

»Haben Sie Naomis Foto in Ihren Spind geklebt, wie ein pickeliger Halbwüchsiger? Hm?«

»Ich habe nur meine *Arbeit* gemacht –«

»Sagen Sie Ihrem Boss – meinem Exschwager Wilson, wie Sie sicher wissen –, er soll das nächste Mal jemanden mit mehr Erfahrung schicken, wenn er –«

Die Tür wurde aufgestoßen.

»Kaffee, Detective?«, fragte eine junge Frau, die mit einem Tablett voll dampfender Kaffeetassen und Keksen das Zimmer betrat. Sie war äußerst attraktiv und schlank, dunkelhäutig, mit großen Mandelaugen und störrischen schwarzen Haaren, die in alle Richtungen abstanden.

»Ich ... ja ... vielen Dank ...«, murmelte Chambers.

»Seit wann haben wir hier ein verfluchtes Café, Naomi?«, fragte Karl verbiestert und sah dabei seine Halbtagssekretärin und Ganztagslebensgefährtin an.

»Beachten Sie ihn gar nicht, Detective«, sagte Naomi und stellte das Tablett auf den Tisch. Ihre Stimme hatte den reizenden Singsangtonfall des Südens; sie brachte ein wenig Ruhe in den Raum, wenn auch nur kurzfristig. »Morgens ist er immer so grantig. Er hat seine Frühstücksflocken noch nicht bekommen, der Ärmste.«

»Wie sich gerade herausstellt, hat dieser Chorknabe hier *dein* Foto auf Ivanas Beerdigung gemacht, Naomi.« Karl schenkte Chambers ein diabolisches Grinsen.

»Das habe ich nicht gesagt, Mister Kane. Sie trommeln mir da etwas zu sehr –«

»Ringo Starr trommelt. Ich nicht.«

»Oh, daher kenne ich Sie, Detective?« Naomi lächelte. »Ivanas Beerdigung.«

»Ich habe kein Foto von Ihnen gemacht. Es war von jedem –«

»Ich hoffe, Sie haben meine Schokoladenseite erwischt? Ich bin sehr eitel, wenn es um mein Gesicht geht, müssen Sie wissen.« Naomi zwinkerte, bevor sie zur Tür ging. »Lassen Sie sich den Kaffee schmecken.«

Chambers wartete, bis Naomi das Zimmer verlassen hatte, dann wandte er sich wieder an Karl.

»Hören Sie, Mister Kane, ich mache die Vorschriften nicht. Ich befolge sie nur und hoffe, dass ich böse Menschen der Gerechtigkeit übergeben kann.«

»Kommen Sie mir nicht mit frommen Sprüchen. Sie hören sich wie einer dieser Schleimbeutel oben in Stormont an. Und *davon* brauchen wir gewiss keine mehr. Noch einen schlangenzüngigen und überbezahlten Politiker.«

»Ich nehme an, für Sie bin ich ein naiver Grünschnabel?« Chambers' Gesicht sah gequält aus. »Tut mir leid, dass Sie so denken, aber ich habe vor, meine Pflicht zu tun. Wenn das altmodisch ist, kann ich damit leben.«

Einen Augenblick schien Karl bestürzt über Chambers' unverblümte Offenheit zu sein.

»Sie klingen mehr wie ein Idealist als ein verdammter Grünschnabel an. Sie wissen hoffentlich, dass Idealismus in Ihrem Beruf gefährlich ist?« Karl rutschte auf dem Sofa herum. »Hören Sie, wir haben uns ganz offenkundig auf dem falschen Fuß erwischt. Setzen Sie sich und trinken Sie Ihren Kaffee.«

»Danke«, sagte Chambers, sichtlich erleichtert, dass er sich setzen durfte. Er klappte das Notizbuch zu. Trank von dem Kaffee. »Der schmeckt ausgezeichnet.«

»Bei dem Preis, den ich dafür bezahlt habe, will ich das auch verdammt noch mal hoffen.« Karl trank ebenfalls und sah Chambers über den Rand der Tasse hinweg an.

»Kann ich meine Frage wiederholen?«, fragte Chambers.

»Welche? Ich habe ein schreckliches Gedächtnis.«

»Können Sie sich erklären, weshalb Ihnen jemand eine Hand vor die Tür legt?«

»Hören Sie, zugegeben, manchmal lasse ich mich mit den fragwürdigsten Typen ein. Ich bezweifle aber, dass mir einer von denen eine Hand auf die Türschwelle legen würde. Außerdem wurde die Hand in den Mülleimer geworfen.«

»Aber man fand sie auf dem Boden, nicht im Mülleimer.«

Karl trank wieder von dem Kaffee. Er schien seine Antwort abzuwägen.

»Die Katze hat sie herausgeholt und vermutlich fallen lassen, weil sie ihr zu schwer wurde. Sie landete nur zufällig in der Nähe meiner Tür und –«

»Katze?« Chambers verkniff das Gesicht. Hastig stellte er die Tasse auf den kleinen Beistelltisch. Schlug das Notizbuch wieder auf. »Was für eine Katze?«

Jetzt sah Karl etwas nervös drein. »Die Katze, die den Finger abgenagt hat. Das Scheißvieh ist damit abgehauen, die Straße runter. Ich wollte sie verfolgen, war aber praktisch nackt.«

»Das hätten Sie gleich erwähnen sollen«, sagte Chambers verschnupft und kritzelte hastig etwas in das Notizbuch. »Es war nicht klug, mir diese Information zu verschweigen.«

Karls Gesicht lief rot an. »Wenn ich mich recht erinnere, haben *Sie* die Hand untersucht, als Sie am Tatort eingetroffen sind. Aber *Sie* haben sich nicht die Mühe gemacht und nach dem fehlenden Finger gefragt. *Das* war nicht klug. Liegt an den sechs Monaten Erfahrung.«

Mehr als eine Stunde später verließ ein frustriert dreinblickender Chambers endlich das Haus.

»Du hättest ein wenig freundlicher zu dem jungen Detective sein können, Karl«, schimpfte Naomi, als sie das Zimmer betrat. »Der war ja völlig fertig mit den Nerven.«

»Wenn ich noch freundlicher gewesen wäre, hätten wir ein Kondom gebraucht. Außerdem macht ihn das nur härter«, sagte Karl. »Was? Was ist denn?«

»Nichts ...«

»Wenn du mit diesem unheilschwangeren Tonfall und *der* Miene ›Nichts‹ sagst, ist immer etwas. Was?«

»Ich mache mir Sorgen. Du glaubst *wirklich*, dass ein Serienkiller die Hand hiergelassen hat, richtig?«

»Na ja, es besteht die leise Möglichkeit.«

»Das macht mir Angst.«

»Es macht *dir* Angst? Was ist mit mir? Ich hätte mir fast in die Unterhose geschissen – wenn ich eine angehabt hätte, und nicht deinen Morgenmantel.«

»Kannst du zur Abwechslung einmal ernst sein und nicht immer so schnippisch?«

»Ich bin verflucht ernst. Erkennst du das nicht daran, wie ich –«

Wir unterbrechen unser Programm, ertönte eine stoische Stimme aus dem Radio, *für eine Eilmeldung. Soeben haben wir erfahren, dass ein schockiertes Mitglied der Öffentlichkeit in den frühen Morgenstunden eine abgeschnittene Hand im Stadtzentrum gefunden hat ...*

»Schockiert? Ich war nicht schockiert«, sagte Karl und

heuchelte Schock. »Hoffentlich nennen die Mistkerle nicht meinen Namen, sonst geht meine Detektei den Bach runter. Wer zum Teufel würde einen Privatdetektiv engagieren, den der Anblick von Fleisch und Blut schockiert?«

»Du mischst dich da doch nicht ein, oder?«, fragte Naomi mit plötzlich besorgter Miene. »Ich habe gar kein gutes Gefühl bei der Sache.«

»Nenn mir einen guten Grund, weshalb ich mich in eines deiner unguten Gefühle einmischen sollte?«

Und noch eine Eilmeldung. Ein Geschäftsmann, der ungenannt bleiben möchte, gab zu Protokoll, dass die Morde zukünftigen geschäftlichen Investitionen im Weg stehen könnten ...

»Gebt dem Mann eine Zigarre«, sagte Karl sarkastisch. »Jetzt brauchen wir nur noch –«

... und lobte eine Belohnung von zwanzigtausend Pfund für alle Informationen aus, die zur Festnahme des oder der Individuen führen, die für die abscheulichen Verbrechen verantwortlich sind ...

»Karl? Was ist denn?«, fragte Naomi mit gerunzelter Stirn.

»Was? Oh, gar nichts ...«

»Wenn du mit diesem unheilschwangeren Tonfall und der Miene ›Nichts‹ sagst, ist immer etwas. Was?«

»Nichts«, wiederholte Karl und dachte: *Gerade habe ich zwanzigtausend Gründe bekommen, mich einzumischen ...*

Kapitel Drei

Sweet Violence

»Oh the weather outside is frightful …«
Dianne Reeves, »Let it Snow«

Aus der Wärme seiner Lieblingskneipe blickte Harold Taylor zum Fenster hinaus und sah zu, wie draußen der dichte Schnee eine Decke über seinen protzigen Allrad-Range-Rover breitete. Die Raubkatze von einem Schneesturm hatte nachgelassen und war zur zahmen Mieze geworden, und Harold brannte darauf, nach Hause zu kommen. Der Rover würde ihn nicht im Stich lassen. Da war er ganz sicher.

»Du bist verrückt, wenn du auch nur daran denkst, bei dem Wetter zu fahren, Harold«, sagte Paul McKenna, der Manager des Antrim Arms Motel, als er sah, dass Harold den dicken Mantel anzog.

»Ich *werde* verrückt, wenn ich mir dieses Gestöhne hier noch länger mit anhören muss, Paul«, sagte Harold kopfschüttelnd. »Kaum fallen ein paar Flöckchen Schnee, machen sich alle in die Hose und trauen sich nicht mehr zu fahren.«

»Ich finde trotzdem, du solltest bleiben. Du hast doch gehört, im Wetterbericht haben sie gesagt, dass man nur Auto fahren sollte, wenn es gar nicht anders geht. Außerdem ma-

»Es tut mir leid, mein Auto hat in der Nähe der Serpentine Road den Geist aufgegeben«, sagte die Frau. »Ich habe versucht, die Pannenhilfe zu rufen, aber es ging keiner ran. Jemand hat mir gesagt, dass eine Tankstelle in der Nähe ist. Dort wollte ich hin, um Hilfe bitten.«

»Ja ... es gibt eine, etwa eine Meile in dieser Richtung. Aber es wäre Wahnsinn, zu Fuß zu gehen.« Harolds Gesichtsmuskeln entspannten sich, und jetzt fielen ihm zum ersten Mal ihre seltsamen Augen auf. Eines blau. Eines grün. »Sie können von Glück sagen, dass Sie bis hierher gekommen sind, ohne dass Sie jemand überfahren hat. Kommen Sie. Ich setze Sie ab. Ich wohne nicht allzu weit von der Tankstelle entfernt.«

Es schien, als sähe sie durch ihn hindurch. Ihre einzige Antwort bestand in einem leeren Blick, als hätte sie sein Angebot gar nicht gehört. Mehrere Sekunden vergingen, und immer noch sagte sie kein Wort.

Harold schüttelte den Kopf und sah wieder auf die Straße. »Wie Sie wollen. Gehen Sie zu Fuß. Aber sagen Sie nicht, ich hätte Sie nicht gewarnt.« Er stapfte zum Rover zurück und stieg ein.

Als er saß, blickte er in den Rückspiegel. Die Frau stand immer noch trotzig am Straßenrand; Schnee fiel auf sie.

Er ließ den Rover an und trat mit dem rechten Fuß behutsam auf das Gaspedal. Die Metallbestie brüllte wie ein Bulle in Hitze. Harold wandte den Blick nicht vom Rückspiegel ab.

»Nein! Warten Sie!«, rief sie, lief über die Straße und rutschte dabei linkisch auf Eis und Schnee aus.

Harold lächelte. Entriegelte die Beifahrertür. Wartete.

»Schön, dass Sie zur Vernunft gekommen sind«, sagte er. »Gleich haben Sie es schön warm.«

Sie sah ihn unverwandt an, während sie auf den Beifahrersitz rutschte. Offenbar machte ihr der extreme Temperaturunterschied zu schaffen, als sie die Tür schloss.

»Danke«, sagte sie kaum mehr als flüsternd.

»Nichts zu danken. Das war meine gute Tat für heute. Ich sage immer, wie man in den Wald ruft, so schallt es zurück. Mein Name ist Harold, Miss ...?«

»Kerry ...«, sagte die Frau zögernd. »Kerry Morgan.«

»Bei dem Wetter dürften wir rund zwanzig Minuten bis zu der Tankstelle brauchen. Schnallen Sie sich an, Kerry. Wir wollen nicht noch einen Unfall riskieren.« Harolds Stimme klang väterlich.

Kerry machte sich nervös am Sicherheitsgurt zu schaffen und verfehlte die Schnalle zweimal, bis sie es endlich schaffte.

Der Gurt betonte ihren Busen, und Harold spürte, wie das Blut in seinem Unterleib in Wallung geriet. Er nahm ihren Duft wahr, der sich in den Ledergeruch der Sitze mischte. Ein pochender, aber angenehmer Schmerz breitete sich in seiner Lendengegend aus und schüttete Pheromone ins Gehirn aus. Er fragte sich, wie sie nackt in der Badewanne in seinem Keller aussehen mochte.

»Sind Sie von hier, Kerry?«

»Nein. Ich ... ich lebe in Bangor. Ich war auf dem Weg nach Mallusk, um meine Eltern zu besuchen. Meine Mutter hat morgen Geburtstag.« Ein zaghaftes Lächeln erhellte ihr Gesicht.

Harold kam das Lächeln gezwungen vor. Nervosität? Schüchternheit? Er wusste es nicht, aber der Schmerz in seinem Schwanz wurde stärker. Für diesen speziellen Schmerz gab es nur ein Heilmittel.

Da beschloss er, dass er ihr wehtun würde. Sehr.

Er gab Gas; der Rover schoss vorwärts und stellte seine Stärke unter Beweis. Die Bestie brüllte zufrieden, ehe sie sich gierig durch den Schnee fraß.

In den folgenden Minuten herrschte Schweigen, bis Harold schließlich beschloss, etwas zu sagen.

»Muss schlimm gewesen sein, bei dem Schnee von Bangor hierherzufahren, Kerry?«

Kerry nickte kaum merklich. »Ja. Es war das erste Mal, dass ich bei so einem Wetter gefahren bin. Und das letzte Mal, das schwöre ich Ihnen. Es war sehr beängstigend.«

»Es ist gut, dass wir so ein Wetter nicht oft –«

»*Aaah.*« Plötzlich hielt sich Kerry den Bauch. Sie krümmte sich.

»Was ist denn, Kerry? Alles in Ordnung?«

»*Oooh*, mein Bauch. Halten Sie an. Ich muss raus.«

»Was ist …?«

»Anhalten! Ich muss sofort hier raus!« Kerry zappelte in dem Sicherheitsgurt.

»Okay, okay, beruhigen Sie sich!« Harold steuerte den Rover hastig an den Straßenrand.

»Es … muss etwas sein, das ich gegessen habe.« Kerry sah kläglich drein. »Ich muss unbedingt auf die Toilette. Das ist mir so peinlich. Bitte entschuldigen Sie.«

»Seien Sie nicht albern«, versicherte Harold ihr lächelnd. »Wenn die Natur ruft, müssen wir alle folgen.«

Kerry stieg eilig aus dem Rover aus und sah sich hilflos um.

»Da entlang«, sagte Harold und zeigte auf einen alten Trampelpfad, der nicht mehr benutzt wurde. »Jede Menge Bäume, damit Sie ein wenig abgeschirmt sind. Aber machen Sie nicht zu lange. Sie frieren sich den Arsch ab.«

Kerry schritt schnell, aber zaghaft den Pfad entlang und

hielt sich dabei stützend an Büschen fest. Sie schaute sich einmal um, dann verschwand sie hinter Sträuchern und längst vermoderten umgestürzten Bäumen.

Harold ließ sie nicht aus den Augen.

Er versuchte, sich Kerry in der Hocke vorzustellen, verwundbar und entblößt, mit dem Höschen wie Fußfesseln um die Knöchel. Der Wunsch, sich anzuschleichen und zu beobachten, war fast übermächtig. Aber wenn sie ihn ertappte? Dann wäre sein Spiel verloren. Weshalb das Risiko eingehen? In knapp vierzig Minuten würde sie ganz ihm gehören. Die Vorstellung ihres schönen Spitzenhöschens um die Knöchel erfüllte ihn mit einem wohligen Schauer. Der Trieb wurde stärker, intensiver.

»Scheiß drauf.« Er öffnete das Handschuhfach. Fand das gezackte Jagdmesser. Strich mit dem Zeigefinger über die gekrümmte Klinge. Ein Kribbeln lief durch seinen Körper. Er leckte sich die trockenen Lippen, dann schob er das Jagdmesser in den Ärmel des Mantels, hütete sich dabei aber vor der scharfen, tödlichen Klinge.

Er stieg blitzschnell aus dem Rover aus und sah die Antrim Road hinauf und hinunter. Keine Menschenseele zu sehen. Der Trieb in seiner Hose peinigte ihn wieder. Sein Schwanz wurde im Handumdrehen steinhart. Elektrische Entladungen rasten durch die Nervenbahnen seines Gehirns. Es war, als stünde sein Schädel in Flammen. Er wollte sie. Brauchte sie. *Jetzt.*

Lautlos schlich er exakt denselben Weg entlang wie Kerry. Er sah, wohin ihre leichten Fußabdrücke führten, bis sie auf einer unebenmäßigen Steinformation undeutlich wurden.

Verdammte Scheiße, wo ist sie hin? In dem Schnee kann sie nicht weit gekommen sein.

Plötzlich hörte er ein leises Rascheln gleich hinter einer schneebedeckten Hecke.

Er erstarrte. Krümmte den Rücken. Nahm das Messer in die Hand. Das würde ein Kinderspiel werden. *Da!* Jetzt sah er ihren Kopf deutlich hinter der letzten Hecke. Sie stand offenbar und blickte sich um.

Sein Herz pumpte literweise Blut in sein Gehirn. Seine Knie wurden schwach. Weich. Es war lange her, seit er dieses herrliche Gefühl verspürt hatte.

Plötzlich verschwand sie außer Sichtweite.

Verdammt! Wo ist sie hin? Vermutlich hinter der Hecke in die Hocke gegangen. Wahrscheinlich hat sie die Scheißerei. Er stellte sie sich wieder nackt vor.

Seine Hände zitterten, als er sich anschlich und verzweifelt versuchte, seine Atmung unter Kontrolle zu bringen. Er schnupperte in der Luft wie ein Wolf, der sich an seine Beute anpirscht. Sie war ganz nahe. Er roch sie.

»*Harold?*«, ertönte flüsternd eine unbekannte Stimme hinter ihm.

»Was zum Teufel ...?« Er drehte sich um. Und sah die Waffe, die auf sein Gesicht gerichtet war. Ein Muskel an seiner Wange zuckte. Sein Magen krampfte sich zusammen.

»Wer zum Teufel sind Sie? Was wollen Sie?«

Der Mann sagte nichts, sondern hielt nur die Waffe auf Harold gerichtet. Sekunden später tauchte Kerry mit gerötetem Gesicht wieder auf.

»Erinnern Sie sich nicht an mich, Harold?«, fragte der Mann.

Harold schüttelte den Kopf. »Nein, ich habe Sie noch nie im Leben ...« Noch ehe er das letzte Wort aussprechen konnte, fiel es ihm wieder ein. Der Gerichtssaal. Die stoischen Verwandten, die Tag für Tag dort gesessen hatten. Das Blut wich ihm so schlagartig aus dem Gesicht, als hätte man ihm die Kehle durchgeschnitten.

Der Mann lächelte. »Jetzt erinnern Sie sich, Harold. Oder nicht? Es hat lange gedauert, aber endlich ist dieser Tag gekommen …«

Kapitel Vier

Der Knochenjäger

> *»Er kennt den Tod bis in das Mark.«*
> W. B. Yeats, *Tod*

Karl stand an der Bürotür seines besten Freundes, des Gerichtsmediziners Tom Hicks. Das Gesicht des Pathologen sah im flackernden Licht des Computermonitors gespenstisch grün aus. Karl sah, wie ameisengroße Ziffern auf Toms Gesicht und Brille Amok liefen.

»Hallo, Tom.«

»Karl …?«, sagte Hicks und sah vom Computer auf. »Was zum Teufel machst du hier?«

»Reizende Begrüßung. Seit Monaten hab ich dich alten Griesgram nicht mehr gesehen, und das ist der Dank dafür, dass ich in deinen kalten, blutigen Kerker hinabsteige?«

Hicks gab ein Grunzen von sich. »Dieser überraschende Besuch hat nicht zufällig etwas mit abgetrennten Händen und zwanzigtausend Pfund Belohnung zu tun?«

»Du bist so ein Zyniker, Tom. Hat dir das schon mal jemand gesagt?«

»Ja. Du. Jedes Mal, wenn ich dich ertappe. Egal. Wie geht es Katie?«

Karl zögerte ein wenig mit seiner Antwort. »Sie lebt in

den Tag hinein.« Seine Stimme wurde ernst. »Sie ist immer noch in Therapie, nachdem dieser Schleimbeutel Hannah sie entführt hat.«

»Heutzutage sind die jungen Leute ziemlich hart im Nehmen, Karl«, versicherte Hicks ihm. »Katie dürfte bald wieder ganz die Alte sein. Wart es nur ab.«

»Da ... hast du wohl recht«, sagte Karl, der das Gegenteil glaubte.

»Was ist mit dem Schlosser? Dem die Kehle durchgeschnitten wurde. Wie ich zuletzt gehört habe, wurde sein Zustand von kritisch auf ernst heruntergestuft.«

»Willie?« Hicks' Frage ließ Hummeln in Karls Magen herumsummen. Er fühlte sich ein wenig schuldig. »Er wurde vor zwei Wochen endlich aus dem Krankenhaus entlassen. Gestern habe ich ihn besucht. Er erholt sich ganz gut.«

»Aus den Berichten ging hervor, wie glücklich er sich schätzen kann, dass er das überlebt hat – ihr alle, ausgenommen die beiden, die bei der Explosion ums Leben kamen, Burns und Hannah.« Hicks sah Karl vorwurfsvoll an. »Das Gefängnis in der Crumlin Road in die Luft sprengen. Das dürfte nicht so schnell zu toppen sein, Karl.«

Karl gefiel die Wendung nicht, die das Gespräch nahm. »Ich trauere nur um Brendan Burns. Hannah kann in der Hölle schmoren.«

»Burns war der Bombenleger, nicht?«

»Das sagt man.« Die lästigen Hummeln versuchten verzweifelt, durch Karls Mund zu entkommen. Er spürte, wie sich Grauen in seine Gesichtszüge stahl.

»In dem Bericht, den ich gelesen habe, stand auch, dass er der Mann war, der Wilson vor Jahren töten wollte und ihn für alle Zeiten entstellt hat.« Hicks sah Karl vorwurfsvoll an. »Das hast du natürlich gewusst.«

»Schon möglich.«

»Schon möglich? Manchmal glaube ich, dass du dir nie Gedanken über die Konsequenzen deines Handelns machst, Karl.« Hicks schüttelte den Kopf. »Konsequenzen kann man ein Leben lang mit sich herumschleppen. Letztendlich dürfte Burns eine dieser Konsequenzen sein, soweit es Wilson betrifft. Der wird dir garantiert nie vergessen oder vergeben, dass du dich mit Burns eingelassen hast.«

»Scheiß auf Wilson. Er hasst mich sowieso. Das war ein geringer Preis für Katies Freiheit. Für mich war Burns ein Held. Er hat sein Leben für Katie geopfert, während Wilson und seine nutzlose Bande Ringelpiez mit Anfassen gespielt haben.«

»Was ...?« Hicks sah erschrocken drein. »Was redest du denn da, Karl? Soweit ich gehört habe, hat Wilson Himmel und Hölle in Bewegung gesetzt, um Katie zu finden.«

»Manches bleibt lieber ungesagt, Tom. Das ist besser für dich. Je weniger du weißt, desto geringer die Chance, dass du irgendwann einmal in zukünftige Ermittlungen hineingezogen wirst.«

»Zukünftige Ermittlungen? Was für zukünftige Ermittlungen? Was redest du da?«

»Lassen wir das Thema einfach. Okay?«

Hicks seufzte. »Okay. Dein Gesicht verrät mir, dass wir in einer Sackgasse sind. Aber ganz gleich, was ich auch sage, unterm Strich bin ich immer auf deiner Seite, ob du nun richtig- oder falschliegst. Das weißt du doch, oder nicht?«

»Das musst du mir nicht sagen. Das wusste ich schon am ersten Tag, als wir uns in der Schule kennengelernt haben.« Karl grinste, als er sich zurückerinnerte. »Ich hab dich immer vor den Schlägern beschützt, deren feuchter Traum es war, dich zu Brei zu schlagen.«

»Du bist der Einzige, den ich kenne, bei dem sich Gewalt auf gruselige Weise erotisch anhört«, sagte Hicks und ging zu einer alten, mit Dreck und hartem Fett verkrusteten Kaffeemaschine. »Kaffee?«

»Da sage ich nicht Nein.«

Karl setzte sich und sah Hicks zu, wie er die zähe Flüssigkeit in zwei Tassen einschenkte. Kaffeeschaum bildete wahllos kreisende, ölige Zufallsmuster auf der Oberfläche.

»Wohl bekomm's.« Hicks gab Karl eine Tasse.

»Damit könnte man irgendeinen armen Teufel teeren und federn«, sagte Karl, trank misstrauisch einen Schluck und verzog das Gesicht. »Abscheuliche Brühe.«

»Wie geht es deinem Vater? Als wir uns das letzte Mal gesprochen haben, ging es ihm gesundheitlich nicht gerade glänzend.« Hicks pustete auf den Kaffee. Trank. Im Gegensatz zu Karl verzog er allerdings nicht das Gesicht, als wäre er immun gegen das starke, ölige Gebräu.

Karl überlegte einen Moment, bevor er antwortete. »Geistig steht es nicht gerade zum Besten mit ihm. Er weiß kaum, welchen Tag wir haben. Ich bin nicht sicher, ob er mich überhaupt noch erkennt.«

»Oh ... das tut mir wirklich schrecklich leid, Karl. Sagst du ihm, dass ich nach ihm gefragt habe ... ich meine ...«

»Schon gut. Ich weiß, was du meinst. Ja, ich sage es ihm morgen. Ich habe meinen Besuch im Pflegeheim angemeldet.«

Beide Männer tranken ihren Kaffee. Das Summen des Computers bildete die einzige Geräuschkulisse.

»Du hast noch etwa zehn Minuten, bis ich dich endgültig rausschmeiße«, sagte Hicks und brach damit das Schweigen.

»Weshalb die Eile?«

»Ich muss eine Hand untersuchen.«

»Die, die gestern gefunden wurde?«

»Ganz genau.«

»Ich fühle mich dieser kalten Kralle sehr verbunden. Pass gut auf sie auf.«

»Wie das?«, fragte Hicks und wölbte die Augenbrauen zu einem haarigen Fragezeichen.

»Weil mir jemand die verdammte Hand gestern Morgen vor die verdammte Tür gelegt hat. Darum.«

Hicks spuckte fast seinen Schluck Kaffee aus. »Du verarschst mich.«

»Ich schwöre bei der kalten Kralle«, antwortete Karl und hob die Hand in Brusthöhe. »Wilson hat mir seinen Musterknaben von Detective zur Befragung geschickt. Kannst du dir das vorstellen?«

»Detective Chambers?«

»Ja. Dass er ihn jagt, dürfte dem Killer – oder den Killern – keine schlaflosen Nächte bereiten. Ich dachte, der kippt aus den Latschen, als er die Hand und das Blut gesehen hat.«

»Also, wenn an den Gerüchten was dran ist, dürfte er in absehbarer Zeit ein altes Schlachtross namens Harry McCormack als Partner bekommen.«

»Harry McCormack?« Karls Herz setzte einen Schlag aus. »*Der* Harry McCormack? Ehemals Sonderdezernat? Ich dachte, die Allmächtigen hätten den ollen Dinosaurier schon vor zweihundert Jahren in den Ruhestand geschickt.«

»Kennst du ihn?«

Karl nickte. »Der Pisser ist vollkommen verrückt. Hat ein Gesicht wie ein Autounfall. Virginia, seine Frau, war auch Polizistin. *Hairy Virginia* hat man die beiden immer genannt.« Karl trank tapfer einen Schluck Kaffee, als wollte er McCormacks Namen aus dem Mund spülen. »Welche Theorien hat denn der hohe Gebieter bezüglich der Hände zu bieten?«

»Wilson? Die Schnitte an den Händen sind so sauber und exakt, dass er glaubt, der oder die Übeltäter könnten im medizinischen Bereich tätig sein.«

»Man muss kein Geistesriese sein, um darauf zu kommen. Ein Arzt?«

»Möglich. Denkbar wäre aber auch ein Medizinstudent.«

»Oder eine Krankenschwester. Manche von denen sind so qualifiziert wie Ärzte – einige sogar noch mehr.«

»Daran habe ich noch gar nicht gedacht. Trotzdem schwer vorstellbar, dass eine Frau zu so einer Grausamkeit fähig sein könnte – besonders eine Krankenschwester.«

»Fingerabdrücke?«

»Wilson und sein Team arbeiten oben daran – was bedeutet, es kann noch eine Weile dauern.«

»Was ist mit den winzigen verblassten Ziffern auf der Hand, zwischen Daumen und Zeigefinger? Die sind mir als Erstes aufgefallen, als ich die Hand untersucht habe, bevor sie aussah wie eine Dörrpflaume. Die Zahl erinnerte an eine blaue 88. Amateurhaft. Sah aus wie eine Gefängnistätowierung.«

»Ich schau es mir an. Bei der ersten Untersuchung sind mir keine Zahlen aufgefallen, aber ich habe auch nicht danach gesucht. Ich lasse es dich wissen.«

»Was ist mit der Leiche? Ist schon eine aufgetaucht?«

»Nein. Noch nicht.«

»Was ist mit Kevin Johnsons Hand?«

»Was soll damit sein?«

»Sind da Tätowierungen drauf ?«

»Massenhaft. Vergiss nicht, Johnson hat immer wieder

mal länger gesessen. Es wäre nicht normal, wenn er keine hätte. Das Wort HASS auf den Knöcheln. Ein Pikas, ein Kleeblatt – das mehr wie ein Kohlblatt ausgesehen hat – auf dem Handrücken. Manche Häftlinge sammeln die so passioniert wie ein Lepidopterologe.«

»Ein Lep-was?«

»Lepidopterologe. Einer, der Schmetterlinge sammelt und studiert.«

»Warum zum Teufel sagst du das nicht gleich? Oh, stimmt ja. Den Scheiß hast du schon in der Schule gemacht. Darum bist du immer verprügelt worden, und ich musste dich raushauen.«

Hicks sah auf die Uhr. »Es wird Zeit, dass du gehst, also könntest du mir jetzt bitte den Gefallen tun und freundlicherweise verschwinden?«, fuhr Hicks kurz darauf etwas nachdrücklicher fort. »Wenn ich etwas Relevantes herausfinde, bist du der Erste, der es erfährt.« Er schob Karl zur Tür. »Da ich dich kenne, weiß ich bedauerlicherweise, dass du vermutlich vor mir etwas herausfinden wirst.«

Karl klopfte sich an einen imaginären Hut, bevor er ging. »Mach darüber keine Witze, alter Freund«, sagte er.

Draußen nahm Karl das Handy aus der Tasche und wählte eine Nummer. Sekunden später meldete sich eine leise Stimme.

»Dad?«

»Wie geht es meiner Lieblingstochter?«

»Super. Und es wird jeden Tag besser. Oh, habe ich dir gesagt, dass ich mit dem Gedanken spiele, Fahrstunden zu nehmen und dann ein bisschen durch die Gegend zu fahren?«

Kapitel Fünf

Wem die Stunde schlägt

»Ein Mensch jedoch, sieht er vor sich den Tod,
Der kennt nur Hoffnung oder Todesnot.«
W. B. Yeats, *Tod*

Wo bin ich?, fragte sich Harold Taylor, der sich fühlte, als wäre er gerade aus einem dumpfen Schlaf erwacht. *Ein dunkles Zimmer.* Er hatte keine Ahnung, wie spät es war. Er lebte im jetzigen Augenblick und versuchte verzweifelt, die Ereignisse in eine kontinuierliche Abfolge zu bringen. Der kalte Raum glich einer Grabkammer. Blutüberströmte Wände. Fleischfetzen mit schmutzig weißen Knochenfragmenten. Alles bizarr. Unwirklich.

Aus dem Augenwinkel sah er eine Gruppe von Menschen in der Nähe. Alle schienen Kittel, Chirurgenhandschuhe und Masken zu tragen. Jedes Kleidungsstück wirkte blutgetränkt. Der Anblick machte Harold Angst.

Ärzte?

Sie flüsterten. Verstohlen, leise. Sie sahen aus, als würden sie gleich einen chirurgischen Eingriff an irgendeinem armen Teufel vornehmen.

Ist es das? Bin ich in einem Krankenhaus? Hatte ich einen Unfall mit dem Rover? Was ist aus der Frau geworden? Kerry …?

Harold wollte etwas sagen. Brachte nichts heraus. Der Gaumen wie trockene Baumwolle. Mund zugeklebt.

Panisch drückte er mit der Zunge immer wieder gegen das Klebeband, um es zu lösen.

Und dann kam ihm plötzlich die Erkenntnis: Er war nackt, hatte die Hände auf dem Rücken gefesselt und hing kopfunter, an den Knöcheln festgebunden.

Die Sekunden vergingen, und etwas Dunkles und Bedrohliches breitete sich in seinem Innersten aus. Der enge Raum erfüllte ihn mit einer Furcht, die alles berührte und sein Denken in Brand setzte.

Kann nicht atmen …

Sein Herz schlug so heftig, als wäre er gerade auf der Flucht vor Verfolgern eine Treppe hinaufgerannt. In seiner Panik murmelte er zusammenhanglos, bäumte sich auf und schüttelte Kopf und Körper heftig in Richtung der Menschen, um ihre Aufmerksamkeit auf sich zu lenken.

Ein Mann drehte den Kopf und sah Harold direkt an. Er flüsterte der Gruppe etwas zu, bevor er sich in Bewegung setzte.

Harolds Blick fiel auf die Hand des Mannes. Darin sah er ein großes Messer, dessen halbmondförmige Klinge im gottlosen Halbdunkel des dreckigen Raumes funkelte.

Scheiße!

Noch mehr Blut schoss Harold in den Kopf und belastete sein ohnehin gequältes Hirn. Er spürte, wie ihm Blut aus der Nase troff und langsam in die Augen lief. Es brannte wie Säure und beeinträchtigte sein Sehvermögen.

Ich kann nicht aaatmen! Gott, steh mir bei!

Jetzt stand der Mann neben Harold und drückte einen roten Knopf an einem Edelstahltisch rechts von ihm. Eine Kette klirrte. Harold spürte, wie sich sein Körper langsam bewegte und in die Höhe gezogen wurde wie beim Seiltrick eines Fakirs. Augenblicke später hörte die Bewegung auf.

Jetzt befand er sich auf einer Höhe mit dem Gesicht des Mannes, aber immer noch verkehrt herum.

Langsam streckte der Mann den Arm aus und strich Harold mit der Klinge zärtlich über das Gesicht. Es war eine hauchzarte Berührung. Eine Liebkosung. Sie zog Harold auf unangenehme Weise das Rückgrat zusammen.

»Tick ... tack, Harold. Siehst du die Wanduhr?« Der maskierte Mann zeigte auf eine alte Uhr an der Wand gegenüber. Seine gedämpfte Stimme war kaum zu hören, hatte aber dennoch einen bedrohlichen Unterton.

Unvermittelt schwang der Mann Harolds nackten Körper hin und her, gleich einem Pendel aus Fleisch, um Zeit und Vernunft wieder ins Gleichgewicht zu bringen.

»Hörst du sie, Harold? Diese alte Uhr, die bis in die Ewigkeit tickt? Hör dir ihren Ruf an. Tick ... tack ... tick ... tack.«

Harold erschauerte. Erbrochenes brodelte in seinem Magen. Mit aller verbliebenen Kraft schluckte er es wieder hinunter, aus Angst, er könnte daran ersticken.

»Bestimmt erinnerst du dich noch an dieses Ticken? Als du arglistig den Flur entlanggeschlichen bist, lautlos und mit Mordlust im Herzen? War es das einzige Geräusch, das du gehört hast, Harold? Keine leisen Schlummerlaute der Kinder? Keine Stimme des Gewissens? Kein Erbarmen für *ihre* Schreie in der Dunkelheit?«

Die grässlichen, vorwurfsvollen Worte beschworen Bilder in Harolds Kopf herauf – angstbefrachtete Bilder, die er am liebsten vergessen hätte. Unvermittelt hielten seine gequälten Eingeweide dem Druck nicht mehr stand. Er besudelte sich; die Scheiße floss heiß wie Lava seinen nackten Rücken hinab.

Ein gleißendes, weiß glühendes Leuchten erstrahlte in Harolds Kopf und verdrängte sein Augenlicht und alle wahllosen Gedanken. Er glitt in den hypnotischen Zustand, in dem Geist und Körper versuchen, Traum und Wirklichkeit zu trennen. Und dennoch begriff er augenblicklich, was das zu bedeuten hatte. Bis zu diesem Augenblick war es ihm nicht klar gewesen, aber jetzt war die Offenbarung da und forderte seine uneingeschränkte Aufmerksamkeit: der Tod in all seiner grausigen Pracht.

Für Harold war der Tod stets real, aber vollkommen unergründlich gewesen ... etwas, womit man jeden Moment rechnen musste. Doch jetzt wusste er, der Tod stand vor seiner Tür, und er konnte nichts machen, als abzuwarten, bis er klopfte.

Der Mann mit dem Messer lächelte.

»Höchste Zeit, uns alles zu sagen, Harold, und je nachdem, wie sehr du leiden willst, rate ich dir zur Wahrheit ...«

Kapitel Sechs

Ein seltsames Paar

»Hirn besitzt Eule nicht gerade, aber sie weiß so manches.«
A. A. Milne, *Winnie Puh*

Karl betrat den staubigen Flur in der Lower Donegal Street und drückte den Summer, der sich in einer Nische unter der Überschrift »Nicht drücken« befand. Wurfsendungen und durchnässte Zeitungen lagen auf dem Boden des Gebäudes, in dem überwiegend kleinere Firmen und einige Künstler untergebracht waren. Der schale Geruch von Urin lag über allem, überlagert vom Gestank nach etwas unglaublich Süßem und Ekelerregendem.

Zwanzig Sekunden vergingen. Keine Reaktion. Anscheinend war der Summer kaputt.

Als Karl gerade nochmals drücken wollte, tönte eine blecherne Stimme aus der Sprechanlage. »Parole?«

»Komm schon, Richard. Ich hab keine Zeit für den Blödsinn.« Karl sah in die winzige Überwachungskamera. »Mach auf, ich muss mit dir reden.«

»Parole?«

»Ich hab dir schon mal gesagt, ich kann den Namen dieses Dreckskerls nicht aussprechen. Also, machst du jetzt verdammt noch mal auf und verschonst mich mit dem Scheiß?«

»Lern endlich die Parole, sonst kommst du das nächste Mal nicht hier rein.« Die Tür gab ein lautes Kreischen von sich und öffnete sich langsam und quietschend. »Spring rein in die Zeitkapsel. Du hast fünf Sekunden, bevor sie sich wieder schließt.«

Karl murmelte etwas Anstößiges und trat ein.

Vier schmale Treppenfluchten später klopfte er an eine mit Superhelden-Aufklebern gepflasterte Tür. Ein großer blutiger Smiley strahlte ihn an: das Symbol für Rorschach, den maskierten Rächer aus *Watchmen*. »Ich beobachte DICH«, stand in fetten schwarzen Buchstaben darunter.

Ein Auge blickte aus dem »o« in »beobachte«.

»Ja?«, ertönte eine Stimme hinter der Tür. »Wer ist da?«

»Jetzt mach schon auf, Richard, und spiel hier nicht das Arschloch.«

Die Tür ging auf. Dahinter stand ein Mann, dessen Gesichtsmobiliar aus einer billigen Sonnenbrille, Anarcho-Ohrringen, Nieten-Augenbrauen und einem fettigen Barcode-Schnauzer bestand. Sein Haar war braun, schulterlang und rahmte ein aufgedunsenes Gesicht mit Augen von der Farbe feuchten Betons ein. Ein krummer, angezündeter Joint hing ihm in einem Mundwinkel und verströmte ein süßliches Aroma. Der Mann trug ein ungewaschenes T-Shirt mit der Aufschrift »Schlagt keine Kinder – sie haben Waffen« und ein paar zerlumpte Diesel-Jeans, die mehr Unterwäsche als Jeansstoff zeigten.

»Ich habe dir schon so oft gesagt, die Parole lautet *Mister Mxyzptlk*. Er ist Supermans Erzfeind«, sagte Richard. »Ich sollte dir beibringen, den Namen rückwärts auszusprechen, wie Superman es macht, damit er verschwindet.«

»Wir können uns später um Supermans Gegner kümmern«, sagte Karl und drängte sich in das Zimmer. »Im Augenblick bin *ich* derjenige, der Hilfe braucht.«

Richard Rider war über vierzig und ging auf die sechzehn zu, ein Kind der Sechziger, das planlos durch die Nullerjahre torkelte. Seine winzige Wohnung war vollgestopft mit Superhelden-Figuren, -Büsten und endlosen Reihen amerikanischer Comichefte, alle fein säuberlich in offenen Holzfächern gesammelt. Plakate mit Mutanten und fliegender Wesen bedeckten die Decke wie eine gruselige Haut. Das gerahmte Foto von Richard, der lächelnd neben dem berühmten Marvel-Künstler Stan Lee stand, hatte einen Ehrenplatz auf dem Schreibtisch, wo mehrere Computermonitore, mit künstlichem Leben erfüllt, vor sich hin summten.

»Coke?«, fragte Richard.

»Bei dir ist das immer eine zweischneidige Frage. Hast du Kaffee?«

»Nein. Weißt du nicht, dass Koffein dich umbringt? Aber ich hab etwas Gras, falls du das versuchen willst?«

»Danke, mir ist schon schummerig genug.«

»Als Schriftsteller dürfte es dich aber entspannen. Es erweitert den Horizont.«

»Erweitert den Horizont, verengt aber die Hirnzellen.«

»Wie du willst«, sagte Richard und setzte sich vor seine Wand von Monitoren. »Wie kommst du übrigens mit der Schreiberei voran?«

»Gar nicht.«

Sie plauderten eine Weile über Belanglosigkeiten, dann kam Karl schließlich zum Thema.

»Ich brauche dringend ein paar Informationen, Richard. Ich hoffe, eine deiner Spionagekameras hat sie eingefangen.«

»*Interne Überwachungskameras*«, verbesserte ihn Richard. »Wenn du es unbedingt wissen musst, Karl, ich trage einen elektronischen Abriss des Lebens in Belfast zusammen, damit zukünftige Generationen sich daran erfreuen können. Ein bisschen wie die Tagebücher von Samuel Pepys.«

»Mehr die eines Spanners, meinst du.«

»WWW?«

»Was?«

»Die Information, die du suchst. Wer, wo, wann?«

»Oh … ich, letzten Dienstag, vor meinem Haus in der Hill Street.« Karl setzte sich auf den Stuhl neben Richard, musste zuvor jedoch eine nackte Homer-Simpson-Puppe entfernen. »Ungefähr sieben Uhr morgens.«

»Was ist mit deinem Cousin, dem Bullen? Hat der dir nicht früher solches Material geliefert?«

»Er ist nicht mein Cousin. Exschwager. Das ist eine lange Geschichte, also frag lieber erst gar nicht. Außerdem, was man auch immer über den langen Arm des Gesetzes sagen mag, deiner ist länger. Du bist eine Legende.«

»Du Schmeichler.« Richard lächelte stolz und präsentierte mit Silberdraht umwickelte Zähne. Er tippte auf die Tastatur ein.

»Hill Street? *Hm.* Mal sehen, was wir so finden …«

Der Monitor wurde erst schwarz, dann grau. Schwarzweißes Schneegestöber leuchtete auf. Das Bild sah verwaschen und recht undeutlich aus.

»Mehr kriegst du nicht?«, fragte Karl wenig beeindruckt. »Verschneites Rauschen?«

»Das ist echter Schnee, kein Rauschen. Ich versuche, näher ranzuzoomen, ohne die Perspektive oder Pixelzahl zu verschlechtern. Welche Uhrzeit hast du gesagt?«

»Kurz nach sieben Uhr morgens, ungefähr. Zeitung und

Milch sind schon ein paar Minuten vor sieben geliefert worden, hat mir der Ladenbesitzer versichert, also muss es kurz nach gewesen sein, als ich sie reinholen wollte.«

Richard bearbeitete die Tastatur. Das Bild wurde langsam klarer.

»Das ist sie. Das ist die Hill Street«, sagte Karl. »Die dreckigen Mülltonnen würde ich überall erkennen.«

»Mal sehen, was wir finden ...« Richard klickte mit der Maus auf einen Button am Bildschirm.

»Da! Das bin ich!«, rief Karl aus wie ein Kind, das am frühen Morgen den Weihnachtsmann sieht.

»Ich zoome ran«, sagte Richard und vergrößerte das Bild. »Hübsches Röckchen hast du da an.«

Karl sah zu, wie er sich nach der Zeitung und der Milch bückte. Augenblicke später sah er sich hochfahren und dann auf ein Knie gehen.

»Was siehst du dir da an?«, fragte Richard und nahm einen tiefen Zug von dem Joint.

»Eine Hand.«

Richard lachte. »Echt?«

»Echt? Eine echt abgetrennte Hand. Selbst du musst von dem Irren gehört haben, der in ganz Belfast Hände abhackt.«

»Nein. Kann ich nicht behaupten.« Richard sah benommen drein, als versuchte er verzweifelt, sich zu erinnern. »Das ist so geil. Eine abgeschnittene Hand, und du hast sie gefunden?«

»Ja, ich bin ein richtiger Glückspilz, wenn es darum geht, andere Hände als meine eigene zu finden, also piss dir nicht gleich ins Hemd vor Bewunderung.«

»Zombies. Könnte was mit Zombies zu tun haben«, sagte Richard sachlich und blies Rauch zu den Nasenlöchern heraus wie ein in die Jahre gekommener Drache.

»Du solltest dieses Zeug nicht in meine Richtung pusten, sonst gehe ich hier breiter raus als eine Katze, die vom Auto überfahren wurde.«

Richard wandte die Aufmerksamkeit wieder dem Bildschirm zu. »Apropos Katze, trittst du etwa dieses kleine Kätzchen? Das ist grausam, Mann. Du musst einer schutzlosen Kreatur gegenüber nicht so gemein sein.«

»Das war eine spontane Überreaktion. Ich konnte nichts dagegen machen und bedaure es. Fühlst du dich jetzt besser?«

»Ein bisschen.«

»Außerdem kommt sie durch. Sie hat neun Scheißleben und einen extra Finger.«

»Hä?«

»Nichts. Bleiben wir bei der Sache.«

Danach kam die Szene, wie Karl ausrutschte und auf den Arsch fiel, worauf die beiden Schulmädchen, die vorüberkamen, kicherten.

»*Boah!* Das muss wehgetan haben, Mann!«, rief Richard hämisch aus. »Direkt auf den ollen Schwanzknochen. Und dann entblößt du auch noch deine Hardware vor zwei unschuldigen Kindern. Bisschen pervers, wenn du mich fragst.« Richard spielte die Szene noch einmal ab und fror das Bild genau an der Stelle ein, als Karl seine Bruchlandung machte. »Mann, das ist der Brüller.« Er wiederholte es noch zwei Mal.

»Jetzt lass gut sein, Herrgott noch mal. Kannst du zurückspulen? Ich muss wissen, ob wir den oder die Täter sehen können, wie sie die Hand ablegen.«

»Scheiße, Mann, das ist ja geil. Daran hab ich gar nicht gedacht.«

»Deswegen bin *ich* der Privatermittler, und du glaubst an UFOs.«

Richard drückte eine Taste. Die Winteridylle lief in Zeitlupe rückwärts. Leise rieselte der Schnee. Sonst nichts.

»Kannst du nicht schneller machen? Dieser Computer ist ja langsamer als die Honorarschecks meiner Kunden«, knurrte Karl.

»Es hat seinen Grund, dass er so *laaangsam* ist. Das nennt man *Zeiiiiiitluuuuuuupe.*«

Dann passierte es.

»Halt!«, rief Karl so laut, dass Richard zusammenzuckte. »Ich glaube, ich habe den Schatten eines Autos gesehen.«

Richard drückte blitzschnell eine Taste. Es war ein Streifenwagen am oberen Ende der Hill Street. Dann kam am anderen Ende der Straße ein weiteres Auto in Sicht und blieb wenige Schritte von Karls Büro entfernt stehen. Zehn Sekunden stand es da, dann wurde hastig die Tür geöffnet und wieder geschlossen.

Karls Herz schlug schneller.

»Anhalten und ranzoomen«, befahl Karl. »Ich glaube, jemand hat etwas aus dem Auto geworfen.«

Richard zoomte näher ran. Schnee machte das Bild unscharf. »Schwer zu sagen, Mann. Sieht nach was aus. Vielleicht diese Hand. Vielleicht auch nicht.«

»Kriegst du es schärfer?«

»Nein. Das ist schon das Äußerste.«

»Was ist mit dem Auto? Nummernschild oder Marke?«

Richard klickte einige Buttons an doch das Bild verschwamm nur noch mehr.

»Das Auto sieht wie ein Mercedes aus, aber sicher bin ich nicht. Vergiss das Nummernschild. Zu verschwommen. Tut mir leid, Mann. Nächste Woche könnte ich dir besseres Material liefern. Aus den Staaten ist ein Haufen toller HD-Scheiß an mich unterwegs.«

»HD?«

»High Definition. Hochauflösend. Allererste Sahne. Von dem Tag an kann ich die Poren in ihrer Haut sehen, nicht nur diesen körnigen Dreck. Und sogar kristallklare Tonaufnahmen machen.«

»Kannst du dieses Band durch dein HD jagen, wenn es da ist, es schärfer machen?«

»Nein. Nicht kompatibel. Sorry, Mann.«

»Du musst dich nicht entschuldigen. Das war super, Kumpel. Ich nehme an, der oder die Fahrer in dem Auto haben die Bullen gesehen, Panik gekriegt und die verdächtige Fracht einfach rausgeworfen. Jetzt kann ich mich wenigstens entspannen. Das war ein Zufall; die Hand wurde nicht absichtlich vor meine Tür gelegt.«

»Du ... du erzählst den Bullen doch nichts davon. Oder?« Plötzlich wirkte Richard nervös. »Mit diesen Kameras könnte ich mir richtig Ärger einhandeln.«

»Keine Bange. Die Polizei weiß nicht einmal, dass du existierst. Und je weniger die wissen, desto besser.« Karl schob Richard einen Zwanziger zu.

»Du musst mich nicht bezahlen. Ich helf dir jederzeit gern, weil du mir geholfen hast, die Bude hier zu finden.«

»Keine Ursache. Das hab ich nur gemacht, weil dein jämmerlicher Anblick, wenn du in meinem Hauseingang geschlafen hast, potenzielle Kunden abschreckte.«

»Du bist nicht der harte Hund, den du immer raushängen lässt.«

»Hart? Ich? Das einzig Harte an mir sind meine Socken und Unterwäsche.«

»Hey, Mann, wo ich dich gerade hier habe – wir gucken heute Abend die *Star Wars*-Trilogie. Ein paar Freunde kommen vorbei. Du bist herzlich eingeladen. Ich besorg dir sogar ein Lichtschwert.«

»Äh, danke für das Angebot, Richard, aber heute Abend habe ich ein Pokerspiel. Vielleicht ein andermal?«

Richard schien am Boden zerstört zu sein.

»Okay, Mann. Ein andermal …«

Karl ging zur Tür und öffnete sie.

»Ein Wort der Warnung zum Schluss.«

»Ja?«

»Wenn ich rauskriege, dass du meinen nackten Arsch ins Internet gestellt hast, komm ich wieder und mach dich mit einem dieser Ninja-Schwerter an der Wand kalt.«

Richard riss den Mund auf wie ein Frosch.

Karl lächelte diabolisch, bevor er hinausging.

Kapitel Sieben

Stadt ohne Maske

»Wir sind alle zu lebenslänglicher Einzelhaft in unserer Haut verurteilt.«
Tennessee Williams, *Orpheus steigt herab*

Der Schnee fiel vom verhangenen Nachthimmel, während Karl darauf wartete, dass die Ampel umschaltete. Über ihm verliefen straff gespannte Telefonleitungen, tödlich wie Garrotten, die auf den Hals eines ahnungslosen Opfers warteten. Karl sah von den Telefonleitungen zum beleuchteten Ziffernblatt der imposanten Albert Clock, die wie ein Wachtposten im Dunkel der Nacht stand. Die Zeiger der Uhr standen gefährlich nahe an drei Uhr morgens.

»Scheiße. Ist es schon *so* spät?« Er warf einen Blick auf die Armbanduhr. Und sah seine schlimmsten Befürchtungen bestätigt. Zehn Minuten nach drei. Naomi würde ihm die Hölle heißmachen, hatte er ihr doch versprochen, dass er um eins wieder zu Hause wäre. Aber das Glück wollte während des Pokerspiels nicht von seiner Seite weichen, und jetzt war ein satter Gewinn der Lohn für sein Sitzfleisch. Er würde sich von Naomi einen Tag die kalte Schulter zeigen lassen, und wenn ihr Zorn verraucht war, würde er ihr etwas Hübsches geben: eine Menge Papier mit der Zahl fünfzig drauf. Solche hübschen Sachen mochte sie.

»Komm schon, Ampel.« Das rote Licht schien wie festgefroren und hüllte Karls Finger, mit denen er ungeduldig auf dem Lenkrad trommelte, in ein warmes Leuchten.

Als er zum Seitenfenster hinausblickte, sah er drei spärlich bekleidete Frauen an der Ecke der Victoria Street stehen, die ihn dabei beobachteten, wie er die rote Ampel betrachtete. Im dichten Schneetreiben wirkten sie wie geisterhafte Erscheinungen.

Dann erkannte er sie, wendete hastig und gesetzwidrig um hundertachtzig Grad, hielt vor dem Trio an und kurbelte das Fenster herunter.

»Lipstick?«, fragte er die Jüngste der drei, deren Haut vor Kälte regelrecht blau angelaufen schien. Sie hatte sich das Gesicht mit Schminke und grellrotem Lippenstift bemalt. Karl fand, dass der Lippenstift wie eine blutige Wunde aussah.

»Hey, Süßer. Wie wär's, wenn wir zwei ...? Oh, Karl ...« Das gekünstelte Lächeln der jungen Frau verschwand schlagartig.

»Steig ein, verdammt!«, fuhr Karl sie an.

Lipsticks Gesicht wurde ernst, als sie widerwillig den dürren Körper ins Auto plumpsen ließ.

»Mir ist der Arsch abgefroren«, brachte sie heraus, zitterte ein wenig und lächelte gezwungen.

»Verschon mich mit dem Blödsinn. Du bist auf Bewährung raus, und das auch nur, weil Naomi sich für dich verbürgt und gesagt hat, dass du nicht mehr anschaffen gehst. Du hast ihr versprochen, dass du aufhörst – wenigstens ein paar Monate, bis das Wetter besser wird und die Nächte etwas heller sind.«

»Ich bin pleite, Karl. Ich muss Rechnungen bezahlen und hab keine Kohle.«

»Deine Ausreden sind nicht gerade neu. Wir müssen *alle* Rechnungen bezahlen, Lipstick. Hör auf, dich selbst zu bemitleiden. Willst du, dass das, was dir im Sommer zugestoßen ist, noch mal passiert?«

Lipstick sah weg. »Nein … nie wieder …«

Karl hatte Lipstick – Sharon McKeever – vor sechs Monaten kennengelernt, als sie eines Nachts vor der Tür seines Büros / Apartments lag. Ihr Zuhälter hatte sie brutal zusammengeschlagen, aber sie konnte in den erstbesten Hauseingang kriechen und Schutz suchen. Zum Glück nahm Naomi das Heft in die Hand und leistete Erste Hilfe, bis der Krankenwagen eintraf. Diese Maßnahmen hatten ihr vermutlich das Leben gerettet, sagten die Ärzte. Hinterher brachte Lipstick es nicht fertig, den angeblich ach so harten Hund anzuzeigen, und so beschloss Karl – ein Original, was harte Hunde anbelangt –, dem Schleimbeutel eine Lektion in Harte-Hunde-Etikette zu erteilen. Der Zuhälter bezog nicht ganz so schreckliche Prügel wie Lipstick, aber seine Palme und Kokosnüsse mussten dennoch mit zwanzig behutsamen Stichen genäht werden.

Das nächste Mal schlage ich dir die Eier nicht nur grün und blau, sondern schneide sie dir ab, zischte Karl dem halb Besinnungslosen ins Ohr. *Aber nächstes Mal gibt es kein nächstes Mal. Hier ist ein Zwanziger. Kauf dir eine Busfahrkarte und kriech in das Loch zurück, aus dem du rausgeklettert bist. Wenn ich deinen Namen noch ein Mal in Belfast höre, und sei es nur geflüstert, dann besuche ich dich mit ein paar Freunden, die nicht so sanft sind wie ich …*

Seit jenem schicksalhaften Tag war Karl so etwas wie ein Vater für die junge Frau geworden.

»Hast du noch den Schutz, den ich dir gegeben habe?«

Lipstick nickte. Sie lächelte, griff in die Handtasche und holte einen Gegenstand heraus.

»Mein Ritter der Nacht. Hast du ihn nicht so genannt, Karl?«

Es war ein 2-Zoll-Revolver Centennial Airweight .38er Special von Smith & Wesson ohne vorstehende Kanten, so entworfen, dass Frauen ihn schnell aus Handtaschen ziehen konnten.

»Ich hoffe, du hast ihn noch nicht benutzen müssen?«

»Nein, Karl, es ist, wie du gesagt hast: Wenn man ihn einem Bösewicht vor die Nase hält, vergisst er ganz schnell, dass er was Böses tun wollte. Ich wünschte mir nur, du hättest mir mehr als eine Patrone gegeben. Dann würde ich mich viel sicherer fühlen.«

»Eine Kugel ist Notwehr, selbst in den verkommenen Gerichten der Belfaster Justiz. Mehr riecht nach Verschwörung, oder Schlimmerem. Egal, wenn die das Ding in deiner Hand sehen, suchen sie schleunigst das Weite – noch bevor sie sich in die Hosen scheißen.«

Lipstick lachte. Karl fand, dass sich das Lachen rostig anhörte, als würde es zu wenig in Betrieb genommen, und das brach ihm fast das Herz. Sie war nicht älter als Katie, und er wünschte sich, er könnte ihr helfen, diese schäbige Welt ohne Hoffnung und voller täglicher Gefahren hinter sich zu lassen.

»Du hast ihn meinen Ritter der Nacht genannt, aber in Wahrheit bist du mein Ritter, Karl.«

»Du bist so eine Lügnerin, Lipstick. Schlimmer als ich«, sagte Karl und fuhr mit dem Auto auf die Straße zurück.

»Wohin bringst du mich?«

»Ich muss dir einen Antrag machen.«

»Einen Antrag?« Lipstick wirkte schlagartig besorgt. »Normalerweise mit Vergnügen, Karl, aber bei dir ... ist das was anderes. Ich würde Naomi niemals wehtun.«

»Keine Angst. So einen Antrag meine ich nicht.« Karl nahm drei Zwanziger aus der Brieftasche und hielt sie hoch.

»Wo ist der Haken?«, fragte Lipstick misstrauisch.

»Kein Haken. Du kommst jetzt gleich mit und bleibst eine Weile in unserem Gästezimmer – jedenfalls bis das Wetter wieder etwas wärmer wird.«

»Ich komme mit zu dir und werde *bezahlt*, ohne dass ich etwas dafür tun muss?«

»Ich habe nicht gesagt, dass das Geld umsonst ist, oder? Du erledigst Arbeiten, kochst Kaffee und gehst ans Telefon. Den Mist, mit dem ich Naomi nicht mehr belästigen kann. Du bekommst wöchentlich ein Gehalt – *nicht viel* –, aber dafür kannst du mietfrei bei mir wohnen. Was sagst du?«

»Bist du sicher?«

»Klar bin ich sicher.«

»Du bist der Größte, Karl.« Sie küsste ihn auf die Wange und ließ das Geld hastig in ihrer imitierten Ledertasche verschwinden.

»Der größte Halsabschneider, meinst du? Nicht dass du mir sentimental wirst, Mädchen.« Karl drehte das Lenkrad und bog nach links in die Hill Street ein.

Auf halber Höhe der Straße hielt er leise vor seinem Büro an. Es schneite mit jeder Minute stärker, und er war froh, dass er zu Hause war.

Als er mit Lipstick aus dem Auto ausstieg, betete er, dass Naomi schlafen oder wenigstens mit ihm reden würde. Er bezweifelte beides. Aber dass er Lipstick mitbrachte, konnte sich als Geniestreich erweisen. Mit etwas Glück würde es Naomi milde stimmen.

»Sie haben merkwürdige Sprechzeiten, Kane«, ertönte eine Stimme direkt hinter ihm. Karl drehte sich um und sah einen Mann aus dem Schatten kommen.

»Wer hat Sie denn aus dem Käfig gelassen, McCormack?«, fragte Karl. »Wie ich sehe, kriechen Sie immer noch wie lichtscheues Gesindel durch die Dunkelheit. Alte Gewohnheiten wird man wohl nicht so leicht los.«

McCormack war eine eins neunzig große Säule aus steinharten Muskeln, die er in Schlägereien und Faustkämpfen auf den Straßen von Belfast gestählt hatte. Sein ledriges Gesicht sah so heimelig aus wie eine verriegelte Tür, während sich das Licht der Straßenlaterne in seiner polierten Glatze spiegelte. In der rechten Hand hielt er eine große Dose Red Bull. McCormacks Hand war breiter, als die blaue Büchse hoch war. In der linken Hand hatte er einen halb aufgegessenen Hotdog.

»Oh, ich krieche nicht herum, Karl. Ich stehe hier vor Ihnen, wo alle Welt es sehen kann.«

»Also, *ich* fühle mich gleich viel sicherer im Bett, wenn ich weiß, dass Sie sich hier draußen die Eier abfrieren«, sagte Karl und gab Lipstick seinen Hausschlüssel. »Wir sehen uns drin, Lipstick. Mach dir was zu essen.«

Lipstick warf McCormack einen nervösen Blick zu, dann nahm sie hastig die Schlüssel und betrat das Gebäude. Sekunden später war sie verschwunden.

»Sie sind alt genug, der Vater des Mädchens zu sein, Kane. Schämen Sie sich nicht?«

»Eifersucht bringt Sie nicht weiter, McCormack.«

»Sie sind ein sehr kranker Mann, Kane. Wissen Sie das?«

»Ich weiß, dass dieses Wetter weder was für Menschen

noch Tiere ist. Aber wenn ich mir Sie so ansehe, glaube ich, dass Tiere besser damit fertigwerden.«

»Am Arsch geleckt, Kane.«

»Bei meinen Hämorrhoiden? Nein danke.«

McCormack schob den letzten Bissen des Hotdogs in den Mund, dann hob er die Dose und trank sie mit zwei gierigen Schlucken aus. Sekunden später zerdrückte er die leere Dose und warf sie in eine Schneewehe.

»Das macht fünfzig Pfund Strafe, McCormack. Wir dulden keine Umweltschweine in dieser sauberen Nachbarschaft.«

Als Antwort rülpste McCormack lautstark eine Gaswolke in die Luft.

»Benehmen Sie sich, McCormack. Sie wecken die Nachbarn mit diesem Nilpferdpaarungsruf. Kein Wunder, dass Sie den einzigen Job der Welt haben, wo man ganz unten anfängt und sich dann immer tiefer runterarbeitet.«

»Sie halten sich für witzig, Kane, was? Aber auch wer klugscheißt, scheißt am Ende nur.«

»Echt? Jemand hat mich mal gefragt, wie ich Unwissenheit und Gleichgültigkeit definiere. Meine Antwort lautete, ich wüsste es nicht, und es wäre mir auch egal. Das trifft mehr oder weniger auch auf Sie zu.«

»Also, ich denke, das dürfte sich bald ändern.« McCormack grinste. »Jetzt, da ich der städtischen Truppe zugeteilt wurde, habe ich Zugriff auf verschiedene ungelöste Fälle und kalte Spuren.«

»Kalte Spuren? Ist das Ihre Art von Humor im tiefsten Winter?«

»Ich lese gerade über den Fall von zwei Polizisten, die ein Schleimbeutel ermordet hat, der wohl glaubt, er hätte das perfekte Verbrechen begangen.« McCormacks Worte hingen in der Luft wie ein Fleischerhaken. Er rückte näher zu Karl. »In meinem Buch gibt es keinen perfekten Mord, Kane. Nur perfekte Ermittlungen.«

Plötzlich schnürte es Kane die Brust zusammen wie in einem Korsett.

»Ich würde wirklich gern hier stehen bleiben und meine Zeit mit dieser Unterhaltung vergeuden, aber mich locken ein warmes Bett und ein noch wärmerer Körper. Also, wie die ›Two Ronnies‹ klassischerweise sagen würden: Gute Nacht von mir und gute Nacht von ihm.«

»Vorerst, Kane. Vorerst ...«

Innen lehnte sich Karl an die Tür, die er gerade geschlossen hatte, und atmete schwer. Sein Herz schlug wie verrückt. Er versuchte, sich zu beruhigen. Dachte, er wäre einem Herzinfarkt nahe. Dachte, er könnte McCormack im Schnee herumlaufen hören. Stellte sich den Gorilla vor, wie er lächelte. Wartete ...

Kapitel Acht

Ein ungezähmtes Leben

»Gibt es keinen Ausweg aus dem Verstand?«
Sylvia Plath, *Befürchtungen*

Das Pflegeheim Heatherdale sah wie die perfekte Winteridylle aus, als Karl die lange, gewundene Zufahrt dorthin entlangfuhr, die ihn an zurechtgeschnittenen Bäumen, Rasenflächen und zugefrorenen Fischteichen vorbeiführte. Aber so malerisch alles aussah, verspürte Karl doch jedes Mal, wenn er die große Eingangshalle des viktorianischen Gebäudes betrat, um seinen Vater Cornelius zu besuchen, ein Zwicken im Magen.

Die Luft war beißend kalt, als er aus dem Auto ausstieg und auf das riesige Bauwerk zuging.

Im Inneren herrschte eine unheimliche Stille auf den Fluren, was die klaustrophobische Atmosphäre noch beklemmender machte. Karl hasste dieses weiße Rauschen der Stille. Sie zwang sein Gehirn, Fragen zu stellen, die er lieber vermieden hätte, auch wenn er wusste, dass sie ihn mit ihrer Unausweichlichkeit wie Schatten verfolgten.

Als er sich eingetragen hatte, machte er sich auf den Weg zum Zimmer seines Vaters. Als er gerade anklopfen wollte, kam eine ältere Krankenschwester aus dem gegenüberliegenden Flur.

»Karl! Schön, dass Sie da sind«, sagte die Frau laut und unter Missachtung aller »Ruhe bitte!«-Schilder, die jede Wand zierten. Sie hatte das fröhliche Gesicht einer geliebten Tante und die Rundungen einer wohlgenährten. »Cornelius erwartet Sie.«

Karl lächelte über diese altbekannte Lüge. Die gnadenlose Alzheimersche Krankheit ließ seinem Vater kaum Erinnerungen an Besucher, Familienangehörige oder Freunde, die kamen oder gingen. Eine Untersuchung des Gehirns vor drei Monaten hatte ein deutliches Schrumpfen und einen rapiden Verfall der Zellen gezeigt.

»Wie geht es ihm, Schwester Margaret?«

»Wie immer ignoriert er das Personal und sämtliche Anweisungen, der alte Störenfried.« Margaret lächelte fröhlich. »Zum Glück hat er aber wieder Appetit. Isst wie ein Scheunendrescher. Wann waren Sie zum letzten Mal hier?«

»Ich ...« Er zog eine Lüge in Betracht. Konnte es aber nicht. »Vor zwei Wochen. Ich habe es letzten Dienstag versucht, aber –«

»Jetzt sind Sie hier. Nur darauf kommt es an. Wir müssen alle unser Leben leben. Verkneifen Sie sich die verdammten Schuldgefühle, Karl.«

Als er ihre tröstenden Worte hörte, fühlte er sich wie ein verirrtes Kind, das wieder nach Hause gefunden hatte. Die Schuldgefühle ließen nach. Etwas.

»Danke, Schwester ...«

»Seien Sie nicht albern. Wie ich sehe, haben Sie wieder Kaffee mitgebracht.« Margaret lächelte. »Er muss zwanzig Packungen da drinnen stehen haben.«

Karl errötete leicht. »Ich versuche alles.«

»Ich weiß. Ich habe auch den Artikel gelesen, wonach Kaffee den Schäden durch Alzheimer entgegenwirken kann. Einen Versuch ist es immer wert.«

Karl lächelte verlegen. Ihm fiel keine Antwort ein. Er bezweifelte stark, dass sie den Behauptungen in dem Artikel Glauben schenkte. Ehrlich gesagt tat er es auch nicht.

»Danke für die Mühe, die Sie sich mit ihm geben, Schwester Margaret. Dafür bin ich Ihnen sehr dankbar.«

»Ich tue nur meine Pflicht.«

»Nein, Sie tun wesentlich mehr – Sie und der Rest des Personals.«

Sie lächelte. »Schauen Sie bei mir rein, bevor Sie gehen, wenn Sie reden wollen. Wir können Tee trinken.« Sie berührte ihn an der Schulter, bevor sie in einem anderen Flur verschwand.

Karl wartete ein paar Sekunden, dann klopfte er zaghaft und fast so, als wollte er gar nicht gehört werden, an die Tür seines Vaters.

Keine Reaktion.

Er öffnete die Tür, trat ein und wappnete sich für die unweigerlichen Gerüche, die ihm stets den Magen umdrehten: Urin, Exkremente, fades, tot gekochtes Gemüse und, am schlimmsten von allem, Einsamkeit.

Cornelius saß mit gesenktem Kopf am Fenster. Der Atem aus seiner Nase ließ die Scheibe immer wieder beschlagen. Davon abgesehen bewegte er sich so gut wie gar nicht. Der einst große, kräftig gebaute Cornelius war heute kaum mehr als eine verschrumpelte Hülle, die nur noch an den Falten und Wülsten des Halses Fleisch auf den Knochen zu haben schien.

»Hey, Dad«, sagte Karl und berührte seinen Vater sanft am Arm.

»Ist es Zeit für die Medizin, Sir?«, fragte Cornelius, wandte sich vom Fenster ab und sah Karl an.

Karl hatte den Eindruck, als wären die Augen seines Vaters glasig, wie in Trance. Der alte Mann schien noch mehr zusammengeschrumpelt zu sein, seit er ihn das letzte Mal gesehen hatte. Karl betrachtete das verwitterte Gesicht, das jetzt wie eine alte Leinwand mit Knitterfalten und Runzeln wie Bachläufen aussah. Ovale, dunkle Vertiefungen bildeten sich um die Augen herum, was ihm das Aussehen eines Totenschädels verlieh.

O Gott, Dad … »Ich bin es, Dad. Karl. Dein Sohn«, sagte Karl und gab Cornelius einen Kuss auf das dichte graue Haar.

»Sohn …?«

»Ja, Dad. Karl. Erinnerst du dich?«

»Karl … ich erinnere mich an einen Karl … das Gedächtnis lässt nach …«

»Ich weiß, Dad. Es ist nicht leicht. Mach … mach dir deswegen keine Gedanken.«

»Karl war … er war ein guter Junge … hat mir etwas versprochen …«

Karl fühlte sich, als hätte er gerade einen Tritt in den Magen bekommen. »Das weiß ich …«

»Karl …«

»Ja, Dad?«

»Karl …«, wiederholte Cornelius. »Er … er war ein guter Junge … ein sehr guter Junge.«

»Und du bist ein guter Vater, Dad. Der beste der Welt«, sagte Karl, der etwas Unkontrollierbares in sich hochköcheln spürte.

Plötzlich packte Cornelius Karl am Arm, zog ihn zu sich hinunter und flüsterte: *»Karl hat mir etwas versprochen. Er sagte, er würde mich nicht … nicht so leben lassen. Nicht so. Hat* *er das nicht verstanden? Er hat sein Versprechen gebrochen. Ich hasse ihn.«*

Karl wollte zurückweichen, aber der Griff seines Vaters war unglaublich stark.

»Er sagte, er würde mich nicht hirnlos in der Dunkelheit dahinvegetieren lassen …«

»Ich … ich weiß …«

Karl nahm seinen Vater in die Arme, drückte ihn und erinnerte sich an einen Tag vor einer Million Jahren, als ein kleiner Junge vor Angst in der Dunkelheit weinte und sich in einem Schrank vor dem Monster mit dem Messer versteckte; dem Monster, das eben erst die Mutter des Jungen brutal vergewaltigt und ermordet hatte. Dem Monster, das den Jungen missbrauchte und liegen ließ, weil es ihn für tot hielt.

Jetzt gibt es kein Monster mehr, Sohn, versicherte ihm sein Vater und umarmte ihn zärtlich. *Es ist für immer fort. Ich lasse nicht zu, dass es dir jemals wieder wehtut.*

Versprochen, Dad?

Versprochen, Sohn. Ich beschütze dich vor der Dunkelheit …

»Ich … ich lasse nicht zu, dass dich die Dunkelheit holt, Dad …«

Cornelius' Augen blickten plötzlich hell und klar, der glasige Ausdruck verschwand einen Moment.

»Versprochen?«

»Versprochen.«

*

Es war spät, als Karl bleich und von Schuldgefühlen besiegt das Apartment betrat.

»Was ist los?«, fragte die besorgte Naomi, als Karl in das Wohnzimmer kam.

»Außer allem anderen, meinst du?«

»Außer dem. Wie geht es Cornelius?«

»Nicht gut. Sein Verstand verfällt zusehends.«

»Oh, Karl …« Naomi nahm ihn in die Arme. »Das tut mir leid.«

»Er hat mich kaum erkannt, und ich fühle mich so verdammt hilflos, wenn ich mit ansehen muss, wie er dahinsiecht. Er … er ist wie ein Fremder, der sich in einer fremden Welt verirrt hat.

Naomi drückte ihn fester. »Oh, Karl …«

»Ich bin froh, dass du nicht mitgekommen bist. Du hättest den Hünen, den du kennengelernt hast, nicht wiedererkannt.«

»Er wird immer ein Hüne bleiben. Und du musst jetzt für ihn stark sein. So würde sich Cornelius das wünschen.«

»Ich spüre immer noch seine warmen Hände auf meinem Kopf, als ich ihn allein dort in diesem verfluchten Zimmer sitzen ließ.«

»Ich mach dir Kaffee und etwas zu essen«, sagte Naomi und ging in die Küche.

»Ein Hennessy wäre mir jetzt lieber.«

»Iss zuerst etwas«, sagte Naomi. »Dann kannst du dich ausruhen.«

»Wo ist Lipstick? Sag mir nicht, dass sie nach nur einem Tag schon wieder ausgeflogen ist. Sind wir wirklich so langweilig geworden, Naomi?«

»Sie sagte, sie wolle sich mit einer Freundin treffen und wäre um vier wieder hier.«

»Und jetzt ist es fast sieben. Vermutlich hat sie die Flatter gemacht.«

»Na ja, sie weiß ja, wo wir wohnen, falls sie ein Dach über dem Kopf braucht«, sagte Naomi und verschwand in der Küche.

Karl setzte sich, ohne den Mantel auszuziehen. Er war so hundemüde, er hätte eine Ewigkeit schlafen können.

Irgendwo im Hinterkopf hörte er immer noch die versteinerte Stimme seines Vaters. *Versprochen?*

Kapitel Neun

Die Faust im Nacken

»Schlitzen Sie ihn auf, wo immer Sie mögen. Höllenhund bleibt Höllenhund.«
P. G. Wodehouse, *Der Kodex der Woosters*

Späte Donnerstagnacht, fast schon Freitagmorgen. Der Mann zwängte sich mit seiner großen, ältlichen Gestalt in eine der zahlreichen Lagerhallen im Hafengebiet der Stadt. Aus dem Inneren blickte er durch eine zerbrochene Fensterscheibe. Die Silhouette der Stadt bot ein trostloses Panorama. Ein totenbleicher Mond schwebte wie ein Hoden ohne den zugehörigen Hodensack am Nachthimmel. Graupelschauer regneten herab; der Wind war schneidend kalt.

Er hasste dieses schreckliche Wetter und den grässlichen Regen Belfasts, der einem die Seele zerstörte. Hastig schlug er den Mantelkragen hoch und zündete sich eine Zigarette an. Zog so heftig daran, dass die Glut der Kippe vorübergehend sein Gesicht erhellte. Rauch drang ihm wie geisterhafte graue Nebelschleier aus den Nasenlöchern. Er hustete zweimal; das dritte Husten erstickte er mit der hohlen Hand.

Er kannte auch im Stockdunkeln jeden Quadratzentimeter der Lagerhalle, schließlich hatte er das Gebäude schon häufig benutzt, um sich von Zuhältern, Drogendealern und korrupten Politikern schmieren zu lassen.

Er schnippte die halb gerauchte Zigarette in die Dunkelheit und strich mit der freien Hand behutsam über den feuchten Mantel. Eine Notwendigkeit. Er spürte die Wölbung des Revolvers warm unter dem Stoff. Ein Talisman. Sein bester Freund. Sein *einziger* Freund. Er lächelte. Beruhigt.

Er war eine halbe Stunde zu früh hier, da er sich nicht von einer plötzlichen und unerwarteten Wendung der Ereignisse überraschen lassen wollte. Wenn alles wie geplant verlief, würde ihm die heutige Zahlung dem Traum von einer Villa in Südfrankreich näher bringen; vielleicht könnte er diesen gefährlichen Job sogar endgültig an den Nagel hängen.

Aus der Dunkelheit draußen drangen unheimliche Geräusche an seine Ohren, die ihn ein wenig nervös machten: Rostige Ketten klirrten wie Windspiele; verbeulte Hinweisschilder quietschten in ihren Scharnieren; Türen leer stehender Container klapperten lautstark gegen die Außenwände. Ein einsames Schiffshorn hörte sich an wie ein sterbender Wal.

Einen Moment stellte er sich den Lärm Tausender Hafenarbeiter vor, die schufteten wie Ameisen, und knurrende Maschinen, deren Dröhnen allgegenwärtig war. Aber das war eine Million Jahre her. Heute rostete alles vor sich hin. Der Rost war allgegenwärtig, zerfraß verlassene Boote und jedes erdenkliche Stück Metall. Sogar das trübe, funzelige Licht der alten Straßenlaternen konnte ihn nicht verstecken.

Sein Handy summte; er erschrak ein wenig. Er holte es aus der Tasche und warf einen Blick auf die Anzeige. Die Nummer kannte er nicht, aber er ging trotzdem ran.

»Hallo?«

Als er urplötzlich kaltes Metall wie eine Faust im Nacken spürte, schwanden ihm fast die Sinne. Vorübergehend erstarrte er. Dann kam er wieder zu sich.

»Ein kleines Ablenkungs- und Täuschungsmanöver«, sagte der Bewaffnete, schob dem anderen Mann gekonnt die Hand in den Mantelausschnitt und zog den Revolver heraus. »Ich dachte mir, Sie würden dadurch vergessen, dass Sie das da in der Tasche haben. Ich wollte keinen Unfall riskieren.«

»Ist das ein Überfall?«, fragte er, zu spät, denn jetzt erkannte er das Gesicht und wusste, wie dumm die Frage war. »Sie waren die ganze Zeit hier in der Dunkelheit und haben mich beobachtet?«

»Jemand, der so listig ist wie Sie, den muss man überlisten. Es hat eine Weile gedauert, Sie hierherzulocken, aber ich wusste, dass Ihre übertriebene Geldgier Ihre Achillesferse ist.«

Er hatte Angst und war unglaublich wütend; wütend, weil er so unbedacht in die Falle getappt war.

»Sie ... Sie müssen das nicht machen.« Jetzt klang seine Stimme hölzern und verzweifelt.

»Sie haben mir keine andere Wahl gelassen. Wenn ich Sie am Leben lasse, werden Sie zu einem Problem, über das ich keine Kontrolle mehr habe. Wenn Sie es wünschen, lasse ich Ihnen noch etwas Zeit, damit Sie Ihren Frieden mit Gott machen können. Mehr kann ich Ihnen nicht anbieten. Ein besseres Angebot gibt es nicht mehr.«

»Gott? Ich bezweifle sehr, dass mir irgendein Gott Gehör schenken würde – oder Ihnen, wenn der Tag kommt.«

»Sie vergeuden kostbare Zeit.«

»Na dann. Worauf warten Sie noch? Bringen Sie es hinter sich.«

Ein lauter Knall, ein Blitz aus dem Lauf. Silbernes Licht

erhellte die Lagerhalle. Sekunden später herrschte wieder Dunkelheit, die sich wie eine Faust um ein Geheimnis ballte.

Im Hafengebiet wurde es wieder ruhig.

Kapitel Zehn

Ein Fräulein in Nöten

»Es war eine Blondine. Eine Blondine, wegen der ein Bischof ein Loch ins Kirchenfenster getreten hätte.«
Raymond Chandler, *Lebwohl, mein Liebling*

»Karl? Eine Miss Jemma Doyle möchte dich sprechen«, sagte Naomi, die den Kopf ins Büro steckte.

»Bisschen spät für einen Freitagabend, oder?«, sagte Karl, der sein Horoskop in der Tageszeitung las: *Geld steht ins Haus. Und danach eine Überraschung.* »Hat sie einen Termin?«

»Nein. Ich hab ihr gesagt, dass sie einen machen muss, aber sie bleibt hartnäckig. Ich kann sie wegschicken, wenn du willst.«

»Nein, schon gut. Schick sie rein«, sagte Karl und ließ die Zeitung hastig in der obersten Schublade seines Schreibtisches verschwinden. Er hatte tagsüber versucht, die anderen Rubriken der Zeitung zu lesen – um sich von dem beunruhigenden Besuch bei seinem Vater vor zwei Tagen abzulenken –, konnte sich aber nicht konzentrieren. Cornelius' flehende Stimme – wie ein Lied oder ein perfekt geschliffener Filmdialog – ertönte immer wieder in Karls Kopf.

Kaum hatte er die Schublade zugemacht, stand eine extrem attraktive Frau im schicken Wintermantel und mit einer großen Lederhandtasche an der Tür. Unter dem offenen Mantel zeigte die Bluse aus schwarzer Seide ein makelloses »V« braun gebrannter Haut. Ihre sanften Augen glichen denen eines Rehs, mit einem Anflug von Melancholie darin. Blondes Haar fiel ihr bis auf die Schultern und ein wenig darüber.

Karl schätzte, dass sie höchstens Ende zwanzig, Anfang dreißig war. Alles an ihr war Spitzenklasse.

»Verzeihen Sie, ich weiß, es ist spät, Mister Kane, aber ich wusste nicht, dass ich einen Termin vereinbaren muss«, sagte Jemma Doyle und ließ ein perfektes Lächeln erstrahlen.

Erst jetzt bemerkte Karl eine tiefe Narbe an der linken Seite ihres Gesichts, die das teure Make-up, das sie trug, nur unvollständig überdeckte.

»Nein, keine Angst, wir waren nur am Aufräumen, wie immer freitagabends. Setzen Sie sich doch, Miss Doyle«, sagte Karl und berührte sanft Jemmas Hand, bevor er sie zaghaft schüttelte, als könnte er sie mit zu viel Kraft aus dem Handschuh reißen.

»Bitte entschuldigen Sie die Handschuhe. Ich leide unter schrecklichen Ekzemen an den Händen«, sagte Jemma und nahm gegenüber von Karl Platz. »Und dieses kalte Wetter macht es noch schlimmer.«

Karl nickte. »Was kann ich für Sie tun?«, fragte er.

Sie beugte sich näher zu ihm. Karl roch ihr Parfüm. Ein Moschusduft. Teuer. Wie er ihn Naomi zu sehr speziellen Anlässen kaufte. Davon hatte es in letzter Zeit nicht allzu viele gegeben. Hoffentlich würden sich die Vorhersagen seines Horoskops erfüllen.

»Es geht um Thomas Blake, meinen Onkel. Er wird seit einigen Jahren vermisst, und meine Familie hat versucht, ihn aufzuspüren. Mein Vater – sein Bruder – möchte mit ihm in Verbindung treten, bevor … na ja, mein Vater ist schwer krank, Mister Kane …«

»Das tut mir leid, Miss Doyle.«

»Jemma. Bitte nennen Sie mich Jemma.«

»Jemma …«, antwortete Karl und fletschte sein bestes Colgate-Lächeln.

»Ich weiß, wie beschäftigt Sie sein müssen. Ihre Sekretärin bestand darauf, dass ich ein andermal wiederkomme, aber ich brauche wirklich dringend jemanden, der Onkel Thomas findet, bevor es zu spät ist …« Jemma kramte ein Taschentuch hervor und tupfte sich die Augen. Ihre bebende Stimme drohte, völlig zu versagen. »Es tut mir leid … so albern von mir … es ist nur so, die ganze Verantwortung, ihn zu finden, liegt bei mir, und das belastet mich ungeheuer.«

»Schon gut, Jemma«, sagte Karl beschwichtigend. »Nichts hilft so sehr wie Weinen, sage ich immer. Mir hilft es, wenn die Belastung zu groß wird.«

Jemma lächelte. Dadurch wirkte sie noch bezaubernder.

»Möchten Sie einen Kaffee, Jemma? Der wärmt Sie auf.«

Jemma nickte. »Mit Milch, ohne Zucker, bitte.«

Karl drückte den Knopf der Gegensprechanlage. »Naomi? Zwei Kaffee. Für Miss Doyle mit Milch, ohne Zucker.«

»Hol ihn dir doch selbst!«, fauchte Naomi, deren Stimme so kalt war wie das Wetter draußen.

»Äh, pardon, ich habe ganz vergessen, dass die Kaffeemaschine nicht funktioniert«, murmelte Karl.

»Schon gut, Mister Kane.«

»Karl. Alle nennen mich Karl.«

»Karl … ich bin so froh, dass ich zu Ihnen gekommen bin«, schniefte Jemma und lächelte gezwungen, während sie sich die Nase in das Taschentuch schnäuzte. »Sie denken vermutlich, dass sich das furchtbar dumm anhört, aber etwas hat mich hierhergeführt.«

»Geführt?«

Jemma nickte. »Ich war auf dem Heimweg, als mein neues Auto einfach nicht anspringen wollte. Offenbar ein Motorschaden. Etwas mit einem Chip in der Elektronik des Wagens, meinte der Mann in der Werkstatt.«

»In meinem Auto gibt es nur die Chips, die ich samstagabends mit nach Hause bringe, die gesalzenen.« Karl lächelte.

Jemma erwiderte das Lächeln, doch ihre traurigen Augen straften sie Lügen.

»Der Mechaniker macht sich gerade an dem Auto zu schaffen. Er sagte, freitagabends sei immer am meisten los, daher könne es eine Weile dauern. Und so beschloss ich, mir die Wartezeit mit einem Spaziergang zu vertreiben. Da sah ich Ihre Visitenkarte in einer Telefonzelle in der Royal Avenue«, erklärte Jemma und zog eine von Karls Karten aus der Tasche. »Ist das nicht seltsam?«

»Sehr seltsam«, sagte Karl und lief rot an. »Ich frage mich, wie die dorthin gelangt ist?«

»*Kane kann's.*« Jemma las lächelnd das Motto auf der Karte vor. »Ich fand das witzig.«

»Eine meiner Sternstunden, ich gebe es zu.«

»Es hat mir geholfen, dass ich die Karte gefunden habe und hergekommen bin.«

»Ein wenig wie Lourdes.«

»Pardon?«

»Nichts«, antwortete Karl. »Wann und wo hatte jemand zum letzten Mal Kontakt mit Ihrem Onkel?«

»Vor etwa sechs Jahren, sagt mein Vater. Sie hatten einen Streit wegen des Familienbetriebs, und keiner wollte nachgeben. Mein Onkel ging am selben Tag fort, und seither hat ihn niemand mehr gesehen oder etwas von ihm gehört.«

»Familienbetriebe werden immer von Familien ruiniert. Gibt es Fotos von Ihrem Onkel?«

»Ja«, sagte Jemma und holte drei Fotos aus der Handtasche. »Das sind die besten. Mein Onkel ließ sich nicht gern fotografieren. In der Beziehung war er ein wenig abergläubisch. Ich glaube, mein Vater hat noch ein oder zwei andere. Ich bringe sie Ihnen so schnell wie möglich.«

Karl warf einen flüchtigen Blick auf die Fotos. Onkel Thomas hatte einen etwas zu großen Kopf mit einer zerzausten Haartracht. Das Gesicht sah ernst und streng aus. Ein Bleibt-mir-bloß-vom-Leibe-Onkel, dachte Karl. »Kann ich die behalten?«

»Aber gern. Sie können Sie mir zurückgeben, wenn Sie damit fertig sind«, sagte Jemma. »Und jetzt zu Ihrem Honorar. Darüber haben wir noch gar nicht gesprochen. Wie viel verlangen Sie?«

»Ich bin nicht billig«, sagte Karl. »Zweihundert am Tag, plus Spesen.«

»Hört sich vernünftig an«, sagte Jemma und kramte wieder in der Handtasche.

»Ich wünschte, alle meine Kunden würden so auf meine Honorarforderung reagieren.« Karl fand immer mehr Gefallen an dieser attraktiven Frau.

»Mein Scheckbuch. Ich muss es zu Hause liegen gelassen haben.« Plötzlich machte Jemma einen besorgten Eindruck. »Nehmen Sie auch Bargeld, Karl, oder muss es ein Scheck sein?«

»Bargeld bevorzuge ich sogar. Eigentlich bin ich allergisch gegen Schecks. Hin und wieder machen sie mich sogar krank, wenn der Steuerprüfer sie findet.« Karl lächelte. »Aber hören Sie, Jemma, ich weiß noch nicht, ob ich den Fall übernehme.«

»Ich habe etwa hundert bei mir«, antwortete Jemma und drückte das Geld in Karls zunehmend schwächere Hand. »Ich kann morgen vorbeischauen und den Rest bezahlen. Wäre das akzeptabel?«

»Normalerweise haben wir am Samstag nicht geöffnet. Hören Sie ... na gut«, sagte Karl resigniert und nahm das Geld. »Lassen Sie mich erst einmal ein paar Ermittlungen anstellen. Über den Rest des Honorars können wir uns später unterhalten. Einverstanden?«

Jemma nickte und stand auf. Sie sah aus, als wäre sie erneut den Tränen nahe, während sie etwas auf einen Zettel schrieb. »Sie sind so freundlich, Karl. Das werde ich Ihnen nie vergessen. Hier ist meine Telefonnummer, falls Sie mich anrufen müssen.«

»Hören Sie, Jemma, ich will ehrlich zu Ihnen sein, was vermisste Personen angeht. Glück spielt eine nicht unbedeutende Rolle bei der Suche – besonders, wenn die fragliche Person nicht gefunden werden möchte. Haben Sie das verstanden? Sie sollten sich keine allzu großen Hoffnungen machen, dass ich Ihren Onkel finde.«

»Ich bitte Sie nur, dass Sie es versuchen, Karl«, sagte Jemma und schüttelte Karl die Hand; dann rauschte sie aus dem Büro hinaus und hinterließ nur den betörenden Duft ihres Parfüms.

»Du kannst jetzt den Mund wieder zumachen, Karl. Sonst geraten noch Fliegen hinein«, sagte Naomi, die das Zimmer betrat, kaum dass Jemma draußen war. »Eine aufgetakelte Schnepfe, und schon rutscht dir der Verstand in die Hose.«

»Wie kannst du nur so gemein sein?«, sagte Karl. »Und was ist überhaupt in dich gefahren?«

»*Über den Rest des Honorars können wir uns später unterhalten*«, äffte Naomi ihn sarkastisch nach.

»Du hast gelauscht – *wieder mal*. Was habe ich dir zu dem Thema gesagt?«

»Seit wann arbeiten wir auf Pump?«, fragte Naomi, die den Vorwurf ignorierte. »Miss Jemma Doyle sah aus, als könnte sie sich unser Honorar für *spezielle* Kunden mehr als leisten, von popeligen zweihundert ganz zu schweigen.«

»Naomi Kirkpatrick! Ich glaube, du bist eifersüchtig.«

»Sag das dem Vermieter, wenn er nächste Woche kassieren kommt. Der sagt garantiert nicht: *Über den Rest der Miete können wir uns später unterhalten.*«

»Du hörst dich allmählich wie ich an, und das macht mir Angst. Komm. Statten wir Nick's Warehouse einen Besuch ab«, sagte Karl und hielt kapitulierend die fünf Zwanziger hoch. »Ich spendiere dir ein schönes Abendessen – und sogar noch etwas teures Kerzenlicht dazu.«

»Ein Glück, dass ich *nicht* der eifersüchtige Typ bin, Karl Kane.« Naomi lächelte und nahm ihm das Geld aus der Hand.

»Wieso fühle ich mich eigentlich jedes Mal wie ausgeraubt, sobald ich in deiner Gegenwart ein wenig Geld in den Fingern habe?«

»Wir bestellen uns ein leckeres vegetarisches Essen und spülen es mit einem edlen, teuren Wein hinunter.«

»Habe ich richtig verstanden? Vegetarisch?«, sagte Kane und verzog das Gesicht. »Ich habe dich gewarnt, dass du mir nicht deine unnatürlichen Prinzipien aufzwingen sollst. Ich will ein ordentliches Stück Fleisch, keine verfluchte abgestorbene Pflanze oder welke Blüten.«

»Kein Fleisch heute Abend. Komm jetzt. Und kein Streit mehr«, sagte Naomi und zog die Jacke an. »Ein seltsamer Zufall, meinst du nicht auch, dass Jemma Doyle einfach so deine Karte gefunden hat?«

»Das ist dein ewiges Misstrauen, Naomi.« Karl nahm seine Jacke und schlüpfte hinein. »Ich habe kein Problem mit Zufällen – solange sie nur ein Mal vorkommen und wirklich rein zufällig sind.«

Aber als er das Licht im Büro ausschaltete, meldete sich sein eigenes Misstrauen. In Wahrheit hasste er Zufälle, besonders im Zusammenhang mit schönen Frauen.

Kapitel Elf

Reine Nervensache

»Nichts ist perfekt. Es sind Klumpen darin.«
James Stephens, *Der goldene Hort*

Am nächsten Morgen wachte Karl in aller Frühe auf, weil eine Million Wespen in seinen Ohren summten. Irgendwo im Schlafzimmer ertönte außerdem ein völlig anderes Geräusch.

»Hä ...?«

Es war sein Handy, das auf dem Nachttisch lag.

Er versuchte, den schrillen Klingelton zu ignorieren, aber je mehr er es versuchte, desto schlimmer bohrte sich ihm der Migränekopfschmerz ins Schädelinnere.

Schließlich kapitulierte er und hielt das nervtötende Stück Plastik ans Ohr.

»Hallo?«, sagte er in benommenem, gekränktem Tonfall.

»Karl? Wieso zum Teufel hat das so lang gedauert?«, ertönte eine aufgebrachte Stimme. »Ich wollte schon wieder auflegen.«

»Tom ...? Entschuldige ... ich ... oh, mein verdammter Kopf ...«, stöhnte Karl und drückte sich die Hand auf die Stirn. »Es ist Samstagmorgen. Gehst du nie nach Hause?«

»Hört sich an, als hättest du dir zu viel von etwas reingezogen, und ich spreche nicht von Vitaminen.«

»Ich war gestern Abend mit Naomi essen. Bis zur Besinnungslosigkeit. Ich glaube, sie hat mir was in mein Getränk getan. Sie schreckt vor nichts zurück, um mich ins Bett zu kriegen.«

Karl bekam einen Ellbogen in die Rippen gerammt.

»Au! Das hat wehgetan, Naomi«, schimpfte Karl. »Ich dachte, du schläfst.«

»Halt mich aus deinen Gesprächen raus«, zischte Naomi, drehte sich herum und zog den größten Teil der Decke mit sich.

»Karl? Bist du noch da?«, fragte Hicks.

»Entschuldige, Tom. Schieß los.«

»Ich habe Neuigkeiten über die abgetrennte Hand, die du vor deiner Tür gefunden hast.«

»Oh?«

»Ich habe einen der Jungs ein Bild davon in zehnfacher Vergrößerung machen lassen.«

»Und?«

»Du hattest recht. Es *ist* die Nummer achtundachtzig.«

»Sorry, aber ich hab es dir doch gesagt.«

»Dann habe ich mir noch einmal die Hand von Kevin Johnson vorgenommen, aber obwohl der eine Menge Tätowierungen hatte, fand ich keine Zahl achtundachtzig.«

»Peng, und wieder ist eine meiner großartigen Theorien über Johnson und den Serienkiller futsch.« Karl dachte einen Moment nach. »Könnte eine Art Kult sein. Vielleicht Hexerei?«

»Mach dich nicht lächerlich. Ich bezweifle sehr, dass es in Belfast einen Hexenzirkel gibt.«

»Das würdest du nicht sagen, wenn du einige der Frauen kennen würdest, mit denen ich ausgegangen bin.«

»Kannst du mal eine Sekunde mit dem Blödsinn aufhören?«, sagte Hicks, der Karls kindisches Getue offenbar satthatte.

»Könnten Bingo-Profis sein.«

»Was soll das heißen?«

»Achtundachtzig. Zwei dicke Damen. Diese Bingo-Fanatiker würden für den Nervenkitzel töten.«

»Ich muss los.« Hicks seufzte. »Wir reden später weiter.«

»Bevor du mir den Abschiedskuss gibst, könntest du mir einen großen Gefallen tun?«

Schweigen am anderen Ende.

»Tom? Ich weiß, dass du noch da bist. Ich kann deinen keuchenden sexy Atem hören.«

»Was denn?«, fragte Hicks seufzend.

»Du musst in den Unterlagen einen Thomas Blake für mich suchen. Er wird vermisst, könnte aber tot sein.«

Karl hörte, wie sich Hicks etwas aufschrieb.

»Okay, aber damit sind die Gefälligkeiten für diesen Monat aufgebraucht«, antwortete Hicks. »Wenn ich etwas herausfinde, lasse ich es dich wissen. Sag Naomi schöne Grüße.«

Karl schaltete das Telefon ab und schmiegte sich enger an Naomis herrlich warmen Körper. Sie regte sich und fauchte, weil er so kalt war.

»Hicks, der lüsterne alte Mann, hat gesagt, er wollte sich mit dir herumwälzen«, sagte Karl, küsste sie am Hals und strich ihr über den warmen Hintern. »Ich hab ihm gesagt, dass ich jeden Mann töte, der dich auch nur ansieht.«

»Nimm die Pfoten weg«, sagte Naomi giftig.

Er hörte, dass sie lächelte, und drückte sich fester an ihren Hintern. Seine Erektion bildete ein Ausrufezeichen zwischen ihren warmen, festen Pobacken.

Sie stöhnte leise. »Hat Ihnen schon mal jemand gesagt, dass Sie ein *schlechter* Mensch sind, Mister Kane?«

»Schlechte Beziehungen, schlechte Finanzen und schlechte Geschäfte verderben jeden guten Menschen.« Karl flüsterte ihr ins Ohr. »Was sagst du dazu, dass wir den ganzen Tag im Bett bleiben und schmutzige Sachen miteinander machen?«

»Was denn für schmutzige Sachen, werter Sir?«, antwortete Naomi fröhlich. »*Kane kann's*, möchten Sie mir das beweisen?«

»Später auf jeden Fall, du ungezogenes Mädchen, aber vorerst denke ich an das Glas Honig in der Küche. Ich würde es nur zu gern zweckentfremden und –«

Plötzlich schrillte das Handy auf dem Nachttisch erneut.

Karl achtete nicht darauf.

Das Telefon verstummte.

Sie lächelten beide.

Es läutete wieder.

»Solltest du nicht rangehen, Sugar Kane?«, flüsterte Naomi heiser und mit leicht gerötetem Gesicht. Sie hielt seine Eier in der Hand, als wollte sie sie wiegen.

»Wo rangehen? Ich höre nichts anderes, als dass jemand meine Glocken läutet.«

»Könnte wichtig sein.«

»Was wäre wichtiger als Sex mit der Frau, die ich liebe?«, murmelte Karl, der mit den Fingernägeln über ihre linke Brust samt Brustwarze strich.

»Geschäfte!«, sagte Naomi, schlug seine Hand weg und griff nach dem Telefon. »Hallo? Oh, ja ... einen Augenblick, bitte.« Naomi verzog das Gesicht und formte mit den Lippen: »Jemma Doyle ...«

Karl nahm das Telefon. »Hallo?«, sagte er. »Nein, Jemma. Es ist kein ungünstiger Zeitpunkt.«

Naomi verdrehte die Augen.

Keine Minute später schaltete Karl das Telefon wieder ab. »Sie hat noch ein paar Fotos ihres Onkels für mich.«

»Warum hast du nicht nach dem Honorar gefragt?«

»Mach ich noch.«

»Ich muss pinkeln«, sagte Naomi verstimmt und stand vom Bett auf.

»Beeil dich, meine Liebste. Ich hab hier was Hartes für dein Zartes.«

»Vergiss es«, sagte sie laut und ging mit verführerisch wogenden Brüsten und schwankenden Pobacken zur Toilette.

»Spute dich, meine Liebste ...«

Sie murmelte etwas Garstiges, ehe sie im Bad verschwand und die Tür laut hinter sich zuschlug. Sekunden später hörte Karl die Klobrille herunterklappen, gefolgt von dem vertrauten Plätschern.

»Ich hab was für *diiich*«, sagte er laut. »Es ist heiß und wird ständig größer.«

»Tatsächlich?«, rief Naomi aus dem Bad. »Also, bis du Miss Jemma Doyle nicht etwas mehr Geld aus den Rippen geschnitzt hast, kannst du deinen Winzpimmel getrost wieder in der Streichholzschachtel verstauen. Mein Feuer entfacht der in absehbarer Zeit ganz bestimmt nicht ...«

Kapitel Zwölf

Blood Work

»Oh! Gott! Dass Brot so teuer ist,
Und Fleisch und Blut so billig.«
Thomas Hood, *The Song of the Shirt*

»Hallo, Tom?«, sagte Karl und hielt das Telefon hoch, während er sein Auto drei Tage später in ein Labyrinth aus grauen Gebäuden und windschiefen Stahlträgerkonstruktionen steuerte. »Hör zu, ich glaube, dass die Polizistentrottel am vollkommen falschen Plätzchen suchen.«

»Tatsache? Und an welchem Plätzchen sollten sie richtigerweise suchen?«

»An dem, wo ich gerade bin. Dem einzigen Schlachthaus in Belfast.«

»Schlachthaus? Ist das dein Ernst?«

»Warum nicht? Ich glaube nicht, dass es zwangsläufig ein Arzt oder Medizinstudent sein muss. Ein guter Metzger schneidet Fleisch so versiert wie jeder Chirurg. Ich war gestern auf dem Continental Market beim Rathaus und habe beobachtet, wie deutsche Metzger ein Schwein geschlachtet haben. Schrecklich mit anzusehen, aber wie sie es gemacht haben, war brillant. So bin ich darauf gekommen.«

Karl hörte, wie Hicks ein skeptisches Grunzen von sich gab. »Ich glaube, du liegst vollkommen daneben und vergeudest deine Zeit, Karl.«

»Zugegeben, es ist ein Schuss ins Blaue, aber der Schlachthof gehörte einst der Familie Shank.«

»Shank? Der Name sagt mir nichts.«

»Ich erkläre dir alles, wenn ich wieder da bin.«

»Sei vorsichtig. Solche Orte sind sehr unsicher«, sagte Hicks. »Inzwischen habe ich auch Neuigkeiten über die Fingerabdrücke der Hand auf deiner Schwelle. Sein Name ist – oder *war*, wenn wir davon ausgehen, dass er tot ist – Billy Brown. Aus Polizei- und Gefängnisunterlagen geht hervor, dass er wirklich ein ganz böser Bube gewesen sein muss.«

»Ach? Und weshalb hat der böse Bube Billy Brown gesessen?«

»Egal, was du vorschlägst, er hat es getan. Vergewaltigung, Brandstiftung, Mordversuch, um nur einige zu nennen.«

»Eine tolle Liste. Noch was?«

»Ursprünglich lebte er in London und war Mitglied der Neonazi-BNF.«

»Der British National Front?«

»Ja, und vor vier Jahren suchte man ihn in England wegen versuchten Mordes an einem jungen Farbigen in der Londoner U-Bahn. Seither ist er auf der Flucht und hat sich offenbar hier versteckt, wo ihn loyalistische Wehrsportgruppen in Limavady, Coleraine und Ballymena unterstützt haben, um nur einige Kleinstädte zu nennen.«

»Jetzt importieren wir schon die Verbrecher, als ob wir hier nicht genügend Schleimbeutel hätten«, sagte Karl und brachte das Auto zum Stillstand. »Vielleicht hat einer aus einer Wehrsportgruppe unseren bösen Buben Brown abserviert, weil ihm die Behörden zu dicht auf den Fersen waren?«

»Das erfahren wir nie, wenn wir den Leichnam nicht finden – *falls* es einen Leichnam zu finden gibt.«

»Wir werden sehen. Wie auch immer, ich muss los. Ich bin jetzt im Schlachthof. Wenn alles gut geht, knacke ich das Schloss und bring dir ein paar kostenlose Steaks mit.«

»Pass auf dich auf.«

»Wusste gar nicht, dass dir so viel an mir liegt, Tom Hicks«, sagte Karl und schmatzte einen Kuss ins Telefon, ehe er die Verbindung unterbrach.

Der Schlachthof lag in der Nähe der Duncrue Street, einem trostlosen sogenannten Industriegebiet, wo Männer Männer waren ... und einige der Frauen auch. Die Ruinen verbarrikadierter Fabriken ragten vor dem Hintergrund grauer Backsteine auf wie verwahrloste Elendsviertel. Mauern stinkender Abfälle bewegten sich auf unheimliche Weise wie in Zeitlupe, wofür die Ratten verantwortlich waren, die schlichtweg alles fraßen. Ein ausrangierter Zug mit löcherigen Waggons stand vom Rost festgeleimt auf seinen Schienen. Stapel alter Autoreifen ragten schlangengleich in die Höhe wie riesige Anakondas, die auf Opfer warteten.

Als Karl aus dem Auto ausstieg, sah er zu spät, dass die Frauen und Männer der Nacht offenbar schon emsig ihrem Gewerbe nachgegangen waren. Gebrauchte Kondome lagen überall verstreut und bildeten ein regelrechtes Minenfeld, als hätte ein Paintball-Kampf stattgefunden. Als wäre das nicht genug, floss Blut aus dem Schlachthof über die Kondome und andere unaussprechliche Dinge.

»*Scheiße!*«, stieß Karl hervor, als er versehentlich in die Kollateralschäden von lieblosem Sex und Tierausscheidungen trat. Zaghaft schüttelte er die klebrige Masse von der Schuhsohle. »Was für eine elende Schweinerei.«

Vor dem Schlachthof ließ er den Blick über das Haus schweifen und sog die schaurige Atmosphäre in sich auf. Ein heruntergekommenes graues Betongebäude, das förmlich danach schrie, es abzureißen. Trostlos wäre eine Untertreibung gewesen. Trübes Licht leuchtete hinter zahlreichen Ornamentglasscheiben. Der Geruch von Ozon lag schwer über dem feuchten Asphalt, vertraut und fremd zugleich, und Karl hatte einen Moment das Gefühl, als wäre alles um ihn herum gar nicht real.

»*Verflucht gruselige Gegend ...*«

Taubengrauer Rauch stieg aus einem riesigen Schornstein empor wie ein Gespenst, formlos und dennoch geordnet. Die gesamte Anlage hatte etwas Beängstigendes und Einschüchterndes, etwas Kaltes, bei dem sich Karls Nackenhaare aufstellten. Ein Gefühl, das er verabscheute.

Plötzlich wirkte der Abendhimmel bedrohlich.

»*Was zum Teufel hast du hier verloren ...?*«, murmelte er, Sekunden bevor er ein verfallenes Büro mit einem Laminattisch, zwei zerkratzten gelben Stühlen – einer mit einem Mann mittleren Alters darauf – und mehreren rostigen Aktenschränken aus Metall betrat. Den Tisch zierte die Büste eines abgeschnittenen Schweinskopfes, dessen schlaffe Zunge zwischen gelben und blutigen Zähnen lag. Es roch nach der abstoßenden Enge einer Nachkriegsküche. Todgeweihte Neonröhren flackerten an der Decke und zischelten nervtötend.

»Hallo. Sind Sie der Besitzer?«, fragte Karl, klopfte an die Tür und sah den Mann direkt an.

Der Mann hatte dünnes, strähniges graues Haar, einen gelben Bart und die blauesten Augen, die Karl je gesehen hatte. Er schien ganz in eine Zeitung vertieft zu sein. Im Mund hatte er eine große alte Pfeife, obwohl ein »Rauchen verboten«-Schild an der Wand prangte. Der Geruch von Pfeifentabak durchdrang alles.

Der Mann las ein paar Sekunden weiter in der Zeitung, dann legte er die Pfeife in einen schmutzigen, auf der Schreibtischplatte festgenagelten Aschenbecher.

»Nein, ich bin der Geschäftsführer. John Talbot. Der Laden gehört Geordie Goodman; er ist gerade drüben bei den Ställen, macht Inventur und ist sehr beschäftigt, Mister ...?«

»Kane. Karl Kane«, antwortete Karl und streckte die Hand aus. Den Altersflecken in Talbots Gesicht zum Trotz erkannte Karl auf den ersten Blick, dass der alte Hund seine frühere Form wenigstens teilweise behalten hatte und sein Biss auf jeden Fall schlimmer wäre als sein Bellen. »Alle nennen mich Karl.«

»Wie kann ich Ihnen helfen, Karl?«, fragte Talbot, stand auf und schüttelte Karl die Hand. Talbots Griff war wie kalter Stahl. Er war etwa so groß wie Karl, aber gebückt. Seine Schultern schienen doppelt so breit wie Karls zu sein.

»Ich bin Filmscout und suche nach guten Drehorten für Channel Four. Die drehen einen Horrorfilm über Zombies. Ich hoffe, Sie nehmen es mir nicht übel, John, aber diese Anlage wäre nahezu perfekt für den Film.«

»Zombies?« Plötzlich stieß Talbot brüllendes Gelächter aus. »Da sind Sie genau richtig. Die meisten Arbeiter hier *sind* Zombies!«

Karl stimmte teils gezwungen, teils aufrichtig in das Lachen ein.

»Das muss ich mir merken, John, wenn ich ins Studio zurückkehre und meinen Bericht schreibe.«

»Natürlich hat der Boss das letzte Wort, aber bis dahin

kann ich Sie ja schnell herumführen. Das heißt, wenn Sie sich dem gewachsen fühlen?«

»Das würden Sie machen? Toll.«

»Nicht der Rede wert. Hier. Setzen Sie den auf«, sagte Talbot und gab Karl einen roten Schutzhelm. »Fertig?«

»Ja.« Karl setzte den Helm auf. Er passte wie angegossen.

»Kommen Sie. Hier entlang«, sagte Talbot nickend und ging zur Tür. »Aber ich muss Sie warnen: Sie brauchen einen starken Magen. Es kann ein schrecklicher Anblick sein.«

»Ein bisschen wie meine Exfrau.«

Talbot lachte kurz und prustend durch die Nase. »Ja, davon habe ich auch eine. Ächz-Frau nenne ich sie nur.«

»Sie gefallen mir, John. Vielleicht könnten Sie eine Rolle in dem Film bekommen. Natürlich nur eine kleine.«

»Machen Sie Witze? Ich in einem Film? Tod und Teufel!«

»Woher kennen Sie den Titel des Films?«

»Was? Oh! Jetzt nehmen Sie mich auf den Arm. Kommen Sie. Rüber zu den zwei Türen.«

Die massiven Stahltüren öffneten sich automatisch, und Karl erschauerte, obwohl in dem Gebäude schon die ganze Zeit frostige Temperaturen herrschten.

Plötzlich herrschte überall der Lärm ratternder Maschinen. Karl spürte ihre Vibrationen unter den Füßen. Das machte ihn unsicher.

»Wenn Sie einen Blick hineinwerfen möchten, hat es keinen Sinn, wenn Sie hier wie angewurzelt stehen bleiben«, sagte Talbot mit einem perfiden Grinsen. »Die beißen nicht – jedenfalls noch nicht.«

Zögernd trat Karl ein und fühlte sich sofort, als hätte ihm eine unsichtbare Hand einen Schlag in den Magen versetzt. Die Halle war riesig und schien kein Ende zu nehmen. Sie war atemberaubend schrecklich, als hätten Barbaren in der

Sixtinischen Kapelle ein Blutbad angerichtet. Die klamme Kälte stank nach Angst und Unmenschlichkeit. Das Sägemehl, das den Boden bedeckte, wies stellenweise klumpige, blutige Flecken auf. Eine Atmosphäre der Gefahr erfüllte alles; ein Gefühl, als würde der Tod hier Einzug halten, noch bevor der Tag zu Ende ging.

Links von Karl wurden Scharen trauriger Kühe auf einen Metallsteg getrieben; ihnen voraus ging ein bizarres Geschöpf.

»Ist das eine Ziege?«, fragte Karl und zeigte auf das struppige Tier mit der blonden, lockigen Haartracht.

Talbot nickte hämisch. »Das ist der alte Martin, die Judasziege. Er sorgt dafür, dass die Kühe ruhig bleiben, wie bei einem Picknick. Ohne es zu ahnen, folgen sie ihm geduldig die Rampe hinauf in den Tod. Die haben keinen blassen Schimmer, was sie da oben erwartet.«

Zu Karls Erstaunen und Schrecken verschwand der alte Martin plötzlich in ein winziges Versteck und ließ die bestürzt dreinblickenden Kühe allein zurück. Karl hätte schwören können, dass die Ziege von einem Ohr zum anderen grinste, bevor sie ihren Abgang machte.

»Normalerweise riechen die Kühe eine Falle, aber wie bei jeder guten Falle können sie ihr nicht entkommen. Nach der Falle kommt das …«, sagte Talbot und zeigte zur Wand gegenüber.

Plötzlich traten mehrere junge Frauen mit Elektroschockern hinter einer Trennwand hervor. Sekunden später hielten sie den Kühen die Schocker in den Nacken, drückten einen Knopf und jagten den bedauernswerten Kreaturen einen Stromschlag direkt in die Gehirne. Das pneumatische Zischen der Schocker übertönte alles und hörte sich an wie eine Million aufgeschreckte Schlangen.

»Zehntausend Volt sind wie ein Knock-out und machen die Tiere sofort bewusstlos«, fuhr Talbot fort. »Die Schocker verhindern, dass Adrenalin in den Blutkreislauf der Tiere ausgeschüttet wird und das zarte Fleisch ruiniert.«

»Großer Gott …«, murmelte Karl, der spürte, wie sich ihm angesichts des brutalen Vorgehens der Magen umdrehte.

»Machen Sie sich keine Gedanken, Karl. Das ist alles ziemlich human. Die spüren kaum etwas.« Talbot zwinkerte. »Jedenfalls erzählen wir das der Öffentlichkeit und den Medien.«

Unvermittelt knickten die Kühe ein und gingen mit donnerndem Krachen auf die Knie wie auf Glatteis, während Scheiße, Pisse und Blut aus allen natürlichen Körperöffnungen schossen. Beine brachen. Halswirbel knackten. Augen quollen aus den Höhlen.

Ach du Scheiße …, dachte Karl und wandte sich hastig von der Szene des Grauens ab.

»Kommen Sie, Karl. Hier entlang, in den Schlachtbereich, wo die wahren Könige herrschen.«

Sekunden später betrat Karl die Arena, und augenblicklich strömte ihm ein Geruch wie von Salz und Eisen in die Nase, der ihm erneut den Magen umdrehte. Derselbe Geruch wie vor dem Gebäude hüllte ihn jetzt ein, aber viel stärker, übermächtiger, abstoßender mit seinem Aroma von frisch geschlachtetem Fleisch.

Luft. Ich brauche frische Luft, dachte Karl und versuchte verzweifelt, seinen Atem und Magen unter Kontrolle zu halten.

Blutbespritzte Schlachter führten eine Oper des Todes auf, ließen die Messer so versiert wie Dirigenten ihre Taktstöcke schwingen und schnitten Fleischstücke und Sehnen meisterhaft entzwei. Während die Herzen der Tiere noch

Blut pumpen konnten, trennten hydraulische Scheren schon die Beine dicht unterhalb der Schultern ab.

Karl musste sich extrem zusammennehmen, während er das alles beobachtete, und fragte sich, ob diese Metzger zwei Mal überlegen würden, wenn es galt, einen Menschen zu zerlegen.

»Die Arterien werden durchtrennt, dann pumpt das Herz den größten Teil des Blutes in nicht einmal zwei Minuten aus dem Körper«, sagte Talbot mit blasierter Stimme. Es hörte sich nach einer gründlich einstudierten Erklärung an. »Das ausströmende Blut läuft durch das Bodengitter dort in ein Auffangbecken, wo es zu Kunstdünger und anderen nicht essbaren Materialien weiterverarbeitet wird.«

Die Metzger hackten weiter auf das noch warme Fleisch ein und beachteten Karl und Talbot gar nicht. Karl fand, dass ein hypnotischer Wahnsinn in den Gesichtern der Schlachter stand. Blutbespritzte Frauen packten die zerlegten Stücke in Plastikbehälter.

»Das sind die Arbeiterinnen«, sagte Talbot und zeigte fast geringschätzig auf die Frauen. »Geht es Ihnen gut, Karl? Sie sehen blass aus. Sie müssen sich doch nicht übergeben, oder?«

»Mir geht es gut … aber ich denke, ich habe genug gesehen …« Plötzlich stieg ihm saure Galle im Hals hoch. Er schluckte sie wieder hinunter und spürte ihren Druck im Magen.

»Sie haben länger durchgehalten als die meisten Leute, wenn sie zum ersten Mal herkommen und diese kleine Führung mitmachen, die –«

»Was um alles in der Welt ist das für ein Mechanismus?«, fragte Karl und zeigte zu einem riesigen Metallcontainer am anderen Ende der Halle. Das riesige Teil sah wie ein mittelalterliches Folterinstrument aus, mit Ledergurten und zahlreichen Knöpfen und Hebeln. Es war blutig und rostig, und Karl fand, dass es aussah wie eine Ausgeburt von Edgar Allan Poes Fantasie auf LSD.

»Oh, das ist der Schlachtapparat«, sagte Talbot.

»Der was?«

»Der Schlachtapparat. Dort nehmen die jüdischen Metzger ihre koscheren Schlachtungen vor. *Shechita* nennen die das.«

»*Shechita?*«

»Die rituelle Schlachtung von Tieren nach den jüdischen Geboten. Sie schlitzen der Kuh mit einem riesigen Messer, das *hallaf* heißt, die Kehle auf. Großer Gott, Sie sollten das Blut sehen! Eimer voll. Man muss es mit eigenen Augen sehen, sonst glaubt man es nicht.«

Karl fand, dass Talbot die Einzelheiten ein wenig zu sehr genoss. »Hört sich absolut grauenhaft an.«

»Keineswegs. Es ist schnell und schmerzlos, nur Gutmenschen und Tierschützer bestreiten das. Was zum Teufel wissen die schon? Denen wird es ja nicht angetan, oder? Ist doch logisch.«

Karl wollte Talbots Auffassung von Logik nicht widersprechen. »Hört sich schrecklich kompliziert an, nur um ein Stück Fleisch zu essen.«

»Na ja, diese Juden sind ja auch komplizierte Leute. Ihr Gott schreibt ihnen vor, dass sie so essen müssen. Wenn das Hinterteil des Tieres gegessen wird, muss es von Adern, Fett, Nierentalg und Sehnen befreit werden. Lesen Sie die Bibel?«

»Nein … ich meine, nicht regelmäßig.«

»Na ja, da steht das alles drin, wenn Sie sich je mal schlau machen wollen.«

»Teilen Sie spezielle Metzger dafür ein?«, fragte Karl, dessen Zahnräder im Gehirn vor Misstrauen auf Hochtouren liefen.

»Ha! Die dürfen die Kühe nicht mal berühren, geschweige denn schlachten. Juden haben sonderbare Bräuche. Sie halten uns Heiden für unrein – natürlich sagen sie uns das nie ins Gesicht. Die haben Angst, wir könnten ihr Essen verunreinigen. Nein, die bringen einen ihrer Rabbis her, der das Tier tötet. Damit bleiben sie vor Gott rechtschaffen. Wenn Sie die Bibel lesen würden, wüssten Sie das alles, genau wie ich.«

»Was für eine Rolle spielt der Schlachtapparat dabei?«

»Der Schlachtapparat ist mit dem Raum über uns verbunden.« Talbot zeigte auf eine Kammer direkt über der Maschine. »Wenn ein Tier – in aller Regel eine Kuh – in die Maschine geschnallt wurde, halten sofort zwei Klammern das Tier fest und drehen es mit dem Mechanismus in der Kammer herum. Dann ist das Tier verkehrt herum, sein Kopf hängt über dieses Halbrund dort, sodass der Hals frei liegt.« Talbot streckte selbst den Hals vor und strich sich mit der flachen Hand darüber. »Und so passiert es, so wird die Schlagader durchgeschnitten.«

»Ich denke, ich verstehe …«

»Man muss es mit eigenen Augen sehen, um es zu glauben.«

»Lieber nicht«, antwortete Karl hastig. »Und diese Kammer wird ausschließlich von der jüdischen Gemeinde benutzt?«

»Nicht unbedingt. Muslime verwenden sie auch, und einige Besitzer von schicken Restaurants. Wenn es um Geld geht, kennen wir keine religiösen Vorurteile«, sagte Talbot kichernd. »Wie wäre es mit einem Tee, bevor Sie gehen?«

»Kaffee, wenn Sie haben«, sagte Karl, bezweifelte aber, dass er ihn im Magen behalten würde.

*

Fünf Minuten später saß Karl an dem Tisch und sah Talbot zu, der in einem zerkratzten Schrank kramte, von dem die Farbe abblätterte. Er holte eine fast leere Flasche Bushmills heraus.

»Für medizinische Zwecke. Wirkt Wunder«, sagte Talbot augenzwinkernd.

»Genau wie Schmieröl.« Karl grinste.

»Ich weiß, dass ich hier irgendwo Kaffee habe.« Talbot schob Gegenstände aus dem Weg. »Eine dieser diebischen Elstern hat sich hier reingeschlichen, als sie gesehen haben, dass ich unten bin. Hat ihn vermutlich mitgehen lassen. In diesem Job braucht man auch im Hinterkopf Augen.«

»Machen Sie sich keine Umstände, John.« Karl sah auf die Uhr. Seit seiner Ankunft waren fast zweieinhalb Stunden vergangen. Er musste los. »Ich muss jetzt wirklich –«

»Das macht keine Umstände. Ich kenne jemanden, der das Zeug haufenweise hat. Bin gleich wieder da«, sagte Talbot und ging Karls Einwänden zum Trotz hastig zur Tür hinaus.

Kaum war Talbot weg, stand Karl, der eine günstige Gelegenheit immer beim Schopf ergriff, rasch auf und ging zu einem der Aktenschränke mit der Aufschrift »Lohnbuchhaltung Angestellte«.

Er zog die Schublade auf und ließ den Blick über die Hefter schweifen, ob ihm irgendetwas ins Auge springen würde.

Leider sollte es Karl sein, der springen musste.

»Was zum Teufel machen Sie da?«, ertönte eine ruhige, aber nachdrückliche Stimme von der Tür.

»Scheiße!«, rief Karl aus und klemmte sich fast die Finger in der Metallschublade ein.

An der Tür stand eine junge Frau mit Gehstock und sah ihn finster an. Ihre Augen glichen verspiegelten, tödlich stechenden Kugeln. Er spürte beinahe die Hitze, die sie abstrahlten. Sie war klein, eins fünfundsechzig, aber Karl wusste, dass es Dynamit auch in kleinen Stangen gab, und wenn er je einen gefährlichen Sprengkörper gesehen hatte, dann war sie es. Ihm entgingen nicht die Metallklammern an ihren Beinen, die wie winzige Stahlkonstruktionen aussahen. Nur ihretwegen schien die Frau sich überhaupt aufrecht halten zu können.

»Ich hoffe, Sie haben einen stichhaltigen Grund dafür, in Privateigentum herumzustöbern«, sagte sie drohend. »Wer zum Teufel sind Sie?«

»Wer ich bin, spielt keine Rolle, aber wer zum Teufel sind *Sie?*«, sagte der erschrockene Karl, der dennoch versuchte, den Spieß umzudrehen.

»Wenn Sie mir so kommen, dann lassen wir doch die Polizei alle weiteren Fragen stellen.« Sie nahm ein Handy aus der Tasche und drückte ein paar Tasten. Dann hielt sie es ans Ohr. »Hallo?«, sagte sie. »Ja, ich würde gern einen Einbruch melden –«

»Hey, sachte. Denken wir lieber einen Moment nach und überstürzen nichts, Miss …?«

»Einen Moment, bitte, Officer …«, sagte sie in das Handy, worauf sie Karl noch stechenderen Blickes in die Augen sah.

»Okay. Sie haben gewonnen. Ich bin Privatdetektiv«, sagte Karl, holte eine Visitenkarte heraus und hielt sie ihr hin.

»Legen Sie sie auf den Tisch. Setzen Sie sich. Keine schnellen Bewegungen.«

»Sie reden, als hielten Sie statt einer Krücke eine Waffe in der Hand, Miss …?«, sagte Karl kumpelhaft.

»Lassen Sie sich von der Gehhilfe nicht täuschen. Ich kann mich ausreichend vor Ihresgleichen schützen.« Die junge Frau nahm Karls Visitenkarte vom Tisch und tat so, als würde sie sie gründlich lesen. Sekunden später sprach sie wieder in das Handy. »Entschuldigung, Officer. Falscher Alarm. Nein … es ist alles in Ordnung. Ich danke Ihnen.«

»Das bedeutet wohl, dass Sie mir glauben?«, sagte Karl, als er sah, dass sie das Handy in die Tasche steckte.

»Ich glaube selten jemandem, und Fremden schon gar nicht. Zu Ihrem Glück kenne ich Ihren Namen *und* Ihr Gesicht. Ich habe Sie kürzlich im Fernsehen gesehen. Sie haben eine entführte junge Frau gefunden. Eine Studentin, nicht?«

Karl nickte. »Meine Tochter, Katie.«

»Oh … geht es ihr gut?« Die Gesichtszüge der Frau wurden etwas sanfter.

»Den Umständen entsprechend, wenn man bedenkt, was sie durchgemacht hat, Miss …?«

»Goodman. Georgina Goodman. Alle nennen mich Geordie«, antwortete sie, ging zum Tisch, setzte sich und legte den Gehstock darauf.

»*Sie* sind der Boss …?«

»Ganz recht. *Ich* bin der Boss. Sie sehen schockiert aus. Glauben Sie, dass Frauen nicht zum Boss taugen?«

»Nein … nichts dergleichen. Es ist nur … dieser Schlachthof. Nicht gerade ein schöner Arbeitsplatz, an dem ich eine junge Frau in leitender Position erwarten würde.«

»Früher gehörte er meinem Vater. Aber das, wie man so sagt, ist eine andere Geschichte. Also, was genau suchen Sie hier? Und tischen Sie mir keinen Bockmist auf.«

»Nein, ich glaube, davon haben Sie in Ihren Pferchen

genug«, sagte Karl und lächelte gekünstelt, doch Geordies Miene blieb wie versteinert. »Hören Sie, ich will ehrlich sein, ich bin ein wenig mit der Geschichte dieser Anlage vertraut, und ich weiß von den Morden vor ein paar Jahren.«

Geordie erstarrte. Sie kniff die Augen zusammen. »Wenn Sie hier sind, um mich zu erpressen, vergeuden Sie Ihre Zeit. Es ist allgemein bekannt, was hier mit meinem Vater und meiner Schwester passiert ist.«

»Nein, ich bin nicht hier, um alte Wunden wieder aufzureißen, glauben Sie mir. Ich nehme an, Sie wissen von den Leichenteilen, die überall in der Stadt gefunden wurden?«

»Die geheimnisvollen abgetrennten Hände? Na klar. Wer nicht? Sie sind Stadtgespräch in Belfast.«

»Na ja, die Polizei glaubt, dass es sich um einen Arzt handelt, aber ich bin der Meinung –«

»Sie glauben, wegen der grausigen Vorgeschichte könnte es jemand sein, der hier arbeitet.« Das war eine Feststellung. »Die Polizei war letzte Woche schon hier und hat Fragen gestellt.«

»Was …? Oh … Ich dachte …«

»Das niemand sonst auf die Idee gekommen wäre?«

»Etwas in der Art. Mein Ego hat gerade einen ordentlichen Dämpfer bekommen.«

»Die Bullen schienen sich mehr für kostenlose Steaks als für Antworten zu interessieren.«

»Habgierige, korrupte Schweine. Die sind alle gleich. Ich kann sie nicht ausstehen.«

»Ich bezweifle sehr, dass wir es hier mit einem Serienkiller zu tun haben, Mister Kane. Das habe ich auch der Polizei gesagt. Die Leute, die hier arbeiten, mögen Furcht einflößend aussehen, weil sie von oben bis unten mit Blut verschmiert sind, aber am Ende ihres anstrengenden Arbeitstages waschen sie es ab. Tut mir leid, dass ich Sie enttäuschen muss.«

»Ich wollte den Arbeitern nichts unterstellen, aber dies ist der einzige Schlachthof, den wir in Belfast haben.«

»Nicht zu vergessen die blutige Vorgeschichte?«

»Hm, ja ...« Karl fühlte sich immer unwohler in seiner Haut. »Zugegeben, ich könnte völlig danebenliegen, andererseits aber auch fast ins Schwarze getroffen haben.«

Geordie seufzte. »Ich sehe, Sie wollen nicht davon ablassen, Mister Kane, also was genau wollen Sie von mir?«

»Ist Ihnen aufgefallen, dass sich jemand, der hier arbeitet, ungewöhnlich verhält? Jemand, der häufig Überstunden macht, besonders oft fehlt? Etwas in der Art?«

»Da müsste ich die Akten noch einmal durchgehen, wie für die Polizei. Das dürfte eine Weile dauern. Wir haben erst kürzlich auf Computer umgestellt. Mein Vater hielt nicht viel von Computertechnologie oder –«

»Ich hab ihn!«, sagte Talbot, der das Zimmer betrat. »Wenn ich den elenden Dieb in die Finger kriege ... oh, Geordie. Ich hab dich gar nicht gesehen. Dann hast du Mister Kane schon kennengelernt? Er ist Scout für Channel Four. Die wollen einen Film hier drehen. Kannst du dir das vorstellen?«

Karls Gesicht lief rot an.

Geordie lächelte trocken. »Ja, John. Mister Kane hat mir haargenau erklärt, in welcher Branche er tätig ist.«

»Hören Sie, ich fürchte, ich kann doch nicht auf einen Kaffee bleiben, John«, sagte Karl und stand auf. »Mir ist eben eingefallen, dass ich noch einen Termin habe.«

»Oh, Sie gehen schon?«, sagte Talbot und blickte etwas enttäuscht drein. »Tut mir leid, dass es so lange gedauert hat.«

»Keine Sorge, John. Vielleicht komme ich nächstes Mal in den Genuss«, sagte Karl und wandte sich Geordie zu. »Lassen Sie mich wissen, wie Sie sich entscheiden, Miss Goodman?«

»*Mrs* Goodman«, sagte Geordie, stand mühsam vom Tisch auf und griff nach dem Gehstock. »Auf Wiedersehen, Mister Kane. Seien Sie vorsichtig, wenn Sie hinausgehen. Die Beleuchtung hier ist etwas unzureichend.«

Karl glaubte, eine leise Warnung aus Geordies Worten herauszuhören.

Draußen, in der kalten, frischen Luft, pustete Karl die letzten Überreste der stinkenden Atmosphäre aus den Lungen. Er spuckte mehrmals aus, aber sein Mund war trocken wie Watte. Er wusste, es würde lange dauern, bis er den Geschmack im Mund wieder loswurde.

Als er gerade ins Auto einsteigen wollte, läutete sein Telefon. Es war Hicks. Er hörte sich verärgert an.

»Warum hast du das Telefon abgeschaltet? Ich versuche seit über einer Stunde, dich anzurufen.«

»Ich bin erwischt worden, als ich in der Schublade einer Frau herumgestöbert habe.«

»Hä?«

»Nichts. Was gibt es denn, teuerster Tom?«

»Ich wollte dir nur sagen, dass ich morgen die Informationen über Blake bekomme, die du haben wolltest.«

»Vortrefflich. Kann ich am Nachmittag vorbeischauen?«

»Lieber morgens – *früh*. Ich habe am Vormittag einen Termin bei Gericht.«

»Besten Dank, Tom. Dann sehen wir uns morgen in aller Herrgottsfrühe.«

Karl legte das Telefon weg und fuhr in Richtung Straße. Als er in den Rückspiegel blickte, hätte er schwören können, dass ihm im Schlachthof jemand nachblickte. Sah aus wie Geordie Goodman.

Winzige Mäuse wuselten plötzlich an seinem Rückgrat hoch. Er erschauerte auf unangenehme Weise. Er hasste dieses Gefühl.

Kapitel Dreizehn

Kein Requiem für San Bastardo

»Sie hatte Augen wie unbekannte Sünden.«
Raymond Chandler, *Das hohe Fenster*

Am frühen Morgen des nächsten Tages stand Karl in Hicks' Büro.

»Nicht nötig, mir Kaffee anzubieten, Tom. Um meinen Magen steht es nicht zum Besten«, sagte Karl.

»Du solltest wirklich darüber nachdenken, mit dem Trinken aufzuhören. So wie du aussiehst, bekommt es dir nicht.«

»Alkohol hat damit nichts zu tun. Das liegt nur an dem verdammten Blut in diesem Dreckloch von Schlachthof. Was hast du über Blake?«

»Hat gesessen. Aber offenbar nichts Gravierendes. Wurde vor drei Jahren entlassen. Einbruch, ist ein paar Jahre her. Letzte bekannte Adresse ist in Ballymena.«

Hicks nannte einen Straßennamen und erklärte, dass die Informationen lückenhaft seien.

»Besser als gar nichts«, sagte Karl, nahm einen zerknitterten Zettel zur Hand und kritzelte etwas darauf.

»Was schreibst du da?«

»Gute Pläne fangen immer mit einem Blatt Papier an.

Ganz gleich, wie man es anpackt, Addition und Subtraktion ergeben immer null. Was dazwischen ist, gibt uns die Endsumme. Kein Grund zur Sorge.«

»Ich mache mir *immer* Sorgen, wenn ich dir Informationen gebe. Hoffentlich stellst du nichts Illegales damit an.«

»Nichts *allzu* Illegales.« Karl lächelte. »Ich werde dafür bezahlt, also mache ich im Lauf des Tages einen Abstecher ins Land der Frommen. Mal sehen, ob ich Onkel Thomas und Lassie überreden kann, nach Hause zu kommen, weil alles vergeben und vergessen ist.«

»Du solltest mit Ballymena nicht so hart ins Gericht gehen. Außenstehende rücken es immer ins schlechteste Licht.«

»Ins schlechteste Licht? Mach dich nicht lächerlich. Sogar deren eigene Zeitung dort, die *Ballymena News*, gibt offen zu, dass mindestens zweihundertdreißig Heroinsüchtige in der Gegend um Ballymena leben – das sind siebzig Prozent der Heroin-Kranken der ganzen Provinz. Und ich erinnere mich immer noch an diesen exzellenten Artikel, den der *Guardian* vor einigen Jahren gebracht hat.«

»Die Zahlen waren vermutlich frisiert.«

»Frisiert am Arsch! Hast du gewusst, dass man in Ballymena Heroin leichter bekommt als hochprozentigen Alkohol, Kondome, frische Luft und anständige Nachbarn? Die Selbstmordrate ist extrem hoch – das Thema steht allerdings nicht auf der Agenda der christlichen Fundamentalisten, die lieber die Toten als die Lebenden retten.«

»Christen sind ein leichtes Ziel, Karl. Du hörst dich an wie ein Fanatiker.«

»Als gute Christenmenschen bezeichnen sich die Leute in Ballymena doch normalerweise selbst und schweigen die vielen Sekten tot, die ihre Stadt nach und nach verschlingen. Man kann durchaus sagen, dass die Ballymener legendär humorlos sind, aber unbestreitbar haben sie einen ausgeprägten Hang zur Ironie.«

»Es gibt eine Menge Kultur in dieser kleinen Stadt.«

»Kultur?« Karl schüttelte den Kopf und stapfte zur Tür. »Bakterien haben mehr Kultur als das beschissene Ballymena. Wir unterhalten uns später weiter, wenn ich wieder da bin.«

*

Vier Stunden später parkte Karl sein Auto in einer Tiefgarage am Rand des Stadtzentrums von Ballymena. Draußen wurde es zunehmend dunkel, weshalb er schnellstens drinnen in einer Bar sein wollte. Mit etwas Glück wäre es eine mit einem billigen Motel inbegriffen, in das er einzuchecken gedachte. Für längere Spaziergänge war er heute Abend nicht mehr zu haben.

Als er mit der Reisetasche in der Hand aus dem Auto stieg, sah er zwei Männer, die vor einem behelfsmäßigen Büro Karten spielten. Einer war älter und saß im Rollstuhl; der andere war viel jünger und trug einen Mechanikeroverall.

»Muss ich gleich bezahlen oder später?«, fragte Karl an beide Männer gewandt.

»Was glaubst du denn, wo du bist, Großer? Natürlich gleich«, sagte der Mechaniker, grinste und ließ eine lückenhafte Leiste schwarzer Zähne sehen. Er roch ungewaschen und nach Motoröl. Seine Augen waren hinterhältig und klein, und er sah aus, als hätte er sich nicht mehr rasiert, seit King Camp Gillette in den Windeln lag.

Karl verstand den breiten Ballymena-Akzent des Mannes kaum und musste an *Duelling Banjos* denken: Der Mechaniker stapfte mit der Schrotflinte in der Hand durch die Sümpfe von Ballymena und suchte nach männlichen Jungfrauen. Ein vergilbtes Plakat über der Bürotür zeigte Karl, wes Geistes Kind der Mechaniker und seine Freunde waren: *»Zuwanderer sind wie Spermien. Millionen kommen rein, aber nur einer tut was.«*

»Wie viel?«, fragte Karl und griff nach der Brieftasche.

»Wie lange?«, sagte der Mechaniker.

»Eine Nacht«, antwortete Karl und verkniff sich geflissentlich ein *Hoffentlich.*

»Ein Zehner. Morgen müssen Sie spätestens um diese Zeit wieder hier sein, sonst bezahlen Sie das Doppelte.« Der Mechaniker grinste nervtötend, bevor er eine Pikdrei auf den Tisch warf.

Der alte Mann hob die Karte hastig auf. Ließ ein Zahnfleischgrinsen sehen. Warf im Gegenzug eine andere Karte ab.

»Ich habe eine Straße, Jimmy-Boy.« Der alte Mann zeigte stolz das Blatt, das er in der Hand hielt.

»Das ist keine Straße, Chester. Alle Karten müssen aufeinanderfolgen. Wie oft muss ich dir das noch sagen?«

Karl sah, dass offenbar keiner der beiden alle Tassen im Schrank hatte, beschloss aber, sich an den älteren Mann im Rollstuhl zu wenden. »Das Motel Royal. Wie weit ist das weg?«

»Kommt drauf an, wie weit Sie davon weg sein wollen.«

Der Mechaniker grinste über Chesters Antwort.

»Ist das für Sie in Laufnähe?«, fragte Karl erbost; dann erst ging ihm sein Fauxpas auf.

»Was zum Teufel soll das heißen?«, fragte Chester ehrlich entrüstet. »Soll das etwa witzig sein? *Wenn* ich laufen könnte, würde ich Ihnen als Erstes in Ihren breiten Großstadtarsch treten.«

Der Mechaniker kicherte wie ein Schulmädchen beim ersten Kuss.

»Es … es tut mir leid«, murmelte Karl. »Ich meinte … ob *ich* dorthin laufen kann oder mir ein Taxi rufen muss.«

»Wenn Sie rausgehen, gehen Sie nach links«, sagte der Mechaniker. »Zwei Straßen runter, dann wieder links. Gehen Sie rüber zum Burger King. Direkt dahinter drei Straßen links, und schon sehen Sie das Royal. Aber nehmen Sie nicht die Straße direkt neben dem Burger King. Nehmen Sie die neben der abgebrannten Schule und dem leer stehenden Polizeirevier. Und vermeiden Sie die Hundescheißestraße, wenn Ihnen Ihr Leben lieb ist.«

»Danke.« Karl gab dem Mechaniker einen Zehner.

»Ich an Ihrer Stelle würde lieber ein Taxi nehmen«, sagte der Mechaniker und schnappte sich den Zehner mit einer öligen Hand. »Ist nicht die sicherste Gegend der Stadt, wo Sie hinwollen. Letzte Woche erst wurden da zwei Männer wegen Drogen niedergestochen. Da treiben sich jede Menge Skegheads rum.«

»Skegheads?« Der Begriff hörte sich für Karl wie aus einem schlechten Science-Fiction-Film an.

»Heroinjunkies. Die erkennen Sie an der gelben Haut und den ausgemergelten Körpern. Die würden Ihnen für einen Penny die Kehle durchschneiden. Um die Zeit treiben die sich in Scharen da rum.«

Karls Magen sackte ein wenig ab. »Wissen Sie was? Ich glaube, ich höre auf Ihren Rat und nehme mir ein Taxi. Sie haben nicht zufällig die Nummer eines zuverlässigen Taxiunternehmens?«

»Klar. Dort, neben der Ausfahrt, steht mein Taxi. Steigen

Sie ein. Ich fahr Sie hin«, sagte der Mechaniker und legte die Karten weg. »Pass gut auf die Garage auf, Chester. Bin gleich wieder da.«

Im Taxi lagen stapelweise christliche Flugschriften und Gesangbücher, auf denen Ian Paisleys Name prangte.

Ballymena nennt man entweder grundlos das Land der Frommen in Ulster oder weil sie fortschrittlich in ihrem rückschrittlichen Denken sind, dachte Karl und schob die Gesangbücher weg.

»Sie können eines haben, wenn Sie ein guter Christenmensch sind«, sagte der Mechaniker und ließ die zum Taxi beförderte alte Rostlaube an. »Kostenlos. Das Wort von Reverend Paisley verteilen wir immer kostenlos.«

»Danke«, sagte Karl und nahm widerwillig eine der Flugschriften, weil er den Mann nicht vor den Kopf stoßen wollte. »Ich lese später darin. Es gibt nichts Gemütlicheres, als sich mit einem guten Buch und einer Tasse Kakao ins Bett zu kuscheln.«

Der Mechaniker lächelte wohlwollend.

Keine Minute später fuhren sie einen unbeleuchteten Feldweg entlang, wo unscheinbare einstöckige Reihenhäuser vor sich hin rotteten und den Gestank grauer Hoffnungslosigkeit ausdünsteten.

»Motel Royal«, sagte der Mechaniker und brachte das Auto mit quietschenden Reifen zum Stehen. »Wenn Sie was brauchen, solange Sie in unsrer schönen Stadt sind, lassen Sie es mich wissen. Mich kennt hier jeder. Ich bin Grassy Noel.«

»Grassy Noel?«

»Mein Straßenname. Ich verkaufe etwas Gras nebenher. Ich kann Ihnen in zehn Minuten welches besorgen, wenn Sie wollen. Ich liefere es Ihnen direkt ins Zimmer.«

»Nein danke. Ich habe das Gärtnern schon lange aufgegeben.«

»Wenn Sie sich Sorgen machen, Sie könnten damit erwischt werden, keine Angst. Mein Motto lautet: Worum es auch geht, immer diskret.«

»Den reizenden Vers sollten Sie an Seamus Heaney schicken. Der würde ihm sicher gefallen.«

»Wem?«

»Was macht die Fahrt?«

»Vier.«

Karl gab ihm einen Fünfer.

»Ich hab kein Kleingeld bei mir.« Der Mechaniker lächelte, und Karl musste wieder an *Duelling Banjos* denken.

»Behalten Sie den Rest. Haben Sie sich verdient.«

Der Mechaniker lächelte noch breiter, dann brauste er wie Steve McQueen die Straße hinunter in die Finsternis.

Das Motel Royal sah weder royal noch wie ein Motel aus; mehr wie ein Rattenloch, das zu verlassen selbst die Ratten schlau genug gewesen waren. Der Concierge würdigte Karl kaum eines Blickes – die Zwanzigpfundnote, die Karl ihm gab, unterzog er allerdings einer gründlichen Überprüfung.

Der Fahrstuhl funktionierte nicht, daher war Karl dankbar, dass Zimmer sechsunddreißig im ersten Stock lag. Der dünne Teppichboden auf dem Flur sah fadenscheinig und deprimierend aus und wies jeden denkbaren und undenkbaren Fleck auf.

Karl betrat hastig das Zimmer und drückte auf den Lichtschalter. Die Beleuchtung bestand aus einer Glühbirne, die von einer feuchten, leprafleckigen Decke herabhing.

Als Karl die Möbel aus dem Zweiten Weltkrieg sah, war er froh um die trübe Funzel. Das Bett sah klapprig und durchgelegen aus. Karl bezweifelte, ob er bei seiner Größe der Länge nach hineinpassen würde. Die Laken sahen aus, als wären sie vergangene Woche gewaschen worden … mit Körperflüssigkeiten.

Karl warf Big Ians fromme Worte in einen übervollen Papierkorb und sah auf die Straße hinab, die von trostlosen Häusern und mit Graffiti beschmierten Mauern gesäumt wurde. Unter den fröhlichen Inschriften fiel eine in armeegrüner Farbe besonders auf: *Dublin ist die Heroin-Hauptstadt Irlands? Na und. Ballymena ist die Heroin-Hauptstadt Europas!*

Die niederschmetternde Umgebung deprimierte Karl so sehr, dass er beschloss, nur kurz zu duschen und dann eine Kleinigkeit zu essen, die er mit etwas anderem als Wasser runterspülen wollte.

Rasch zog er sich aus, schob den schimmeligen Duschvorhang zurück und streckte zaghaft die Hand aus, um das Wasser aufzudrehen.

Sofort strömte eine dunkelbraune Rostbrühe aus dem Duschkopf und überzog die Wanne mit dunklen Flecken.

Karl versuchte zu verdrängen, woran ihn die Flecken erinnerten, als er zimperlich unter den lauwarmen Strahl trat. Das Duschwasser stank nach Ozon und stotterte und versiegte in zehnsekündigen Intervallen. Aus dem Hahn am Waschbecken tropfte rotbraune Gallerte, die Leitungen unter dem Becken wurden von einer verdreckten Damenstrumpfhose aus Nylon zusammengehalten.

»Scheiße.« Er stieg hastig wieder aus der Dusche. Zwanzig Minuten später ging er nach unten in die Bar.

»Bitte fragen Sie nicht, ob wir anschreiben lassen, sonst müssen wir Gewalt anwenden« war das erste Schild, das er über dem gesprungenen Spiegel hinter dem Tresen festgenagelt sah. Er hoffte, dass es kein unheilvolles Omen war.

In der Bar ertönten leise Seemannslieder. Eine bizarre

Mischung aus Meeresbildern und Dolly-Parton-Porträts hing windschief an den bröckelnden Wänden, dazwischen vereinzelt Fotos von Politikern. Sehr seltsamen Politikern. Ian Paisley strahlte von einem herunter. Es sah aus, als würde er Dolly in den drallen Ausschnitt glotzen.

»Kein Wunder, dass du so lächelst, alter Freund«, sagte Karl, schleppte sich zum Tresen der Bar und hievte seine Leibesfülle auf einen Hocker.

Er zog einen Zehner aus der Brieftasche und sah sich um. Zwei bärtige, Pfeife rauchende Gäste saßen am anderen Ende des Raumes und hüteten das Gift ihrer Wahl. Sie sahen aus wie gescheiterte Seeleute, die von der Rezession oder ihrem fortgeschrittenen Alter zum verhassten Dasein von Landratten verurteilt worden waren. Von den Pfeifen in ihren zahnlosen Mündern stiegen größere Rauchwolken auf als von einer durchschnittlichen Dampflok. Der Rauch hüllte die Bar in einen unheimlichen Nebel.

Karl fragte sich, ob sich das vor Jahren erlassene Rauchverbot schon bis ins Hinterland von Ballymena herumgesprochen hatte. Eine weitere Besucherin räkelte sich vor einem leeren Glas im halbdunklen Hintergrund.

»Einen Hennessy, falls es möglich sein sollte, *me old shipmate*«, sagte Karl zu dem riesigen Barkeeper, der in einer alten Specksteinspüle Gläser wusch. Die enormen Popeye-Unterarme des Mannes waren von Marinetätowierungen und nackten Frauen mit fragwürdiger Anatomie überzogen.

Der Barmann ließ sich Zeit, bis er schließlich einen Hennessy auf den Tresen stellte und gleichzeitig den Zehner wegnahm.

»Solche Specksteinspülen habe ich seit Ewigkeiten nicht mehr gesehen«, sagte Karl, um etwas Konversation zu machen. »Ich bin in einer gewaschen worden.«

Der Barkeeper sah Karl direkt in die Augen, während er das Wechselgeld auf den Tresen legte. »Sind Sie dafür nicht ein bisschen zu groß?«, fragte er.

»Offenbar kommen sie wieder in Mode«, antwortete Karl, der den Sarkasmus des Mannes gar nicht beachtete. »In den Heim-und-Herd-Sendungen im Fernsehen nennt man sie Belfaster Becken. Dabei liegt Belfast nicht mal in einem Becken.«

Der humorlose Barkeeper wandte sich wieder seinen Gläsern zu.

»Was kann man denn an einem Freitagabend in dieser hübschen kleinen Stadt unternehmen, mein Freund?«, wandte sich Karl an den breiten Rücken des Barkeepers.

Der Barmann drehte sich nicht einmal um, sondern sah Karl stattdessen in dem gesprungenen Spiegel an. »Sie unternehmen doch bereits etwas, *mein Freund*, also lassen Sie alle Hoffnung fahren.«

»Beachten Sie Colin gar nicht«, sagte einer der alten Matrosen und rückte näher zu Karl. Der Mann hatte eine Schnapsnase und fleckige rosa Wangen. »Ich heiße Johnny. Johnny Walker. Und Sie können sich alle alten Whiskey-Witze schenken. Ich habe sie schon eine Million Mal gehört.«

»Freut mich sehr, Johnny«, sagte Karl und schüttelte Johnny die Hand. Johnnys knochige Finger fühlten sich an wie mit Stacheldraht umwickelte Steakmesser. »Keine Sorge. Es ist mein Lebensmotto, niemals Whiskey-Witze zu machen.«

»Colin ist nicht besonders redselig. Man könnte meinen, er muss für jedes Wort bezahlen, das ihm über die Lippen kommt.«

»Ich wünschte, meine Exfrau wäre so gewesen.« Karl lächelte. »Darf ich Ihnen einen ausgeben, Johnny?«

»Danke. Ich habe schrecklichen Durst. Ich nehme ein Glas Guinness«, sagte Johnny und klaubte vergnügt eine Handvoll Erdnüsse aus einer Schale.

»Colin? Ein Glas von Ihrem Schwärzesten für Johnny und noch einen Hennessy für mich. Und für Sie, was Sie wollen«, sagte Karl, der diesmal einen Zwanziger zückte.

Johnny hielt Karl freundlich die Schale Nüsse hin.

»Äh ... nein danke«, sagte Karl, wohl wissend, dass sich die meisten Betrunkenen nie die Hände waschen, wenn sie auf der Toilette waren. Der Gedanke an die vielen ungewaschenen, urinfleckigen Hände, die die Schale schon berührt hatten, war gelinde gesagt abstoßend.

Colin stellte die Gläser auf den Tresen und bedankte sich murmelnd bei Karl.

»Ich habe Ihren Namen gar nicht mitbekommen«, sagte Johnny.

»Jim. Jim McFadden«, sagte Karl, der so lächelnd und schamlos log wie ein Politiker am Wahltag.

»Wohnen Sie hier, Jim?«

»Ja, aber nur eine Nacht. Ich suche nach einem alten Schulfreund von mir. Angeblich soll er irgendwo in dieser reizenden kleinen Stadt leben.«

»Vielleicht kenne ich ihn. Wie heißt er denn?«

Bevor Karl antworten konnte, zwängte sich der andere Gast vom Ende der Bar zwischen sie.

»Du willst wissen, was man an einem Freitagabend in dieser Stadt unternehmen kann, Großer? Viel, wenn du mich fragst.«

Karl klappte der Kiefer herunter. Es war eine Frau. Bart und Pfeife verbargen ihre weiblichen Gesichtszüge. Sie hatte kräftigere Unterarme als Colin, der Barkeeper – und mindestens ebenso viele Tätowierungen. Ihr Atem roch nach welken Blumen, und allem Anschein nach hatte sie keinen einzigen Zahn mehr im Mund.

»Ich …« Karl fehlten die Worte.

»Niemand hat dich eingeladen, Marion Dunlop«, sagte Johnny mürrisch.

»Dich auch nicht, Johnny Walker. Misch dich gefälligst nicht ein«, konterte Marion und hievte ihren Hintern auf den Barhocker. »Jim sucht bestimmt nach netter Damengesellschaft. Nicht wahr, Jim?«

Karl spürte eiskalte Finger um seine Eier. Er erschauerte innerlich. »Ehrlich gesagt, Marion, ich bin hundemüde. Ich wollte nur noch einen kleinen Schluck trinken, bevor ich ins Bett gehe.«

»Genau wie ich, Jim!«, sagte Marion blinzelnd und stieß Karl verspielt in die Rippen.

»Lass meine Gäste in Ruhe, Marion«, sagte Colin und beugte sich dicht zu ihr herüber. Er sagte es mit der Selbstsicherheit von jemandem, der es nicht gewohnt ist, dass er etwas zweimal sagen muss. »Geh wieder an dein Ende der Bar oder zieh Leine.«

Karl hätte Colin am liebsten umarmt.

Marion verdrehte die Augen. Sie murmelte etwas Garstiges und zog sich an ihr Ende der Bar zurück.

»Und dich behalte ich auch im Auge, Johnny Walker«, sagte Colin, worauf er sich wieder zu seiner Spüle begab.

»Die ist weich in der Birne«, sagte Johnny und sah Marion geringschätzig nach. »Hat neunundsechzig den Verstand verloren und ihn nie wiedergefunden. Also, bevor wir unterbrochen wurden, wollten Sie mir den Namen Ihres Freundes verraten, den Sie suchen.«

»Thomas Blake. Kennen Sie ihn?«

Johnny schüttelte den Kopf. »Sagt mir nichts.«

»Aber mir«, ertönte eine Stimme hinter Karl.

Es war die Frau mit dem leeren Glas. Sie war ausgesprochen hübsch, trug knallrote Hotpants, aus der die prallen Pobacken anzüglich herausquollen, während ihre Beine bis zu den Schulterblättern reichten. Karl fand, sie wirkte wie einem Gemälde von Robert McGinnis entsprungen: die Art von Frau, die »The Derry Air« fehlerfrei mit ihrer prachtvollen Kehrseite furzen konnte.

Sie kam nahe genug heran, dass Karl das Parfüm auf ihrer Haut und den Alkohol in ihrem Mund riechen konnte.

»Möchtest du mir was zu trinken spendieren, Fremder?«, fragte sie mit heiserer, einschmeichelnder Stimme.

»Niemand hat dich eingeladen, du Jezebel«, rief Johnny aus. »Sieh zu, dass du –«

Die Frau packte Johnny blitzschnell an den Eiern und drückte kräftig zu.

Johnnys Gesicht war voller Angst und Schmerz.

Colin, dem die Vorstellung zu gefallen schien, grinste schief aus dem Spiegel herab.

»Bitte«, sagte Karl und sah der Frau in das gleichmütige, aber fest entschlossene Gesicht. »Ich bin sicher, Johnny hat es nicht so gemeint. Er ist ein wenig beschwipst.«

»Bist du beschwipst, Johnny?«, fragte die Frau. »Redest du dummes Zeug mit deinem vorschnellen Mundwerk?«

Johnny gab ein Wimmern von sich. Er nickte mehrfach, wie eine Katze mit einem kleinen Nagetier im Mund.

»Okay, Johnny«, sagte sie ruhig. »Wenn ich deine unterentwickelten Eier loslasse, machst du kehrt und gehst schnurstracks zur Tür. Du riskierst keine dicke Lippe mehr. Wenn du meinen Anweisungen nicht genau Folge leistest, zerquetsche ich dir das bisschen, das du noch hast. Ist das klar?«

Johnny nickte stumm. Tränen traten ihm in die Augen.

Die Frau entließ Johnny aus ihrem Klammergriff und sah zu, wie er hinausstolperte und sich dabei vor Schmerzen krümmte.

»Du kannst mich Sandy nennen und mir einen ausgeben«, sagte die Frau und streckte Karl die Hand hin.

»Jim ... Jim McFadden.« Karl schüttelte die Hand, die eben noch Johnnys Eier zu Tode gequetscht hatte. Die Hand fühlte sich schrecklich warm an. »Sie können aber kräftig zupacken, Sandy, wenn ich das sagen darf.«

»In meinem Metier muss man *immer und jederzeit* kräftig zupacken können, andernfalls ist man tot – genau wie Johnnys Eier.«

»Was möchten Sie trinken?«, fragte Karl, dem es widerstrebte, Sandy zu fragen, was *genau* ihr Metier war, obwohl er da so seine Vermutungen hatte.

»Einen GT.« Sie lächelte und sah plötzlich ganz sanftmütig aus.

»Einen Gin Tonic für die Dame, Colin, und für Sie auch noch mal, was Sie wollen.«

»In welchem Zimmer sind Sie?«, fragte Sandy plötzlich geschäftstüchtig.

»Ich ...« Er wollte nicht auf sein Zimmer gehen – jedenfalls nicht für das, weshalb Sandy fraglos gehen wollte. »Ehrlich gesagt, Sandy, suche ich keine Gesellschaft. Ich bin hundemüde.«

»Bist du schwul? Da kann ich auch behilflich sein.« Sie holte einen extrem großen rosafarbenen Dildo aus ihrer enormen Handtasche.

»Scheiße ...« Schlagartig fingen Karls Hämorrhoiden an zu jucken. Seine Haut wurde ganz klamm. »Nein ... nein danke. Sie können die Waffe wieder wegpacken.«

»Liegt es an der Farbe? Ich habe noch andere.«

»An der Form. Ich bin nicht schwul und verspüre offen gesagt auch kein Bedürfnis, das zu ändern.«

»*Hmm.* Du bist nicht schwul? Und du willst nicht mit einer attraktiven Frau ficken? Was gefällt dir nicht an mir?«

»Was sollte einem an dir *nicht* gefallen? Sei nicht böse, Sandy, es ist nur so, dass ich schon eine bildschöne Frau habe, die ich wie verrückt liebe.«

»Altmodische Moralvorstellungen? Eine Seltenheit bei den Männern, denen ich normalerweise begegne. Gefällt mir.«

»So bin ich. Altmodisch und langweilig.«

»Sie möchten Informationen über Ihren *lange verschollenen Freund?*«

Plötzlich richteten sich Karls Nackenhaare auf. So, wie sie die drei letzten Worte betonte, gab es offenbar mindestens einen Menschen in Ballymena, der ihm seine Geschichte nicht abkaufte.

»Ja«, sagte Karl. »Ich wäre wirklich dankbar für jede Information.«

»Da wir jetzt beide wissen, wo wir stehen, in welchem Zimmer sind Sie?«

»Sechsunddreißig.«

»Eines meiner Lieblingszimmer. Die Bettfedern machen nicht so viel Lärm. Aber die Matratze ist nicht gerade bequem.« Sandy lächelte wieder, aber diesmal sah Karl den Schmerz in ihren Augen.

Colin unterbrach das Gespräch, als er die Gläser auf den Tresen stellte und Karl sein Wechselgeld gab. Er murmelte ein Danke und kehrte zu seiner Spüle zurück.

»Komm«, sagte Sandy und nahm ihr Glas. »Gehen wir. Da oben sind wir ungestörter.«

Widerwillig stieß sich Karl von der Bar ab und folgte ihr.

»Gefällt dir, was du siehst, *Jim?*«, fragte Sandy, warf einen Blick über die Schulter und lächelte Karl zu.

»Ich …« Zum zweiten Mal an diesem Abend fehlten Karl die Worte.

Sandy zog die erdbeerroten Hotpants höher. »Ich bin kein braves Christenmädchen, aber mehr als bereit, auch die andere Backe hinzuhalten.« Sie zwinkerte Karl pausbackig zu.

Ausgesprochen paus*backig*, dachte Karl und versuchte, nicht allzu dümmlich zu grinsen.

Selbst der seelenlose Colin musste lächeln.

Marion sah angewidert zu, wie Karl und Sandy nach oben aufs Zimmer gingen.

»Mir hat dieses Zimmer immer gefallen«, sagte Sandy, ehe sie sich auf einen der wackeligen Stühle setzte. »Schlicht und einfach, aber dennoch nicht nackt.«

»Obwohl hier mit Sicherheit schon ziemlich viele nackt gewesen sind.« Karl lächelte.

Sandy erwiderte das Lächeln. »Mir gefällt, dass du witzig bist, *Jim*. Ein Mann, der mich zum Lachen bringt, ist etwas Besonderes – auch wenn er ein Bulle aus Belfast ist. Nimmst du mich wegen Prostitution fest?«

Karls Gesicht erstarrte einen Moment. »Bulle? Da irren Sie sich, Sandy. Wenn ich den Eindruck erweckt habe, ich wäre ein –«

»Du bist ein Bulle oder *irgendwas* in der Art. Das rieche ich auf eine Meile Entfernung. Vergeuden wir keine Zeit mit Wortklauberei, *Jim*. Also, wer genau bist du, und was willst du über Blake wissen? Wenn du mir wieder Lügen auftischst, stehe ich auf und gehe.«

»Ich …« Karl dachte fieberhaft nach. Nahm die Brieftasche zur Hand und gab Sandy eine seiner Visitenkarten.

Sandy betrachtete die Karte. »Karl Kane. Privatdetektiv. Da habe ich ja gar nicht so sehr danebengelegen, was?«

»Ich versuche, Blake zu finden, weil sein Bruder im Sterben liegt. Die Familie wünscht ein Wiedersehen oder eine Aussöhnung, bevor er stirbt. Nichts Ungebührliches.«

»Soll ich dir einen Rat geben, Karl? Geh zurück nach Belfast. Sag seiner Familie, dass du ihn nicht gefunden hast.«

»Warum sollte ich?«

»Weil Blake ein Dreckschwein ist. Drogen, Mietwucher. Betreibt ein Bordell in der Innenstadt. Was auch immer der Teufel sich einfallen ließ, Thomas Blake hat die Finger mit drin.«

»Oh …«

»Ich kenne deinen Gesichtsausdruck und weiß, was du denkst. Da sitzt eine Frau, eine Nutte, und hat die Stirn, sich über ein Bordell zu beschweren.«

»Ich könnte denken, dass Sie die Konkurrenz madig machen wollen.«

»Wenn du gesehen hättest, wie er die Frauen dort behandelt, würdest du es verstehen.«

»Ich habe in Belfast genug gesehen und weiß genau, was Frauen in solchen Häusern durchmachen, Sandy. Warum rufen Sie nicht anonym bei der Polizei an und lassen sein Haus dichtmachen, wenn Sie so besorgt sind?«

»Die Polizisten halten die Hände auf, nehmen sein Drogengeld und sehen weg. Freier Eintritt für das Bordell in der Stadt.«

»Wie in Belfast.« Karl schüttelte den Kopf. »Ich wünschte, ich könnte helfen, Sandy. Ehrlich.«

»Dann schlägst du meinen Rat in den Wind?«

»Seiner Familie sagen, dass ich ihn nicht gefunden habe? Nein. Wenn ich einen Auftrag annehme, bringe ich ihn auch zu Ende. Eine schlechte Angewohnheit, ich weiß, aber ich bin ein sturer Bock. Normalerweise handle ich mir deswegen immer Ärger ein.«

Sandy stand auf, ging zur Tür und öffnete sie. »Du bist ein guter Mann, Karl Kane. Die Anständigkeit steht dir ins Gesicht geschrieben. Ich wünschte, ich hätte vor zehn Jahren einen wie dich kennengelernt.«

»Wenn Sie mich vor zehn Jahren gesehen hätten, hätten Sie umgehend die Flucht ergriffen, Sandy«, sagte Karl und kam zur Tür.

»Wenn du die glückliche Frau in deinem Leben je satthast, komm zu mir – jederzeit.« Sie lächelte und gab ihm einen Kuss auf den Mund. Seine Lippen brannten. »Blakes Bordell liegt in der Princes Street.«

»Danke für die Info, Sandy, und den Kuss. Beides weiß ich zu schätzen.«

»Eine letzte Warnung, Karl. Wenn du in eine Geisterstadt wie Ballymena kommst, sei vorsichtig, dass du sie nicht als Geist verlässt. Gute Nacht, und vermutlich leb wohl.«

Keine fünf Minuten später lag der vollständig angekleidete Karl auf dem schmutzigen Betttuch und der durchgelegenen Matratze. Er versuchte, nicht an Sandys Warnung zu denken, aber etwas daran beschäftigte ihn.

Er holte das Handy und drückte einige Ziffern. Er hielt es ans Ohr und lauschte dem Ton. Vermutlich schlief sie schon, aber er musste ihre tröstende Stimme hören.

»Karl?«, ertönte Naomis verschlafene Stimme Sekunden später. »Was ist los?«

»Nichts.«

»Oh …«

Er stellte sie sich im Bett vor, warm und unter die Decke gekuschelt, und fühlte sich plötzlich schrecklich einsam.

»Was machst du?«, fragte er.

Er hörte, wie sie sich umdrehte und es sich gemütlich machte.

»Ich habe geschlafen, bis mich ein großer Dummkopf aufgeweckt hat. Was machst *du?*«

»Ich? Ich hatte gerade Sex mit einem bezaubernden Nachtgeschöpf.«

»Gut. Das hast du dir verdient. Wie ist das Hotel?«

»Frag nicht. Die Klitsche hat die Bezeichnung Hotel gar nicht verdient.«

Er hörte sie gähnen.

»Was hast du an?«, fragte er, wohl wissend, dass sie vermutlich ihren Winnie-Pu-und-Tigger-Schlafanzug trug. Ihre »Wohlfühlklamotten«, wie sie immer sagte.

»Ich bin nackt. Und du?«

»Dito, abgesehen von Cowboystiefeln und einem Sheriffstern an meiner haarigen Brust.«

Sie kicherte.

»Ich musste an deinen schönen Hintern denken, Naomi. Da wurde mir ganz sportlich zumute.«

»Wie das?«

»Ich würde gern Handball damit spielen.«

»Sie sollten schlafen gehen, Mister Kane.« Naomi gähnte lautstark.

»Okay«, sagte Karl. »Ich verstehe den Wink mit dem Zaunpfahl. Gute Nacht, Liebste.«

»Komm bald nach Hause. Pass auf dich auf. Ich liebe dich.«

Er gab ihr einen lauten Schmatz durch das Telefon, legte auf und wünschte sich, er hätte seine Royal Quiet DeLuxe

Reiseschreibmaschine mitgebracht. Er hätte ein Kapitel seines neuesten Manuskripts zu Ende schreiben können, damit er es bis zum Jahresende vollenden konnte. Ironischerweise hatten ihn das schäbige Hotel und einige seiner schäbigeren Gäste inspiriert; er hoffte, dass er alle Einfälle zu Papier bringen konnte, wenn er wieder zu Hause war.

»Colin, tagsüber Barkeeper, nachts Serienkiller …«

Es dauerte nicht lange, da wiegten ihn seine Müdigkeit und der Hennessy in einen Schlaf voll von unruhigen Albträumen über tote Mütter, tote Polizisten und ein Monster mit einem blutigen Messer und einem Grinsen. Auch sein Vater war da und weinte in der Dunkelheit. *Hilfe*, flehte er immer und immer wieder. *Bitte hilf mir aus der Dunkelheit heraus.*

Kapitel Vierzehn

Brutale Stadt

»In dieser Stadt gibt es zu viele Waffen und zu wenig Hirn.«
Raymond Chandler, *Der große Schlaf*

Karl fuhr früh am nächsten Morgen in die Princes Street und parkte das Auto ein Stück von der Adresse entfernt, die Sandy ihm genannt hatte. Das Bordell lag zwischen einem Antiquitätenladen, in dem es anscheinend alles gab außer Antiquitäten, und einem Wettbüro, in dem noch andere Geschäfte als die angekündigten gemacht zu werden schienen. Auf einem vergilbten Poster am Fenster des Wettbüros stand: *»Was man in Ballymena unternehmen kann.«* Der Rest des Plakates war leer, aber jemand hatte mit rotem Kugelschreiber daraufgekritzelt: *Scheiß auf alles, was man in Ballymena unternehmen kann.*

Im Auto beschlug Karls Atem auf der Windschutzscheibe, daher rieb er mit den bloßen Knöcheln eine Stelle frei, während er sich an der Heizung zu schaffen machte.

Als die Heizung lief, überprüfte er die Digitalkamera, die Naomi ihm geliehen hatte, und versuchte verzweifelt, sich an ihre obskuren Bedienungsanweisungen zu erinnern.

»Was ist nur aus der guten alten Zeit geworden, als man nur auf einen Knopf drücken musste?«

Frustriert, aber schließlich bereit, hielt er die Kamera vor das Gesicht und zoomte auf das Bordell. Die hohe Auflösung erschreckte und erstaunte ihn zugleich.

»Ich kann die verfluchten Splitter in der Tür erkennen ...« Er schüttelte den Kopf und ließ sich sofort von der genialen modernen Technik begeistern.

Er machte es sich gemütlich, öffnete eine McDonald's-Tüte und holte Kartoffelpuffer und einen Becher Kaffee heraus. Er öffnete den Deckel, trank in kleinen Schlucken und beobachtete gelassen die Aktivitäten in und um das Bordell.

Es schien sich bei der männlichen Bevölkerung Ballymenas – mehrheitlich glatzköpfige, schmerbäuchige Landeier – großer Beliebtheit zu erfreuen, da ein ständiges Kommen und Gehen herrschte. Hin und wieder kam eine junge Frau mit zur Tür und gab einem der übergewichtigen Freier einen Abschiedskuss mit auf den Weg.

»Trautes Heim, Glück allein. Fehlt nur noch ›Ernie der Milchmann‹, der einige seiner berühmten –«

Jemand klopfte ans Fenster; Karl erschrak. Er drehte sich um und sah eine hübsche junge Frau mit strähnigem Haar, die ihn ansah. Sie war nicht der Jahreszeit entsprechend angezogen, sondern trug ein dünnes Sommerkleidchen. Ihr Gesicht – wie der Rest ihres Körpers – war ausgemergelt und glich einem von L. S. Lowrys magersüchtigen Strichmännchen.

Sie zitterte schrecklich. Vermutlich überwiegend vom Heroinentzug, vermutete Karl. Unzählige winzige Narben überzogen ihre Arme. Sie sah aus, als hätte sie seit Tagen nicht geschlafen, und gähnte ständig, während sie Karl zu verstehen gab, dass er das Fenster herunterkurbeln sollte.

»Ja, Süße?«, fragte er mit seiner sanftesten Stimme und tat ihr den Gefallen. »Was kann ich für dich tun?«

Sie lächelte gekünstelt. »Ich bin Rosie, und es geht darum, was *ich* für *dich* tun kann, Hübscher. Blasen oder wichsen für einen Fünfer. Ein Fick kostet zehn. Der billigste und beste in ganz Ballymena – und Antrim, falls es dich interessiert.«

Karl schüttelte den Kopf. »Heute nicht, Süße.«

»Bitte, Mister. Ich brauche das Geld. Dringend.« Rosie kratzte sich wie von Sinnen an Armen und Kopf, als wäre sie von unsichtbaren Insekten bedeckt. »Ich mache alles. Schau hin, siehst du die vor dem kleinen Laden dort drüben?«

Karl sah über die Schulter. Ein zweites junges Ding stand im vernagelten Eingang eines verwahrlosten Ladens und gähnte und nieste. Sie schlotterte, obwohl sie einen Linkin-Park-Kapuzenpulli trug, und hielt sich den Magen, als hätte sie leichte Krämpfe.

»Das ist meine Schwester Tina. Sie ist erst vierzehn«, fuhr Rosie fort. »Flutscht wie Vaseline. Kein Kondom, wenn du es ohne willst. Sie ist ein Traum. Für fünfzehn kannst du uns beide haben. Ist das nicht ein verlockendes Angebot?«

»Hör mal, Rosie, ich besuche nur einen Freund in –«

»Freund, von wegen! Du machst Fotos von Blakes Mädchen, oder? Ich beobachte dich schon seit zehn Minuten. Glaubst du, meine Schwester und ich sind nicht gut genug?« Plötzlich regte sich Rosie ungeheuer auf. »Was bist du? Ein perverser Spanner? Kannst du selber nicht?«

Karl überlegte, ob er wegfahren und in einer Stunde wiederkommen sollte ... in der Hoffnung, dass die beiden jungen Dinger bis dahin gegangen oder *gegangen worden* waren. Er bezweifelte beides.

»Okay ... ruf deine Schwester her und steigt ein.«

Rosie lächelte und winkte ihrer jüngeren Schwester hektisch zu.

»Tina! Komm her! Beweg deinen Arsch!«

Tina schlurfte über die Straße und hielt sich dabei die ganze Zeit den Bauch. Sekunden später nahm sie zusammen mit Rosie auf dem Rücksitz des warmen Autos Platz.

Tina war hübscher als ihre ältere Schwester, aber Karl bezweifelte, dass sie älter als zehn war. Hellblonde Locken quollen unter der Kapuze des Linkin-Park-Pullis hervor.

»Du siehst aus, als bräuchtest du einen Arzt«, sagte Karl besorgt, als er Tinas gequältes kindliches Gesicht sah.

»Das ist gar nichts«, sagte Rosie. »Nur Magenkrämpfe. Sie braucht dringend eine Dröhnung.«

»Was?«, sagte Karl und drehte sich um. »Was für eine Dröhnung?«

»Stell dich nicht dumm, Mann. Sie braucht einen Schuss. Eine Dosis Heroin. Danach geht es ihr wieder gut. Ist es nicht so, Tina, Kleines?«

Tina nickte wie ein Roboter und schniefte dabei lautstark.

»Wie wär's, wenn wir zu McDonald's gehen und was essen? Ein Happy Meal oder so?«, schlug Karl vor und bereute es, kaum hatte er es gesagt.

»Bist du echt ein Perversling?«, fragte Rosie.

»Vergiss den Vorschlag«, sagte Karl. »Ich wollte nur helfen.«

»Mit einem Unhappy Meal bei McDoof? Wohl kaum. Zeit ist Geld, Mann. Kommen wir zur Sache. Wen willst du? Mich zuerst oder Tina? Oder schaffst du uns beide gleichzeitig?«

»Ich friere und hab Hunger, Rosie«, flüsterte Tina. »Können wir nicht vorher was essen?«

»Hör auf, dich so anzustellen, Tina, du nervst. Wir essen, wenn ich es sage. Halt die Klappe.«

Karl seufzte. »Was würdest du dazu sagen, wenn ich dir einen Zwanziger gebe und ihr euch einfach nur was zu essen holt? Wäre das nicht was?«

Rosie kniff die Augen zusammen. Sie sah misstrauisch und ein wenig ängstlich aus.

»Wo ist der Haken?«

Karl nahm einen Zwanziger aus der Brieftasche.

»Kein Haken. Wenn ich euch in absehbarer Zeit wieder hier in der Gegend sehe, lasse ich euch von einem alten Freund ins Gefängnis stecken und dort ein paar Tage schmoren. Kapiert? Dort könnt ihr euch euren Stoff in die Haare schmieren.«

»Bist du ein Bulle? Ich wusste es.« Rosie sah besorgt drein. »Warum gibst du uns Geld, statt uns zu knattern?«

»Ich habe wichtigere Dinge zu tun ... *im Moment*. Ihr seid ein Störfaktor, auf den ich verzichten kann. Aber treibt es nicht zu weit. In der Not frisst der Teufel Fliegen. Ich muss gleich Richtung Hope Street fahren. Wenn ich euch dort nicht beide in dem kleinen Café an der Ecke sitzen und Essen in euch reinschieben sehe, spüre ich euch auf. Glaubt mir. Und euch dürfte nicht gefallen, was dann passiert. Und jetzt haut ab.«

»Komm, Tina! Hast du den Mann nicht gehört? Beweg dich!«, sagte Rosie, schnappte sich das Geld und öffnete die Tür. Tina folgte ihr hastig.

»Vergesst nicht, was ich gerade ...« Karl verstummte mitten im Satz. Sie rannten im Höllentempo die Straße entlang, Rosie voraus, dicht gefolgt von Tina. Er bezweifelte, dass sie zu dem Café liefen. Vermutlich zum erstbesten Dealer. »Gibst du ihnen kein Geld, verlieren sie. Gibst du ihnen Geld, verlieren sie auch ...«

Karl betrachtete den fast leeren Kaffee in seiner Hand.

Das Los der kleinen Schwester ließ ihn an seine süße Katie denken und was Männer den Schwächsten der Gesellschaft Schlimmes antun konnten. Er hatte nie an Gott geglaubt, und jeder Tag, der verging, bestärkte ihn in seinen atheistischen Überzeugungen.

»Eine schrecklich deprimierende kleine Stadt …« Er trank Kaffee, der ihm aber plötzlich nicht mehr schmeckte. Er musste dringend pinkeln und bereute, dass er den großen Gierschlund-Becher genommen hatte. Er kurbelte das Fenster halb herunter und kippte die lauwarme Flüssigkeit hinaus. In diesem Moment sah er zwei Männer aus einem glänzenden Audi aussteigen, der gerade vor der Tür des Bordells hielt.

Karl warf rasch einen Blick auf die Fotos, die ihm Jemma gegeben hatte. Blake sah viel älter aus, aber seine hochgewachsene Gestalt und das dichte, lockige graue Haar auf dem zu großen Kopf ließen keinen Zweifel daran, dass er es war. Zwei große Dobermänner standen stocksteif und bedrohlich neben Blake. Der Mann, der Blake begleitete, war schlank und hatte eine beängstigende Ähnlichkeit mit Lee Marvin. Beide Männer unterhielten sich angeregt.

Karl hielt hastig die Kamera hoch. *Klick!* Schöne Nahaufnahme von Blake. *Klick! Klick!*

»Schön hässlicher alter Vogel …« *Klick.*

Blake drehte sich um und sah die Straße entlang zu Kanes Auto.

»Scheiße!« Karl duckte sich unwillkürlich hinter das Lenkrad. Hatten Blake oder Lee Marvin ihn entdeckt? *»Du unvorsichtiger Idiot …«*

Er hob vorsichtig den Kopf und sah zum Fenster hinaus. Beide Männer waren verschwunden.

»Mist. Sie haben sich nach drinnen verkrümelt.«

Karl beschloss, sein Glück nicht zu sehr auf die Probe zu stellen, und steuerte das Auto langsam aus der Princes Street. Als er gerade aus der Parklücke heraus war, verschwand der Seitenspiegel mit einer lauten Explosion.

»*Scheiiiße!*« Er sah hastig in den Rückspiegel. Ein Typ, der ein Monster von einer Schrotflinte in der Hand hielt, legte gerade zum zweiten Mal an. Es war das Lee-Marvin-Double, sein Gesicht wutverzerrt.

Karl duckte sich, sah aber gerade noch einen der Dobermänner, der den keilförmigen Kopf durch das halb offene Fahrerfenster zwängte. Karl roch den stinkenden Atem des Hundes, der mit gefletschten Zähnen nach seinem Gesicht schnappte.

»Hau ab!«, brüllte er und landete mit der Faust einen Zufallstreffer auf der Nase des Hundes. Der Hund winselte laut und zog den Kopf aus dem Fenster.

Als Karl gerade wieder Luft holte, ging der zweite Hund in die Offensive und zwängte fast den ganzen Körper durch das Fenster. Der Hund zielte auf Karls Arm und biss mit eisenharten Kiefern fest zu.

»*Auuu!*« Sein Arm fühlte sich an, als würde er durch die Mangel gedreht werden. Er schlug dem Köter ins Gesicht, aber es war ein schwacher und kläglicher Versuch. Als ob das alles nicht schon genug gewesen wäre, zielte Lee Marvin schon wieder.

Karl trat instinktiv auf das Gaspedal. Das Auto schoss mit heulendem Motor zum Ende der Straße, als ein Blitz aufleuchtete und eine zweite Explosion erfolgte.

Die Heckscheibe barst, und eine Millisekunde später – kaum genügend Zeit, einen neuen Gedanken zu fassen – regnete die Windschutzscheibe auf Karls Kopf herab und bestreute ihn und den bissigen Hund mit Glasscherben.

Karls volle Blase hielt dem Druck nicht mehr stand.

»*Verfluchter Mist!*« Die klirrende Explosion des Glases löste einen urzeitlichen Impuls aus. Er riss das Lenkrad mit einer Hand herunter, bog verkehrswidrig links ab und schaffte es gerade noch an zwei entgegenkommenden Fahrzeugen vorbei. Der Dobermann biss immer noch durch den Mantel, hörte aber damit auf, als ihn ein Fahrzeug aus der Gegenrichtung erfasste und sein gesamtes Hinterteil auf der Straße verteilte.

Lichter blitzten auf, Hupen ertönten. Jemand brüllte eine obszöne Verwünschung, aber Karl war so unter Schock, dass er sie weder hörte noch beachtete. Sekunden später fuhr das Auto in den Rasen einer Böschung, sodass Karl gegen das Armaturenbrett geschleudert wurde. Als er wieder einen Blick durch das klaffende Loch werfen konnte, sah er seinen Angreifer nicht mehr.

Eine geschlagene Minute lang saß Karl zitternd im Auto und versuchte, sein abgewürgtes Gehirn wieder anzulassen. Kopf und Oberkörper des toten Dobermanns hingen immer noch albtraumhaft an seinem Arm.

»Drecksvieh …«, sagte er, stemmte das Maul auf und schubste die blutige Masse zum Fenster hinaus.

Ängstlich sah er in den Rückspiegel. Ein leicht blutendes, aschfahles Gesicht blickte ihm entgegen. Glücklicherweise schien er sich nichts gebrochen zu haben – ganz im Gegensatz zum Auto. Von möglichen Verfolgern keine Spur.

»Verfluchte Scheiße …«, sagte er schließlich und dachte nicht mehr daran, dass er nur um Haaresbreite entkommen war, sondern was ihn Reparatur und Reinigung des Autos kosten würden. Ganz zu schweigen von der Demütigung, dass er sich am helllichten Tag in die Hose gepisst hatte.

Zaghaft zog er den Mantel aus und sah nach, welchen

Schaden der Hund verursacht hatte. Glücklicherweise war die Haut nicht verletzt, bildete aber eine hässliche Schwellung.

Autos fuhren vorbei, aber offenbar hatte keiner der Fahrer große Lust, sich des Unfallopfers anzunehmen.

»Danke für eure Fürsorge«, sagte Karl, steuerte den Wagen vorsichtig wieder auf die Straße Richtung Belfast und betete, dass ihn die Polizei nicht anhalten würde.

Kaum hatte er die Autobahn erreicht, läutete sein Telefon. Er ging ran.

»Tom? Was ist los?«

»Was hast du denn?«, fragte Hicks. »Deine Stimme zittert.«

»Ich habe eine Magenverstimmung. Die Bazillen von Ballymena, du weißt schon. Jemand hat die Hunde losgelassen und mir einen herzlichen Abschiedsgruß gegeben. Warum rufst du an?«

»Ein schockierendes Ereignis. Gerade wurde in einem leer stehenden Lagerhaus am Hafen eine Leiche entdeckt. Sie muss schon ein paar Tage dort liegen; ein Obdachloser, der ein Dach über dem Kopf suchte, hat sie gefunden.«

Karl gefiel Hicks' nervöser Unterton nicht. Zehn Sekunden lang schwiegen beide. Es schien, als hätte Hicks aufgelegt.

»Verrätst du mir, *wessen* Leiche, Tom, oder muss ich meinen Telefonjoker nehmen oder das Publikum fragen?«, sagte Karl, dem fast vor der Antwort graute.

»Edward Phillips. Es ist noch nicht offiziell, also red mit keinem darüber, bis es bestätigt wurde.«

Es dauerte ein paar Sekunden, bis Karl die Information verarbeitet hatte. Dann fühlte sich Karl noch schlimmer. Kalter Schweiß überzog sein Gesicht.

»Detective Phillips? Der in Wilsons altem Team war, ehe er sich pensionieren ließ?«

»Pensioniert *wurde*. Weißt du nicht mehr? Hatte was damit zu tun, dass er sich von Drogendealern schmieren ließ.«

»Scheiße. Was sagt die Gerüchteküche?«

»Ehrlich gesagt, eine Menge. Man munkelt von Drogengeldern, dass Phillips zu habgierig wurde und einem Drogenboss die Hand zu tief in die Tasche stecken wollte.«

»Hand? Das ist im Moment nicht gerade mein Lieblingswort, Tom.«

»Alle aus Wilsons ehemaligem Team sind jetzt tot, und alle eines gewaltsamen Todes gestorben. Wenn du mich fragst, muss jemand die ganze Mannschaft verflucht haben.«

Karl bekam pochende Kopfschmerzen. Hicks' Stimme war wie ein nervtötendes metallisches Echo. Er wünschte sich, Hicks würde einfach den Mund halten und nicht weiter von Wilsons ehemaliger Truppe faseln.

»Karl? Bist du noch da?«

»Was? Oh ... ja ... ja. Ich fahre gerade in eine Tankstelle. Hör zu, Tom, ich muss Schluss machen. Du hältst mich doch über die weiteren Entwicklungen auf dem Laufenden?«

»Natürlich. Du weißt, dass sich das von selbst versteht.«

Als Karl das Handy ausschaltete, flatterte sein Magen. Er hatte ein ungutes Gefühl, was Phillips' Ermordung betraf. Ein ganz und gar ungutes. Eines, das sehr wohl den Weg auf seine Türschwelle finden konnte.

Kapitel Fünfzehn

Was das Herz begehrt

»Er sah aus wie ein netter Bursche, solange man ihm nicht zu nahe kam. Auf die Entfernung und bei dem Licht konnte ich mehr nicht sagen, außer dass es wahrscheinlich von Nutzen wäre, groß, schnell, zäh und in Höchstform zu sein, wenn man ihm doch zu nahe kommen sollte.«
Raymond Chandler, *Playback*

Dienstagmorgen in Belfast. Karl rief Jemma Doyle an und sagte ihr, dass er Informationen über Onkel Thomas habe.

»Das ist fantastisch, Karl«, sagte Jemma mit überschwänglicher Stimme. »Wann können wir uns treffen?«

»Ich sehe in etwa zwanzig Minuten einen anderen Kunden am Victoria Square. Wir wäre es, sagen wir, gegen vierzehn Uhr?«

»Perfekt.«

»Kennen Sie Costa Coffee?«

»Ja.«

»Wir treffen uns dort. Okay?«

»Costa Coffee ist prima. Danke.«

Als er auflegte, kam Naomi mit besorgter Miene ins Zimmer.

»Ich bin nach wie vor der Meinung, dass du diesen Fall aufgeben solltest, Karl. Lieber sofort als später.«

»Das haben wir doch alles schon am Wochenende durchgekaut, Liebes. Ich hätte nie Privatdetektiv werden dürfen, wenn ich mich von Ganoven einschüchtern ließe. Außerdem kann ich nicht einfach jeden Fall sausen lassen, der plötzlich eine ungute Wendung nimmt.«

»Er hat nicht nur eine ungute Wendung genommen, Karl, sondern eine brutale.«

»Ich weiß, aber glaub mir, wenn ich dir sage –«

Das Telefon läutete.

Es war Hicks.

»Tom?«

»Häng es bitte noch nicht an die große Glocke, aber heute in den frühen Morgenstunden wurde eine weitere Hand gefunden, drüben bei *The Odyssey*. Sie hatte die Zahl achtundachtzig eintätowiert, genau wie die letzte.«

Karl stieß einen kurzen Pfiff aus. »Jetzt besteht kein Zweifel mehr, dass wir es mit einem Serienkiller zu tun haben. Ich bin gespannt, wie die Polizei das der Öffentlichkeit verkauft.«

»Im Lauf des Tages findet eine Pressekonferenz statt.«

»Ich wette zehn zu eins, dass unser großer Führer Wilson nicht daran teilnimmt. Ist nicht gut für das Image, wenn man vor laufenden Kameras wie ein Volltrottel dasteht.«

»Die Hand stammt von einem gewissen Harold Taylor, den man zuletzt aus einem Motel in der Antrim Road kommen sah. Ein Kleinkrimineller mit Vorstrafenregister. Wurde vor vier Tagen als vermisst gemeldet.«

»Sieht ganz so aus, als würde hier ein Charles Bronson rumlaufen, der selbst Recht spricht.«

»In den Gerichten wird Recht gesprochen, Karl. Wir

brauchen nicht noch mehr einsame Rächer, oder das sogenannte Recht der Straße in Belfast. Diese schlimmen Zeiten sollten doch der Vergangenheit angehören.«

»Die werden nie der Vergangenheit angehören. Was Neues über Phillips?«

»Jetzt ist es offiziell. Es *war* Phillips' Leichnam in der Lagerhalle.«

»Scheiße. Armes Schwein. Irgendwie hatte ich gehofft, er wäre es nicht.«

»Die Beerdigung ist am Mittwoch, falls du teilnehmen möchtest.«

»Bisschen schnell, wie?«

»Eigentlich nicht. Autopsie abgeschlossen. Seine Exfrau kommt nicht. Sie sagt, so scheinheilig will sie nicht sein.«

»Exfrauen. Die geborenen Diplomaten.«

»Ich bin jedenfalls dort. Falls du auch kommst, sehen wir uns da.«

»Ich werde auf jeden Fall versuchen, teilzunehmen, falls nichts dazwischenkommt. Bis bald«, sagte Karl und unterbrach die Verbindung.

»Worum ging es denn?«, fragte Naomi. »Ich habe gehört, dass du Charles Bronson erwähnt hast.«

»Charles …? Oh, Hicks hat seinen Lieblingsschauspieler erwähnt. Er steht auf diese markanten, harten Männer.«

»Karl, lach nicht, wenn ich dir etwas sage. Versprochen?«

»Solange es nicht komisch ist.«

»Ich möchte, dass du diesen Fall aufgibst. Bitte. Für mich. Ich hatte gestern Nacht einen schrecklichen Albtraum. Da war eine junge Frau, die mit blutigem Messer in der Hand über dir stand.«

»Das war Lynne.«

»Bitte, Karl, ich meine es ernst.«

Naomi sah aus, als würde sie jeden Moment in Tränen ausbrechen. Karl streichelte ihren Arm.

»Ich sag dir was, Süße. Wenn ich in den nächsten vierundzwanzig Stunden keine neuen Informationen bekomme, gebe ich den Fall auf. Okay?«

Naomi lächelte zum ersten Mal an diesem Morgen.

»Versprochen, Karl?«

»Pfadfinderehrenwort«, sagte er, gab ihr einen Kuss auf den Mund und griff nach dem Mantel. »Aber jetzt muss ich wirklich los. Wir sehen uns heute Nachmittag.«

*

Für Karl sah die funkelnde Glaskuppel, die den eindrucksvollen Einkaufskomplex am Victoria Square krönte, wie ein riesiges Vergrößerungsglas aus. Er stand bei Costa Coffee und wartete geduldig auf Jemma Doyle. Die Wintersonne strahlte durch die Kuppel und bedeckte die Gäste mit einem gespenstischen, dienstagnachmittäglichen Leichentuch.

Jemma tauchte fast auf die Sekunde pünktlich um vierzehn Uhr auf. Sie schien außer Atem zu sein, als sei sie gerannt.

Karl bestellte zwei Kaffee und suchte einen Tisch in dem überfüllten Café.

»Was haben Sie für Informationen über meinen Onkel?«, fragte Jemma und hielt die dampfende Tasse mit einer Hand umklammert. Sie trug wieder Handschuhe.

»Ich weiß nicht, ob Sie sie hören wollen.«

Jemmas Gesicht wurde blass. »Er ... er ist doch nicht tot?«

»Nein, nichts dergleichen. Entschuldigen Sie, dass ich den Eindruck erweckt habe. Wie gut kennen Sie ihn?«

»Vermutlich nicht sehr gut. Ich habe ihn seit Jahren nicht gesehen. Ehrlich gesagt, Karl, würde ich wohl gar nicht nach ihm suchen, wenn mein Vater nicht wäre. Warum? Was haben Sie herausgefunden?«

Karl nahm einen Umschlag aus der Innentasche und reichte ihn Jemma.

»Machen Sie auf. So sieht er heute aus.«

Jemma öffnete den Umschlag und holte die Fotos eins nach dem anderen heraus. Sie betrachtete sie scheinbar fasziniert.

»Er ist deutlich älter geworden – jedenfalls nach den Fotos zu urteilen, die ich Ihnen gegeben habe.«

»Sie waren nicht ganz ehrlich mit mir, als Sie mir diesen Auftrag gegeben haben, oder, Jemma?«

»Was ... was meinen Sie?« Jemma sah ihn bestürzt an.

»Onkel Thomas war im Gefängnis, und das ist die gute Nachricht.«

»Gefängnis?«

»Sagen Sie mir die Wahrheit über ihn, oder muss ich aufstehen und gehen?«

»Ich ... ich weiß nicht, was Sie meinen.«

Karl erhob sich unvermittelt. »Ich wünsche Ihnen einen schönen Tag und so weiter, Miss Doyle.«

»Nein! Warten Sie!« Jemma hielt Karls Hand fest. »Okay ...«

Karl setzte sich wieder.

»Es ... fällt mir nicht leicht, darüber zu reden, Karl. Mein Onkel hat fast unser gesamtes Geld gestohlen – das Geld meines Vaters, meine ich. Er hat Leute übers Ohr gehauen. Er hat meine Großmutter geschlagen.«

»Netter Onkel. Warum wollten Sie ihn dann finden?«

»Mein Vater ... mein Vater ist ein stolzer Mann, Karl. Er

steht kurz vor dem Bankrott. Mit dem Geld, das Onkel Thomas gestohlen hat, käme er aus dem gröbsten Schlamassel raus.«

Karl seufzte. »Und Sie dachten, Onkel Thomas würde es einfach so rausrücken?«

»Ich …« Tränen traten Jemma in die Augen. »Wir sind verzweifelt. Die Schande. Meinem Vater geht es gesundheitlich von Tag zu Tag schlechter. Ich muss eine Möglichkeit finden, dieses Geld wiederzubekommen.«

»Dass Ihr Onkel Ihre Großmutter verprügelt hat, ist fast schon anständig, verglichen mit dem heutigen Thomas.«

»Was … was meinen Sie damit?«

»Unter anderem betreibt er ein Bordell in Ballymena. Vermutlich ist er auch in Drogengeschäfte verwickelt.«

»Ein Bordell …« Jemma sah aus, als hätte Karl ihr gerade einen Schlag ins Gesicht versetzt. »Drogen? Sind Sie sicher?«

»Ich wünschte, ich wäre so sicher bei dem Pferd, auf das ich um drei Uhr wetten möchte.«

»Das … das ist schockierend.«

»Verzeihen sie meine Offenheit, aber er ist heute ein noch üblerer Schleimbeutel als damals. Einer seiner … Angestellten dachte am Samstagmorgen wohl, er wäre auf Entenjagd … und ich die Ente.«

»Das verstehe ich nicht.«

»Er hat mehrmals mit einem Gewehr auf mich geschossen.«

»*Was?* Mein Gott. Wie schrecklich. Geht es Ihnen gut? Sie wurden doch nicht verletzt?« Jemma machte einen aufrichtig besorgten Eindruck.

»Nur mein Stolz. Und es war frische Unterwäsche fällig.« Karl lächelte gezwungen. »Sagen wir einfach, so schnell werde ich mich nicht mehr in der Stadt Ballymena blicken lassen.«

»Hat die Polizei den Angreifer festgenommen? Sitzt er im Gefängnis?«

Karl schüttelte den Kopf. »Privatdetektive sind ein wenig wie Priester. Wir geben die Sünden anderer Leute nie preis. Darum nennt man uns ja ›Privat‹. Es ist nicht gut fürs Geschäft, wenn man zur Polizei geht. Außerdem habe ich umso mehr Freiheiten, je weniger die Polizei weiß.«

»Ist das nicht gefährlich? Könnte der Schütze nicht nach Ihnen suchen?«

»Ich hege doch starke Zweifel, dass ein Dorfdepp aus Ballymena nach Belfast kommen würde, nur um mich zu suchen. Ich weiß aufgrund früherer Erfahrungen, dass die meisten Ganoven ihre sicheren Schlammgruben nicht gern verlassen.«

»Ich fühle mich schrecklich, weil ich Ihnen das alles eingebrockt habe, Karl. Es tut mir schrecklich leid. Wirklich.«

»Keine Sorge. Ich bin ein großer Junge und kann auf mich aufpassen.«

»Darf ich Sie fragen, wie Sie Onkel Thomas gefunden haben? Meine Familie hat es mit jeder erdenklichen Organisation versucht, von der Heilsarmee bis zur Polizei, aber ohne Erfolg. Die Polizei war besonders abweisend und schien nicht das geringste Interesse zu haben.«

»Meine Kontaktpersonen bei der Polizei sind etwas ... hilfreicher. Aber ich bezweifle, dass wir Ihren Onkel jemals gefunden hätten, wäre er nicht vor Jahren im Gefängnis gewesen.«

»Meine Familie wird am Boden zerstört sein, wenn ich ihnen das mit dem Bordell und den Drogen erzähle.« Plötzlich sah Jemma Doyle sehr müde aus. »Mein Vater wird sich schämen. Was Moral und Anstand angeht, ist er noch von der alten Schule.«

»Hier ist die Adresse Ihres Onkels«, sagte Karl und reichte Jemma einen Zettel. »Jetzt wissen Sie wenigstens, wo er ist, falls Ihre Familie Kontakt zu ihm aufnehmen möchte. Aber jemand gab mir den Rat, ihn zu vergessen. Ich gebe Ihnen denselben Rat, den ich ignoriert habe, Jemma. Sie sollten ihn wirklich beherzigen.«

»Danke für alles, Karl. Ich werde über Ihren Ratschlag nachdenken.« Jemma überflog den Zettel. »Kann ich die Fotos meines Onkels wiederhaben? Sie gehören meinem Vater.«

»Na klar.« Karl griff in die Tasche und gab Jemma die Fotos. »Tut mir leid, dass ich Ihnen so schreckliche Nachrichten überbringen musste.«

»Sie brauchen sich nicht zu entschuldigen.« Jemma stand auf, steckte die Fotos ein und gab Karl den Umschlag. »Der Rest Ihres Honorars. Nochmals danke, Karl.«

»Falls Sie wieder mal Probleme haben, wissen Sie, wo Sie mich finden können, Jemma«, antwortete Karl und schüttelte ihre verhüllte Hand. »Passen Sie auf sich auf.«

»Sie auch, Karl. Guten Tag.«

Er sah ihr nach, wie sie mit dem Fahrstuhl ins Erdgeschoss fuhr. Es sah aus, als müsste sie das Gewicht der Welt auf den Schultern tragen.

»Die Ärmste …«

Karl wollte gerade ins Büro zurück, als das Handy in seiner Tasche summte. Er kannte die Nummer auf dem Display nicht.

»Hallo?«, sagte er.

»Mister Kane?«

»Ja. Wer spricht?«

»Georgina Goodman.«

»Pardon?«

»Geordie. Der Schlachthof?«

»Ach ja! Was kann ich für Sie tun, Mrs Goodman?«

»Ich habe Informationen. Keine Ahnung, ob sie relevant sind für das, was wir letzte Woche besprochen haben, aber wenn Sie vorbeischauen möchten, können Sie selbst entscheiden.«

»Ich könnte in einer Stunde da sein, wenn es Ihnen recht ist?«

»Nein, heute nicht. Ich muss geschäftlich weg. Ich bin am Donnerstag wieder da. Passt Ihnen das?«

»Ja, das ist perfekt. Dann sehen wir uns am Donnerstag«, sagte Karl, schaltete das Telefon ab und spürte, wie sich seine Nackenhaare plötzlich aufrichteten.

Kapitel Sechzehn

Die Toten

> *»Jedoch, es ist Zeit dass wir gehn, ich, um zu sterben, und ihr, um zu leben. Wer aber von uns beiden zu dem besseren Geschäft hingehe, das ist allen verborgen außer nur Gott.«*
> Sokrates, zitiert in *Platos Apologie*

Würde man das Leben von Edward Phillips an der Zahl der Leute messen, die zu seiner Beerdigung kamen, wäre das Maßband nicht allzu lang, dachte Karl und ließ den Blick über die kleine Schar der Trauernden auf dem aufgeweichten Friedhof schweifen.

Fleckige Grashalme glänzten im frühmorgendlichen Eis. Am Horizont entflochten sich dünne schwarze Streifen und ließen trübes Sonnenlicht in homöopathischer Dosierung zwischen den schmutzig grauen Wolken hindurchdringen. In den Bäumen zwitscherten Vögel lautstark ihren Klatsch und Tratsch und entweihten die Stille des Todes unter ihnen.

»Nicht gerade ein Massenandrang«, sagte Hicks, als hätte er Karls Gedanken gelesen.

»Ich glaube nicht, dass ihn das noch nennenswert stören wird«, sagte Karl. »Was Neues über seine Ermordung?«

»Man hat ihm aus nächster Nähe in den Kopf geschossen. Die Kugel hat den größten Teil seines Gesichts weggerissen.

Ratten und streunende Katzen haben sich den Rest geholt. Kein schöner Anblick.«

»Nein, Phillips war zugegeben nie eine Schönheit, aber ich kann immer noch nicht glauben, dass er abgetreten ist – nicht so. Er war lange nicht der schlimmste Mistkerl aus dieser Truppe.«

»Ich hatte immer Zeit für Phillips, aber er wirkte jedes Mal, wenn wir uns unterhielten, besorgter.«

»Besorgter? Inwiefern?«

»Als würde er etwas verheimlichen, wofür er sich schämte. Jetzt weiß ich, dass es seine Drogengeschäfte und das Schmiergeld waren, so wie alle behauptet haben.«

»Glaubst du immer noch, dass Drogendealer etwas damit zu tun haben?«

»Man fand Kokainreste unter seinen Fingernägeln und in den Nasenlöchern.«

»Kokain«, sagte Karl kopfschüttelnd. »Ich habe Phillips nie für einen Kokser gehalten. Was ist mit seinem Blutkreislauf ? Da irgendwelche Spuren?«

»Nichts Eindeutiges. Minimalste Reste, aber die könnten auch von den Schmerzmitteln stammen, von denen er angeblich abhängig war.«

»Was sagt Wilson dazu?«

»Mit ihm selbst habe ich noch nicht gesprochen, aber angeblich soll er am Boden zerstört sein. Er hat geschworen, den oder die Verantwortlichen zu finden.«

»Ich bin sicher, die schlottern und bibbern, seit sie das gehört haben.« Karl zog den Kragen des Mantels enger um den Hals, um dem eisigen Wind zu trotzen.

»Man sollte meinen, die Truppe hätte ein paar Leute herschicken können, damit es nach mehr aussieht.«

»Beim letzten Abendmahl waren mehr Leute da, aber

vermutlich war das kostenlose Essen ein größerer Ansporn, an diesem speziellen Dinner teilzunehmen.«

»Ich weiß, die Polizei will nicht mit Drogendealern in Verbindung gebracht werden und so, aber was ist aus dem Prinzip ›unschuldig bis zum Beweis des Gegenteils‹ geworden?«

»Wenigstens besitzt Arschloch Wilson den Anstand und lässt sich sehen«, sagte Karl, als er seinen Exschwager im Gespräch mit einem Trauernden sah. »Das wenigstens muss ich ihm lassen.«

Detective Inspector Mark Wilson stand in starrer Haltung wie ein tief wurzelnder Baum am Rand des frisch ausgehobenen Grabes. Sein kurzer, soldatischer Bürstenschnitt hatte die Form eines Bügeleisens und war im steifen, eiskalten Wind ebenso starr und reglos wie sein Besitzer. Der extreme Haarschnitt betonte das pockennarbige Gesicht. Die Narben stammten freilich nicht von Akne, sondern von einem Schrotschuss mitten ins Gesicht, den ihm ein Mann verpasst hatte, der mittlerweile tot war: Brendan Burns, der unlängst sein Leben für das von Karls Tochter Katie geopfert hatte.

»Wilson sieht gar nicht gut aus«, sagte Hicks. »Offenbar nimmt ihn das alles ziemlich mit.«

»Was über die Waffe, mit der Phillips erschossen wurde?«, fragte Karl, dem es nicht passte, wenn Wilson Mitgefühl einheimste.

Hicks nickte. »Er wurde mit einem Kaliber fünfundvierzig erschossen. Die Ballistik gleicht die Splitter, die im Hirn gefunden wurden, noch mit in anderen Fällen benutzten Waffen ab. Seltsamerweise steht im forensischen Bericht, dass das Lagerhaus, wo die Leiche gefunden wurde, nichts hergab.«

»Warum ist das seltsam?«

»Wegen Locards Theorie natürlich.«

»Na klar, die Theorie des ollen Locard.« Karl grinste. »Ich hasse es, wenn du so überheblich daherkommst. Was zum Teufel ist Locards Theorie, du Klugscheißer?«

»Ich wünschte echt, du würdest einige der Bücher, die ich dir gegeben habe, tatsächlich mal lesen. Edmond Locard war ein berühmter forensischer Wissenschaftler aus Frankreich, der im zwanzigsten Jahrhundert das erste Labor zur Aufklärung von Verbrechen gründete. Locards Wechselwirkungsprinzip lautet, *bei jedem Kontakt zwischen zwei Gegenständen findet ein Austausch statt*.«

»Und was für ein Austausch genau?«

»Jeder Kontakt hinterlässt eine Spur. Es muss ein Austausch von *etwas* stattfinden, Schweiß, Haare, Staub. Irgendwas.«

»DNA?«

»Ja, und andere Spuren von Beweisen, wie zum Beispiel Erde, Stofffasern ...«

»Und warum hast du das nicht gleich gesagt, ohne diese langatmige Erklärung?«

»Ich will damit nur sagen, der Mörder war äußerst vorsichtig. Er – oder *sie* – ist lange genug dort geblieben und hat sichergestellt, dass nichts zurückbleibt.«

»Der Mörder hat nicht nur den Mumm und legt einen Ex-Cop um, er bleibt auch noch am Tatort. Ganz offenkundig nicht unser durchschnittlicher Vollpfosten von Drogendealer oder durchgeknalltem Killer. Es wird bestimmt lustig, mit anzusehen, wie Wilson und McCormack zu Holmes und Watson werden, um diese Nuss zu knacken.«

Als könnte er jedes Wort hören, drehte sich Wilson plötzlich zu Karl und Hicks um. Er warf ihnen einen alles andere als herzlichen Blick zu.

»Wilson müssen die Ohren klingeln«, sagte Karl und erwiderte den Blick ungerührt. »Er hat uns mit seinen Teleskopaugen ins Visier genommen.«

»Du machst doch auf einer Beerdigung keinen Ärger, oder?«, fragte Hicks, der ein wenig besorgt aussah. »Von dem ungehörigen Blödsinn hatte ich schon das letzte Mal die Nase voll, als du und Wilson euch während einer Bestattung im Schlamm gewälzt habt.«

»So ein Verhalten ist mittlerweile unter meiner Würde. Wie Doktor Jekyll zu Mister Hyde sagte: Ich habe mich verändert.«

»Warum fällt es mir immer so schwer, das zu glauben?«

»Was Neues über die Hand, die bei *The Odyssey* gefunden wurde?«, fragte Karl, der den Vorwurf überhörte.

»Nur das, was ich dir schon erzählt habe. Sein Name war Harold Taylor, ein Geschäftsmann aus dem Raum Clengormley.«

»Du sagtest etwas von einem Vorstrafenregister.«

»Einschüchterung und Schutzgelderpressung. Außerdem hat er gesessen, weil er eine junge Frau vergewaltigt hat, aber das ist zehn Jahre her. Hat sie blutüberströmt und mit gebrochenen Knochen liegen lassen.«

»Nettes Bürschchen.«

»Zuletzt sah man ihn aus einem Motel in der Antrim Road kommen. Das war am Tag dieses schrecklichen Schneesturms. Danach war er wie vom Erdboden verschwunden.«

»Und nur eine verdammte Hand ist von ihm übrig. Ich habe das Gefühl, als würden diese Hände absichtlich zurückgelassen, damit man sie findet.«

»Wie eine Visitenkarte?«

»Mehr wie eine Warnung an andere. So als würde man

einen Jack Russell von der Leine lassen, damit er nach Ratten schnuppert. Das macht alle nervös.«

Karls Telefon summte.

»Hallo?«

»Mister Kane? Geordie.«

»Oh, Mrs Goodman. Ich dachte, wir wollten uns morgen treffen?«

»Ich rufe nur an, um zu sagen, dass ich Sie nicht treffen kann – jedenfalls nicht diese Woche. Meine Geschäftsreise dauert leider doch etwas länger. Es tut mir leid. Wie wäre es nächsten Montag, in meinem Büro, in aller Frühe?«

»Geht klar. Montagmorgen wäre mir recht, wenn Sie einverstanden sind?«

»Dann Montagmorgen. Bis dahin, Mister Kane.«

»Ein Kunde?«, fragte Hicks.

»Nein, nicht direkt. Ich weiß noch nicht genau, welche Rolle diese Dame spielt. Sie hat kein Herz, und in ihren Adern fließt Eiswasser. Ehrlich gesagt ist sie mir unheimlich. Es scheint, als würde sie mir aus dem Weg gehen, aber vielleicht bin ich auch nur übertrieben misstrauisch.«

»Du? Misstrauisch? Nein!« Hicks lächelte.

»Sehr witzig. Komiker. Man findet sie überall. Sogar auf Friedhöfen.«

Kapitel Siebzehn

Cop Land

»Elende Cops. Niemand schubst mich so rum. Niemand. Ich räche mich. Wie immer.«
Gene Barry in *Schwaches Alibi*

Am frühen Samstagvormittag parkte Karl seinen Hintern auf dem Stuhl seines Friseurladens, Ben's Hair, und hörte zu, wie Ben Causeway, der Inhaber, sein umfassendes Wissen über Lokalpolitik und aktuelle Skandale herunterleierte.

»Sieht ganz so aus, als würde jetzt alles auf sie zurückfallen, dieser ganze scheinheilige Mist über die Schwulen, den sie von sich gegeben hat«, sagte Ben und schnippelte an Karls dichtem, grau meliertem Haar herum.

Thema Nummer eins in Belfast war die skandalöse Affäre einer Politikergattin mit einem deutlich jüngeren Mann.

»Warum sind Sie so schockiert, Ben? Ich versichere Ihnen immer wieder, dass Politiker *alle* gleich sind. Eine Bande von verlogenen, habgierigen Scheinheiligen«, sagte Karl und nickte in den Spiegel. »Ich gebe den Trotteln die Schuld, die sie trotz alledem immer wieder wählen.«

»Ich gehe nicht wählen«, sagte Ben defensiv und ließ die Schere meisterlich über Karls Mähne wandern. »Egal, sie ist alt genug, dass sie seine Oma sein könnte.«

»Zu viel Information. Wechseln wir das Thema. Und passen Sie auf mein verdammtes Ohr auf, Ben. Fast hätten Sie es abgeschnitten.«

Als Karl den Friseursalon dreißig Minuten später mit deutlich manierlicherem Aussehen wieder verließ, ging er in Richtung der Chapel Lane, um beim Buchmacher Ladbrokes eine Wette zu platzieren, die als todsicherer Tipp galt. Es hätte Buchmacher in seiner Nähe gegeben, denen er sein Geld in den Rachen werfen konnte, aber die Tatsache, dass dieses spezielle Etablissement zwischen einer Kapelle und einer Kirche lag, wie ein Rädchen Wurst zwischen zwei Brothälften, brachte ihn irgendwie immer einem Gott näher, an den er nicht glaubte. Außerdem konnte er dann später in Kelly's Cellars oder den Hercules Pubs seinen Kummer darüber ertränken, dass das schöne Geld futsch war, wenn seine Rechnung nicht aufging.

Als Karl gerade das Wettbüro betreten wollte, bemerkte er ein dunkles, bedrohliches Auto, das unmittelbar hinter ihm im Schritttempo fuhr.

»Kane!«, ertönte eine polternde Stimme aus dem Wageninneren.

Karl drehte sich um und sah Detective Harry McCormack, der seinen vierschrötigen Luxuskörper zur Beifahrertür herauszwängte.

»Na, wenn das nicht mein Seelenverwandter ist«, sagte Karl.

»Warum steigen Sie nicht ein und leisten uns eine Weile Gesellschaft«, sagte McCormack. Es war keine Frage.

»Ich habe dringende Geschäfte zu erledigen, McCormack. Sie werden sich gedulden müssen, bis ich fertig bin.«

»Ich frage nicht noch einmal. Auto oder Polizeirevier. Sie haben die Wahl, Kane.«

»Hat es nicht wenigstens Zeit, bis ich meine Wette platziert habe? Das Rennen beginnt in wenigen Minuten. Ein todsicherer Tipp. Ich lasse Sie sogar mitwetten.«

»Steigen Sie ein. Sofort.«

»Ich dachte, Sie wollten nicht noch mal fragen, McCormack.«

Widerwillig ging Karl zum Auto und wurde ebenso umgehend wie unsanft ins Innere befördert, wo ein weiterer muskelbepackter Hüne von einem Detective als stummer Beobachter saß. Karl fand, dass der Mann Ähnlichkeit mit dem Hulk hatte – nur weiß und längst nicht so hübsch anzusehen. Der Fahrer des Wagens blieb gleichermaßen stumm; er blickte gelangweilt drein und roch nach dem Fusel der vergangenen Nacht. Hitze und Körpergeruch im Auto waren überwältigend.

»Was soll das, McCormack? Hoffentlich ist es was Wichtiges. Ich war im Begriff, ein kleines Vermögen zu gewinnen.«

McCormack lächelte gequält. Es sah aus wie eine Messerwunde. »Immer ein Großmaul, unser Kane. Sie wissen einfach nie, wann Sie die Klappe halten müssen, was?«

»Das ist eine Fangfrage. Wie soll ich antworten, ohne etwas zu sagen?«

Der weiße Hulk gab einen Grunzlaut der Ungeduld von sich, sah zum Seitenfenster des Autos hinaus und rammte Karl dabei brutal den Ellbogen in den Magen.

»*Scheiße!*« Karl krümmte sich vor Schmerz.

»Kennen Sie die alte Geschichte vom guten und bösen Cop, Kane?«, fragte McCormack und zog Karl wieder in eine sitzende Haltung. »Also, nur Ihretwegen verzichten wir heute auf den guten Cop. Wir haben nur den bösen Cop und den ganz bösen Cop.«

In einem Anflug von Wahnsinn überlegte sich Karl einen Sekundenbruchteil, ob er noch eine schnippische Bemerkung von sich geben sollte. Zum Glück kam ihm die Vernunft zu Hilfe und versiegelte ihm die Lippen.

»Kennen Sie eine Laura Fleming?«, fragte McCormack.

Karl überlegte einen Moment. Der Name sagte ihm nichts.

»Nein …«

McCormack zog eine kleine, durchsichtige Tüte aus seiner Tasche, auf der in fetten Druckbuchstaben das Wort »Beweismittel« stand. Etwas Kleines war darin.

»Kennen Sie das?«, fragte McCormack und hielt die Tüte Zentimeter vor Karls Gesicht.

Bei eingehenderer Betrachtung sah Karl, dass es sich um eine seiner Visitenkarten handelte; ein roter Fleck verunzierte die Buchstaben.

»Sieht aus wie eine meiner Visitenkarten.«

»Es *ist* eine Ihrer Visitenkarten. Sehen Sie den roten Fleck? Möchten Sie eine Vermutung riskieren, worum es sich dabei handelt?«

»Vielleicht Lippenstift?«

»Blut. Laura Flemings Blut. Könnten Sie mir vielleicht verraten, wie es dorthin gekommen ist und was sie mit einer Ihrer Visitenkarten wollte?«

»Meine Visitenkarten sind überall. Ich habe keinen Einfluss darauf, bei wem sie landen. Ich habe keine Ahnung, wie das Blut dieser Frau daraufkommt. Außerdem sagte ich schon, ich kenne sie nicht.«

»Kenne? *Kannte.* Das hatte ich vergessen zu erwähnen. Man fand sie vor drei Tagen ermordet in einem Hotel. Sie wurde vergewaltigt und gefoltert, bevor man ihr die Kehle so aufschlitzte, dass der Kopf fast von den Schultern getrennt wurde. Und eine Ihrer Visitenkarten, die ja *überall* sind, hat man ihr mit Gewalt zwischen die Zähne gesteckt.«

»Was …?« Karl fühlte sich, als hätte man ihn geschlagen. Sein Magen verkrampfte sich.

»Waren Sie je in einer Absteige in Ballymena, die Motel Royal heißt?«

Karls Magen verkrampfte sich noch mehr. Langsam dämmerte ihm, worauf diese Fragen hinausliefen.

»Ich … ja, vor zwei Wochen …«

»Gut, dass Sie das zugegeben haben, Klugscheißer. Wir haben Ihr Bild einigen Gästen gezeigt, die bestätigt haben, dass Sie dort waren, aber unter anderem Namen. Offenbar Jim McFadden. Die Gäste in der Hotelbar haben ausgesagt, dass Sie etwas getrunken haben und dann mit der Frau, von der Sie nie gehört haben, nach oben gegangen sind und Sex mit ihr hatten.«

»Ich wusste nicht, dass Polizisten rechtmäßig Fotos von unbescholtenen Bürgern herumzeigen dürfen, McCormack.« Schweiß lief Karls Rücken hinab und sammelte sich zwischen den Arschbacken.

»Man lernt doch jeden Tag etwas Neues dazu, nicht? Ich hatte Ihr Foto dabei, um die Angelegenheit in dem Motel zu klären.« McCormack lächelte wieder sein Messergrinsen. »Also, was hat es jetzt mit dieser ermordeten Frau auf sich, deren Namen Sie angeblich nicht kennen, obwohl Sie Sex mit ihr hatten?«

»Ich … ich wusste nicht, dass sie Laura Fleming heißt. Sie sagte, ihr Name sei Sandy.«

»Sie sind ein abstoßendes und verkommenes Subjekt, Kane«, sagte McCormack. »Sie reisen weit, um sich den Schwanz melken zu lassen, aber das ist mir gleich, denn irgendwann wird er für Sie zu einem Fallstrick werden.«

»Es ging nicht um Sex.«

»Ich verstehe. Sie brauchten nur eine Schulter, um sich auszuweinen?« McCormack grinste.

»Eine Kundin hat mich angeheuert, um jemanden zu finden. Einen vermissten Verwandten. Die Spur führte nach Ballymena.«

»Name der Kundin und des vermissten Verwandten?«

»Vertraulich. Sie wissen, dass ich diese Informationen nicht preisgeben darf.«

»Blödsinn, Kane. Eine Frau wird brutal misshandelt und ermordet, und Sie haben die Frechheit und erzählen mir etwas von vertraulich?«

»Das ist keine Frechheit. Es ist das Gesetz.«

»Okay, wenn es also *nicht* um Sex ging, haben Sie sicher nichts dagegen, uns eine Speichelprobe zu geben, damit wir Ihre DNA aus dem Kreis der Verdächtigen ausschließen können?«

»Bin ich ein Verdächtiger?«, brauste Karl auf.

»Was ist mit der Speichelprobe?«

»Bringen Sie mir einen Gerichtsbeschluss, dann bekommen Sie die Probe.«

Der weiße Hulk grunzte abermals ungeduldig.

Karl wappnete sich für den Schlag. Doch es kam keiner.

»An dem Tag, als Sie dort waren, kam es zu einer Schießerei in Ballymena. Wissen Sie etwas *darüber*?«

»Eine Schießerei in Ballymena? Das ist ja ganz was Neues!«

»Offenbar hatte ein alter Päderast im Auto Sex mit zwei Kindern, bevor brave Bürger ihn vertrieben und die Kinder retteten.«

Karl spürte, wie sein Gesicht rot wurde. Er versuchte, es zu unterdrücken. »Schön für die braven Bürger.«

»Die Geschichte ist noch nicht zu Ende, Kane. Offenbar war das ein ziemlich hartnäckiger und hinterlistiger Pädo, denn er kam später wieder. Dann bekam er aber zwei Schüsse aus einer rostigen alten Donnerbüchse in den Hintern, bevor er endgültig abhaute, während ihm die Scheiße aus der Hose und zur Autotür hinauslief.«

»Worauf wollen Sie eigentlich hinaus, McCormack?«, fragte Karl.

»Es gelang mir, die beiden fraglichen Kinder aufzuspüren. Zwei Schwestern. Süße kleine Engel. Ich bat sie um eine Beschreibung des Perversen. Und ich konnte ihnen sogar einige Fotos zeigen, die ich in der Tasche hatte, darunter das von Ihnen. Wissen Sie, was sie gesagt haben?«

»Ich zitiere: ›Der hässliche alte Sack? Das Gesicht würden wir nie vergessen, wenn der es gewesen wäre!‹«

McCormack und der Fahrer lachten laut auf. Sogar der weiße Hulk brachte ein kümmerliches Grinsen zustande.

Karl lachte ebenfalls und spürte die nervliche Anspannung. »Manchmal zahlt es sich aus, wenn man hässlich ist.«

Fast eine halbe Minute verstrich, ehe McCormack fortfuhr.

»Sie können jetzt aussteigen, Kane, aber ich dürfte in naher Zukunft noch einige Fragen an Sie haben. Und *das* ist ein todsicherer Tipp, auf den Sie wetten können.«

»Rufen Sie auf jeden Fall meinen Anwalt an«, sagte Kane und stieg aus dem Wagen aus. »Ich bin sicher, Wilson, Ihr Boss, hat seine Nummer.«

»Man sieht sich, Kane …«, sagte McCormack und zog die Tür zu.

Karl genoss den kalten Windhauch im Gesicht und wartete, bis das Auto außer Sichtweite war. Dann übergab er sich auf den Bürgersteig.

»*Ah, Scheiße* …«, murmelte er und wischte sich Erbrochenes vom Mund.

»Ekelhaft«, sagte eine alte Dame mit lautem *Tss-tss*, ehe sie die Kirche betrat. »Am frühen Morgen schon betrunken. Widerliches Schwein.«

Kapitel Achtzehn

Der Dialog

> *»Er hatte ein Gesicht, in dem – abgesehen von einem Ziehbrunneneimer – wohl schon so ziemlich alles gelandet war. Es war ein vernarbtes, breit geschlagenes, verquollenes, geschecktes und verbeultes Gesicht. Ein Gesicht, das nichts mehr zu fürchten brauchte. Diesem Gesicht war alles angetan worden, was Menschen sich nur ausdenken konnten.«*
> Raymond Chandler, *Lebwohl, mein Liebling*

»Und dieser Mann heißt Thomas Blake?«, fragte Detective Chambers, der sich in Karls Büro Notizen machte, wo er ihm gegenübersaß. »Sie vermuten, Blake hatte etwas mit Miss Flemings Vergewaltigung und Ermordung in Ballymena zu tun?«

»Vermuten? Ich bin mir fast sicher.«

»Beweise?«

»Leider keine. Er hat einen Partner, der eine gewisse Ähnlichkeit mit Lee Marvin hat und –«

»Lee Marvin?«

»Müssen Sie so verdammt jung sein? Lee Marvin war Schauspieler – einer der besten. Egal, jedenfalls sieht ihm dieser Dreckskerl zum Verwechseln ähnlich. Er fuchtelt in der Öffentlichkeit gern mit Schrotflinten herum und feuert sie ab – vorzugsweise auf Leute wie mich.«

»Schusswaffengebrauch in der Öffentlichkeit? Haben Sie dafür einen Beweis?«

»Keinen Beweis per se. Ich wollte nicht warten, bis er mir mit der Königin aller Schrotflinten das Gesicht zu Klump schießt, als er auf mich angelegt hat. Aber das wissen selbst die Hunde auf der Straße ... und das meine ich im wörtlichen wie im übertragenen Sinn.« Karl schlug die Beine über Kreuz und versuchte, es sich in einer ungemütlichen Situation gemütlich zu machen. »Nein, machen Sie *Hund* daraus, Singular, nicht Plural. Einer hatte einen kleinen Unfall mit seinem Hinterteil.«

Chambers kritzelte etwas in sein Notizbuch, dann sah er Karl direkt ins Gesicht.

»Warum haben Sie nach mir verlangt, Mister Kane? Warum nicht nach Detective McCormack? Er ist der leitende Ermittler in diesem Fall.«

»Ich mag Ihr jugendliches Gesicht. So ehrlich und vertrauenerweckend.«

»Können Sie nie eine Frage ohne Sarkasmus beantworten?«

»Nein.«

»Detective McCormack gab zu Protokoll, dass Sie sich weigerten, Informationen preiszugeben, als er Sie vor zwei Tagen verhört hat. Wieso jetzt dieser plötzliche Sinneswandel?«

»Verhört? Hat er das wirklich gesagt?« Karl lächelte gezwungen.

»Was hätte er denn sagen sollen?«

»Einschüchterung und körperliche Gewalt, für den Anfang.«

»Soll das heißen, er hat Sie geschlagen, Mister Kane?« Chambers sah ein wenig nervös aus.

»Er? Nein. Er hat mir kein Härchen gekrümmt. Sogar ein Dünnbrettbohrer wie McCormack ist dafür zu schlau. Aber der Gorilla, den er bei sich hatte.«

»Der Gorilla?«

»Gesicht und Körperbau wie King Kong. Nur haariger. Ein Erbsenhirn, dem ein Stück vom linken Ohr fehlt. Quasselt ohne Punkt und Komma.«

Chambers lächelte. »Oh ... das ist vermutlich Detective Carson. Ein komischer Kauz.«

»Komisch? Hätte er zwei Schwänze, könnte er kaum komischer sein. Egal, zurück zu Ihrer Frage, warum ich es mir anders überlegt habe. Die letzten zwei Tage waren die Hölle. Ich bekomme Laura Fleming nicht aus dem Kopf. Und ich kann nicht mit dem Gedanken leben, dass dieser Schleimbeutel Blake oder Lee Marvin sie ermordet haben und ungeschoren davonkommen soll.«

»Wir haben immer noch keinen Beweis für alles, was Sie mir eben erzählt haben, aber ich verspreche Ihnen, dass ich mir die Sache ansehen werde, auch wenn ich Detective McCormack damit verärgere.«

»Das dachte ich mir, wo Sie doch so unerschütterlich an Recht und Gesetz glauben.«

Chambers schüttelte den Kopf. »Sie machen es einem ziemlich schwer, Sie zu mögen, Mister Kane, wenn ich das einmal in aller Offenheit sagen darf.«

»Offenheit ist stets die beste Politik, finde ich. Wirkt Wunder für die Seele, wenn schon nicht für das Bankkonto. Sind Sie jetzt fertig? Einige von uns müssen arbeiten.«

»Okay. Wie Sie wollen.« Chambers stand auf. »Ich kümmere mich um die Vorwürfe gegen Thomas Blake und seinen

Assistenten, die Sie gerade vorgebracht haben. Ich melde mich, sollte ich noch Fragen an Sie haben.«

»Machen Sie das. Und noch ein guter Rat mit auf den Weg: Ich würde McCormack nicht wissen lassen, was Sie da hinter seinem Rücken treiben. Es dürfte ihm nicht gefallen. Er ist sehr … empfindlich, was die Polizeiarbeit betrifft.«

»Danke. Ich werde daran denken. Aber ehrlich gesagt finde ich, dass Detective McCormack vorsichtig sein sollte.« Chambers lächelte, und Kane sah in dem Lächeln sofort einen anderen jungen Detective, der vor ihm stand. »Guten Tag, Mister Kane.«

Kapitel Neunzehn

There will be Blood

»Hat in letzter Zeit jemand Ihren Herzschlag überprüft, Lady?«
J. T. Walsh in *Die letzte Verführung*

»Bei keinem Mitarbeiter gibt es Unregelmäßigkeiten, was die Arbeitszeit angeht, abgesehen von ein paar Krankmeldungen«, erklärte Geordie Goodman in dem behelfsmäßigen Büro und überreichte Karl einen Stapel beigefarbener Schnellhefter. »Aber bei genauerem Hinsehen fielen mir ein paar Abweichungen in den Stechuhrunterlagen eines Geschäftsmannes auf, eines Mister Tev Steinway von den jüdischen Metzgern.«

»Und welche?«

»Er kommt zweimal im Monat gegen zwei Uhr nachts zum Schlachten her.«

»Warum so spät in der Nacht?«

»Um diese Zeit ist hier praktisch niemand, außer ein paar Wartungsleuten, die die Maschinen im Schlachthof auf Verschleiß untersuchen. So hat Mister Steinway Privatsphäre. Keine Neugierigen, die sich das Schlachtritual ansehen möchten.«

»Sind Sie Mister Steinway je begegnet?«

»Ein paarmal. Er kam schon her, als der Betrieb noch meinem Vater gehörte. Einer der wenigen Kunden, die uns in schlechten Zeiten nicht im Stich gelassen haben. Hat nie Ärger gemacht. Ein wahrer Gentleman. Bleibt gern für sich …«

»Aber …?«, drängte Karl.

Geordie wirkte zögerlich. »Mister Steinway ist die letzten beiden Monate jeweils *sechs* Mal hier gewesen. Ich habe gerade von einem Nachtwächter erfahren, dass Mister Steinway dem Wachmann Whiskey und Lebensmittel mitgebracht und ihn gebeten hat, ein Auge zuzudrücken und nicht jeden Besuch einzutragen.«

»Wie sind Sie dahintergekommen?«

»Kleinkarierter Neid. Eine anonyme Petze hat vor zwei Tagen John Talbot angerufen und ihm erzählt, was los ist. Offenbar hegt jemand einen Groll gegen den Torwachmann und wollte ihm eins reinwürgen.«

»Warum will Steinway nicht, dass seine Besuche vermerkt werden?«

»Er bekommt jedes Mal eine Rechnung, wenn er unsere Maschinen benutzt. Ich vermute, das läppert sich …«

»Und ich vermute, dass Sie etwas anderes vermuten, oder nicht?«

Sie dachte gründlich nach, bevor sie antwortete. »Wir hatten nie Probleme mit seinen Rechnungen. Er jammert nie, im Gegensatz zu allen anderen, die unsere Anlage nutzen. Bezahlt immer pünktlich und den korrekten Rechnungsbetrag. Ich habe nur … ich weiß auch nicht …«

»Sie glauben, seine nächtlichen Aktivitäten könnten etwas mit den abgetrennten Händen zu tun haben?«

»Nein, natürlich nicht! Ich … ich will nur sicher sein, dass in meinem Betrieb nichts Illegales passiert. Ich musste bis aufs Messer mit dem Stadtrat von Belfast kämpfen, damit der Betrieb nach den damaligen Vorkommnissen nicht geschlossen wurde.« Geordie setzte eine verkniffene Miene auf. »Ich lasse nicht zu, dass er mir zwangsweise geschlossen wird – *egal weshalb*. Und schon gar nicht wegen etwas, wovon ich nichts weiß. Selbst wenn es sich um einen treuen Kunden wie Mister Steinway handelt.«

»Ich soll Ihnen einen Gefallen tun und mich vergewissern, dass mit Steinway wirklich alles *koscher* ist. Geht es darum?« Karl lächelte.

»Ich dachte, ich würde Ihnen einen Gefallen tun, indem ich diese Informationen an Sie weitergebe.«

»Okay. Sagen wir, wir sind quitt. Was ist mit dem Wachmann? Haben Sie schon mit ihm gesprochen, weshalb er ein Auge zugedrückt hat?«

»Noch nicht. Er hatte gerade seine zwei freien Tage. Heute Abend ist er wieder da. Ich wollte ihn mir morgen gleich als Erstes vornehmen.«

»Tun Sie mir einen Gefallen. Unternehmen Sie vorerst nichts. Sagen Sie dem Mann nicht, dass er verpfiffen wurde. So schöpft auch Steinway keinen Verdacht, *wenn* er etwas damit zu tun hat. Haben Sie ein Foto von Steinway in den Akten?«

»Ja. Wir haben Fotos von allen, die hier arbeiten oder die Anlagen nutzen. Ich lasse Ihnen gleich eine Kopie machen. Was haben Sie vor?«

»Oh, eine kleine nächtliche Überwachung, denke ich. Da dürfte leider kein Weg dran vorbeiführen.« Ihm graute bei dem Gedanken, was das bedeutete. »Wollen wir uns abwechseln?«

»Nein«, sagte Geordie ziemlich kalt. »Sie machen Ihren Job, ich mache meinen.«

»Ich werde daran denken.« Karl stand auf. »Ich rufe Sie später an und gebe ein paar Anweisungen.«

»Schön. Guten Tag, Mister Kane.«

Als Karl das Gebäude verließ, hatte er doch ein wenig Bedenken, sich mit dieser seltsamen, stoischen jungen Frau und ihrem blutigen Gewerbe einzulassen.

Kapitel Zwanzig

Stakeout – Die Nacht hat viele Augen

»Wenn man ein Verbrechen begeht, kann man auf hundert Arten Scheiße bauen. Wenn Ihnen fünfzig einfallen würden, wären Sie ein Genie. Aber Sie sind kein Genie.«
Mickey Rourke in *Heißblütig – Kaltblütig*

Karl hatte den Mantel bis zu den Ohren hochgezogen, saß zusammengekauert im Auto und sah den grauen Regen auf die Scheibe prasseln. Die Heizung funktionierte nicht, seit er den Wagen zur Reparatur gebracht hatte. Er hätte danach sehen lassen sollen, als er nach der Schießerei die Heckscheibe auswechseln ließ. Jetzt bezahlte er mit klappernden Zähnen und einer tropfenden Nase für sein Versäumnis.

Im Inneren des Autos wurde es so kalt wie im Schlachthof vor drei Tagen, als er Geordie besucht und sich mit ihr über Tev Steinway unterhalten hatte.

Karl holte das Foto Steinways aus dem Handschuhfach und sah es sich zum x-ten Mal an.

»Eins muss ich dir lassen, Tev, du bist gebaut wie ein Stier. Mit dir möchte ich nicht aneinandergeraten.«

Steinways ansehnliches Gesicht war ledrig und verwittert; er sah mehr nach einem Seemann als einem Metzger aus. Das dichte graue Haar hatte dieselbe Farbe wie die

Augen, die Karl anstarrten. Sie verrieten nicht, was sich dahinter abspielte.

»Aber du siehst trotz deiner enormen Größe eindeutig nicht wie ein Killer aus«, sagte Karl mit einem trockenen Lächeln, bevor er das Foto wieder ins Handschuhfach legte. »Aber das trifft natürlich auf die meisten Killer zu …«

Die dritte Nacht in Folge saß er jetzt schon in der Dunkelheit und Kälte und hielt nach Steinway Ausschau, und jede Nacht kam ihm länger als die vorhergehende vor. Noch schlimmer, es gab keine Garantie, dass Steinway tatsächlich aufkreuzen würde; und keine Garantie, dass der jüdische Metzger etwas mit der Sache zu tun hatte. Und Georgina Goodman? Konnte man ihr trauen? Als Spielteufel hätte er keine nennenswerte Summe darauf verwettet und stattdessen dem Favorit des Buchmachers den Vorzug gegeben: der automatischen Pistole Colt M1911 Automatik, Kaliber .45, die sich für alle Fälle warm in die Innentasche seines Mantels schmiegte.

Eine Nachtwache, ein *Stakeout*, in einem Schlachthof? Vermutlich sollte er von einem *Steakout* sprechen.

Karl schraubte die Thermoskanne auf und schenkte sich die vierte Tasse Kaffee in dieser Nacht ein. Er trank ihn nur, um sich zu wärmen. Die Flüssigkeit war abgestanden und schmeckte nach fauliger Tinte.

Plötzlich klopfte es laut ans Fenster. Karl erschrak so sehr, dass er sich einen großen Teil des Kaffees in den Schritt schüttete.

»Herrgott noch mal!«

Ein grinsendes Gesicht vor der Scheibe.

»Was zum Teufel machst du hier?«, brüllte Karl, während er das Fenster herunterkurbelte. Augenblicklich drang kalter Regen ins Wageninnere und spritzte Karl ins Gesicht.

»Dich hab ich hier ja noch nie gesehen, *Großer*«, antwortete die Hure lächelnd. Der Regen tropfte von einem fadenscheinigen Schirm, den sie in der Hand hielt, und lief an den Ärmeln ihrer Jacke hinunter. Sie schien es gar nicht zu bemerken. »Ich bin Joanie. Suchst du nach etwas Wärme in dieser arschkalten Nacht, in der einem die Eier abfrieren?«

»Danke, Joanie, aber meine Eier sind gerade recht warm dank dem Kaffee, den ich deinetwegen darübergekippt habe.«

»Sei doch nicht so garstig. Soll dir jemand deine Wunderlampe reiben?«, fragte Joanie unbeirrt. »Mal sehen, was dabei *heraus*kommt?«

»Auf jeden Fall kein Dschinn«, antwortete Karl, dem auffiel, dass Joanie mit ihren markanten Gesichtszügen mehr einem Johnny glich. Die maskuline Stimme verstärkte den seltsamen Eindruck noch.

»*Komm* schon. Jetzt sei nicht so«, lockte Joanie. »Wie kann ich dich umstimmen, Süßer?«

Karl schüttelte den Kopf. »Süße, dazu bist du nicht reich und ich nicht verzweifelt genug«, sagte er. »Und jetzt verzieh dich, bevor ich meine gute Kinderstube vergesse.«

»Leck mich!«, kreischte Joanie und spuckte Karl ins Gesicht.

»So. Jetzt reicht es!«, knurrte Karl und stieg aus. »Ich habe noch nie eine Dame geschlagen, aber da du keine bist, werde ich eine Ausnahme machen.«

Kaum waren ihm die Worte über die Lippen gekommen, geschah das Unerwartete: ein so heftiger Schlag auf das Kinn, dass sein Kopf nach hinten geschleudert wurde.

»Diese Dame lässt sich von einer Arschfickerschwuchtel keine Unverschämtheiten gefallen«, sagte Joanie und zog Karl den Schirmgriff treffsicher über den Nasenrücken.

»Scheiße!« Karl fasste sich instinktiv an die Nase. Sie blutete.

»Dich werde ich lehren, eine Dame mit Respekt zu behandeln!« Joanie zielte mit dem Schirm wie mit einem Speer nach Karls linkem Auge.

Karl konnte gerade noch rechtzeitig ausweichen, ballte die Faust und schlug damit unbeholfen gegen Joanies Stirn. Sie taumelte rückwärts in einen Stapel Pappkartons voll verfaultem Obst.

Joanie war am Boden, aber noch lange nicht ausgezählt, denn sie verpasste Karl einen solchen Tritt in die Eier, dass er hilflos zusammenklappte.

»*Oooh* …«, stöhnte Karl und kniete am Boden wie ein Mönch beim Gebet.

Fast im selben Augenblick filzte Joanie gierig seine Taschen. Er spürte, wie sie die Pistole aus dem Mantel zog.

»Keine falsche Bewegung!«, schrie Joanie und richtete die Waffe auf Karls versteinertes Gesicht. Ihre Hände zitterten.

»Ganz … ganz ruhig. Du willst doch nicht –«

»Das wird dir eine Lehre sein, mich respektlos zu behandeln!« Joanie drückte ab. *Klick!* Nichts. Sie drückte wieder ab. *Klick!* Dasselbe Resultat.

»Bitte …«, flehte Karl.

»Schwuchtel!«, brüllte Joanie und floh mit der Waffe in die Dunkelheit.

Es vergingen Minuten, bis Karl unsicher aufstehen, nach Luft schnappen und sich darüber freuen konnte, dass Joanie nichts von Waffen verstand und vergessen hatte, sie zu entsichern.

Er beugte dem Schwindelgefühl vor, indem er hektisch und in vollen Zügen einatmete, bis er wieder klarer denken konnte. Hastig überprüfte er seine Taschen. Der Geldbeutel war ebenfalls weg.

»*Miststück* ...«, zischte er, stieg wieder ins Auto ein und vergewisserte sich vorsichtig, dass seine Nase nicht gebrochen war.

Keine zehn Minuten später erhellten kreidebleiche Scheinwerfer das Innere des Autos und ließen Schatten über Karls Gesicht huschen. Dann wurde es ebenso schnell wieder dunkel.

Karl sah, wie der blaue Mercedes ein paar Sekunden am Tor hielt, bis die Schranke hochging und er passieren durfte.

Karl stieg hastig aus dem Auto aus, lief zum Nebeneingang des Schlachthofs und versuchte, den Schlüssel, den Geordie ihm gegeben hatte, ins Schloss zu bekommen. Der Schlüssel erwies sich als erstaunlich widerborstig.

Eine räudige Ratte beobachtete Karls zappelige Manöver; ihre gelben Augen machten ihn noch nervöser.

»*Ksch!*« Die Ratte verschwand blitzschnell unter einer tiefen Narbe in der Erde.

»*Komm schon!*«, murmelte Karl dem ungehorsamen Schlüssel zu. Kälte und Adrenalin machten es ihm fast unmöglich, die winzige Öffnung zu finden.

Schließlich drehte sich der Schlüssel; die Tür ging auf.

Auf dem weitläufigen Gelände hörte er in der Ferne Wachhunde bellen. Sein Magen schlug unwillkürlich Purzelbäume angesichts des Gebells, obwohl Geordie ihm versichert hatte, die Hunde seien primär dazu ausgebildet, nicht anzugreifen, sondern potenzielle Diebe abzuschrecken. Das Wort *primär* bereitete ihm dabei Kopfzerbrechen. Zu vage. Nicht zu vergessen das Problem, dass er keine Waffe mehr besaß. Er überlegte sich, ob er den heutigen Einsatz abblasen und es in einer anderen Nacht, unter hoffentlich wesentlich günstigeren Bedingungen, noch einmal versuchen sollte.

»Scheiß drauf. Bring es hinter dich ...«

Er schlich vorsichtig über die unebene Asphalt- und Betonfläche und stellte schnell fest, dass das wenige Licht fast ausschließlich von dem ausgelaugten Mond stammte, der die Silhouetten der verschiedenen Gebäude in apokalyptische Mahnmale der Trostlosigkeit und Einsamkeit verwandelte. Es schien, als würde sich die Nacht um diesen Schlachthof herum zusammenziehen und ihn mit zunehmend dunkleren Farben übermalen.

Genau wie Karls Stimmung.

»Es kann doch sicher nicht noch schlimmer werden?«, murmelte er, widerstand aber dem Wunsch, die Taschenlampe einzuschalten, die Joanie zum Glück nicht gefunden hatte. »Wo zum Teufel ist dieser ausrangierte Tunnel?«

Die Anspannung in seinem Rückgrat war ungeheuer. Jeder einzelne Nerv in seinem Körper kribbelte vor Adrenalin. Er hörte Naomi, die sein Unterfangen infrage stellte. *Und was ist mit dieser Georgina Goodman? Du kennst sie nicht mal. Was ist, wenn sie dir eine Falle stellt? Du hast die Zeitungsartikel über sie, ihre wahnsinnige Schwester und ihren Vater gelesen. Ich hab dir von Anfang an gesagt, dass ich kein gutes Gefühl bei der Sache habe ...*

Naomis beängstigende Vorhersage – neben der Ungewissheit dessen, was vor ihm lag – verbesserte die Situation nicht gerade. Aber er musste unbedingt einen kühlen Kopf bewahren, wenn er das hier überstehen wollte.

Zu seiner Erleichterung kam der Eingang zu dem ausrangierten Tunnel langsam in Sicht. Aber er war so mit Sträuchern und dichtem Triffid-ähnlichem Unkraut überwuchert, dass er ihn fast übersehen hätte.

»Was für eine erbärmliche Müllhalde ...«, murmelte er und trat hinein.

Jetzt blieb Karl nichts anderes mehr übrig, als die Taschenlampe einzuschalten. Sein nervöses Gesicht glich einem fahlen Fleck, eingerahmt vom bruchstückhaften Mondlicht, das auf die geborstenen Steine des behelfsmäßigen Tunnels fiel. Es handelte sich um einen ehemaligen Durchgang in den hinteren Teil des Schlachthofs, den schon jahrelang niemand mehr benutzte, seit das bröckelnde Mauerwerk teilweise eingestürzt war, wobei ein Arbeiter auf dem Nachhauseweg von der Samstagsschicht ums Leben gekommen war. Für die Arbeiter war der Tunnel bis dahin eine willkommene Abkürzung gewesen, doch seither blieb er unbenutzt und geächtet. Zu gefährlich.

Alte, rostige Wasserrohre, die die grauen, bröckelnden Wände wie Adern überzogen, zischten, spien ihm ins Gesicht und blendeten ihn vorübergehend. Er fing an zu schwitzen. Seit der Ermordung seiner Mutter ängstigten ihn dunkle, klaustrophobische Räume, daher fiel es ihm äußerst schwer, sich zu orientieren und kontrolliert zu atmen.

Plötzlich fegte ein heftiger Windstoß durch den Tunnel und wirbelte eine Mischung ekelhafter Tiergerüche auf: Kot, Mist und abgestandenes Blut, die auf dem glitschigen Boden des Tunnels eine innige Verbindung eingingen. Karl spürte den Geschmack sogar im Mund. Er war extrem unangenehm und von einer Art Vibration begleitet, wie von einer allzu inbrünstig angeschlagenen Stimmgabel. Karl spürte, wie sich ihm der Magen umdrehte, wehrte sich aber mit reiner Willenskraft dagegen.

Zum Glück tauchte schließlich die Seitentür auf, die ins Hauptgebäude führte. Ein paar Sekunden später zog er sie auf, stahl sich ins Innere und löschte die Taschenlampe.

Das Gebäude schien menschenleer, obwohl hinter den Ornamentglasscheiben formlose, unbestimmbare Lichter flackerten. In der Ferne summten leise Maschinen – ein Kontrast zu dem Lärm, der tagsüber herrschte, wie man ihn sich größer kaum vorstellen konnte.

So still wie in einem verdammten Grab …

Eine Treppenflucht führte in die eigentliche Halle hinauf; Karl nahm zwei Stufen auf einmal und blieb nur stehen, um zu lauschen. Das Herz schlug ihm in der Brust und den Trommelfellen.

Keine fünf Minuten später betrat er den verlassenen Hauptbereich, verschaffte sich hastig einen Überblick und versuchte, sich anhand des Hallenplans zu orientieren, den er im Gedächtnis hatte.

Wohin?

Er schlich lautlos den Flur entlang, der zur großen Innentür der Halle führte, und jetzt war er dankbar für die abscheuliche Führung, die Talbot ihm gegeben hatte. Die Tür ging automatisch auf und wartete darauf, dass er eintrat.

Wenn Karl sich hin und wieder mit Naomi einen Horrorfilm ansah, war er immer fassungslos, dass jemand so dumm sein und das Spukhaus freiwillig betreten konnte. Jedem Idioten musste doch klar sein, dass das kein gutes Ende nehmen würde. Und jetzt legte er genau dasselbe hirnlose Verhalten an den Tag – nur in einem weitaus gefährlicheren Maßstab.

Er trat zaghaft ein und rechnete damit, dass er jeden Moment Vincent Price lachen hören würde, der ihn verspottete. Stattdessen bekam er kurz und ungewollt die Schlachtapparatur in den Schatten zu sehen. In dem trüben Licht wirkte der riesige Mechanismus noch furchteinflößender und abstoßender. Er schien lebendig zu sein, wie eine gigantische Venusfliegenfalle, die auf ein saftiges Opfer wartete, um es zu verschlingen.

Karl schlich die letzte Treppe zum Raum über dem Schlachtapparat hinauf, als er plötzlich ein Geräusch von oben hörte und wie angewurzelt stehen blieb.

»*Oooh …*«, erklang ein Stöhnen.

Was zum Teufel war das? Karl atmete verhalten aus, damit man ihn nicht hörte.

Die Stimme erklang abermals. »*Oooh …*«

Das Stöhnen wurde lauter, drängender. Hatte sich jemand an einer der Maschinen verletzt? Vielleicht ein Arbeiter der Nachtschicht?

Karl fragte sich, ob er in seinem Versteck bleiben oder dem Verletzten helfen sollte, und kam rasch zu dem Ergebnis, dass ihm eigentlich keine Wahl blieb.

»Hallo? Wo sind Sie? Geben Sie mir einen Hinweis!«

Nichts. Das Stöhnen verstummte. Karl hörte nur noch seinen eigenen Atem.

Er schlich lautlos die Treppe hinauf, hielt sich in den Schatten verborgen und wünschte sich, er hätte seine Waffe noch.

»*Oooh …*« Plötzlich setzte das Stöhnen erneut ein. Die Stimme schien zu beben. Sie kam aus dem Raum über dem Schlachtapparat.

»Hallo? Wo sind Sie?«

Totenstille.

Als er direkt vor der Tür stand, sah Karl einen Strom zäher roter Flüssigkeit, die sich zu einer Pfütze sammelte. Die scharlachfarbene Brühe lief bis zu der Stelle, wo er stand, und glitt um seine Schuhspitzen wie ein Schwarm zerquetschter Kaulquappen.

Plötzlich richteten sich seine Nackenhaare auf. Etwas stimmte nicht, und er stand mitten in diesem Etwas.

»*Blut? Scheiße …*«, murmelte er. Sekunden später traf ihn etwas heftig am Hinterkopf. In der blutigen und dunklen Welt gingen sämtliche Lichter aus.

Kapitel Einundzwanzig

Blutrache

»Der unaussprechliche Geruch des Todes …«
W. H. Auden, *1. September 1939*

Karl erwachte langsam in einem spärlich beleuchteten Raum aus seiner Ohnmacht und fühlte sich so schwach wie die Pisse eines Toten. Es kam ihm vor, als hätte man ihm den pochenden Schädel gespalten. Er wollte über die Wunde streichen, stellte jedoch fest, dass man ihm die Hände fest auf den Rücken gebunden hatte.

Ein zersprungener Spiegel an der Wand zeigte ihm die schockierende Wahrheit: Er hing nackt und kopfunter direkt über dem tödlichen Schlachtapparat. Seine Beine waren an den Knöcheln gefesselt. Im zugeklebten Mund hatte er einen blutigen Knebel. Seine Augen waren blutunterlaufen und glichen offenen Wunden. Im Halbdunkel sahen die Narben seiner Kindheit, die seinen Körper überzogen, wie eine schreckliche Weltkarte aus.

Er erschauerte. Eine Mischung aus bösen Vorahnungen und Kälte. Ihm war noch nie so kalt gewesen. Eine große Wanduhr tickte laut in seiner verkehrten Welt. Mühsam reimte er sich zusammen, dass er mindestens zwanzig Minuten bewusstlos gewesen sein musste. Dreißig höchstens.

Er sondierte den Raum. Klobige Haufen verdorben aussehenden Fleisches waren in den Ecken zu blutigen Pyramiden aufgeschichtet. Ein großer Metalltresen in der Mitte des Raumes erinnerte an einen Operationstisch, mit frisch geschnittenen Fleischstücken darauf. Blutige Utensilien lagen neben dem Fleisch. Voller Entsetzen begriff Karl, dass es sich um Menschenfleisch handelte.

Drei Gestalten in blutigen Overalls und Gesichtsmasken standen ein kurzes Stück entfernt, verschmolzen mit den Schatten und flüsterten miteinander. Einer sah zu Karl, dann berührte er die anderen, als wollte er sie warnen.

Sekunden später kam dieselbe Gestalt näher, baute sich dicht vor Karl auf und drückte einen Knopf an der Wand.

Plötzlich spürte Karl, wie sein Körper von einem unsichtbaren Mechanismus emporgezogen wurde. Hörte sich nach einer rostigen Kette an.

»Ich nehme dir jetzt den Knebel aus dem Mund und stelle dir ein paar Fragen«, sagte der Mann, der ein gezacktes Messer in der Hand hielt, mit gedämpfter Stimme. »Wenn du schreist, schneide ich dir einen Finger ab. Wenn du lügst, schneide ich dir etwas Persönlicheres ab. Nick mit dem Kopf, wenn du das verstanden hast.«

Der Gestank des blutigen Knebels drang bis in Karls Magen. Er wollte sich übergeben. Es war schwer, kopfunter zu nicken. Er gab sich größte Mühe.

»Gut«, sagte der Messermann, riss das Klebeband weg und entfernte den blutigen Stofffetzen.

»*Aaaah!*« Karl fühlte sich, als hätte man ihm die Lippen vom Gesicht gerissen. Hastig sog er Luft in enormen Atemzügen ein.

»Warum hast du keinen Ausweis?«, fragte der Messermann und hielt Karl das Messer unter die Nase.

Der Messermann hatte junge Augen. Unerfahren mit der Welt. Augen, die Karl nervös machten.

»Er … er wurde mir vor nicht einmal einer Stunde gestohlen. Eine Frau hat mich angegriffen.« Plötzlich bemerkte Karl mehrere Schritte entfernt einen verstümmelten Leichnam, dem man das Gehirn wie Erdbeermarmelade aus dem Schädel gequetscht hatte. Es sah aus, als würde ihn das blutige Gesicht des Toten mit einem resignierten Lächeln anstarren.

»Von einer *Frau* angegriffen?«, fragte der Messermann spöttisch.

»Ich meine einen Mann. Ein Transvestit hat ihn mir gestohlen. Eine Prostituierte.«

»Sehr originell.« Der Messermann drückte einen kleineren Knopf an der Wand.

Karl spürte, wie sein Körper langsam in den Schlachtapparat hinabgelassen wurde. Das Geräusch klirrenden Stahls ertönte; er fühlte sich grob nach rechts gerissen. Sein schmerzender Kopf knallte gegen Metall. Er drehte sich wie in Zeitlupe, kreiste in einem linkischen Winkel wie ein Schwein am Spieß und kam dem Gesicht des unten festgeschnallten Leichnams dabei immer näher.

»Was … was machen Sie?« Karl versuchte, die Panik in seiner Stimme zu unterdrücken.

Der Messermann sagte nichts, ließ derweil aber Karls Körper immer weiter kreisen.

Karl war sicher, dass die dünnen Rädchen seiner Bandscheiben aus der Wirbelsäule herausploppten.

»*Scheiße!*« Er knirschte mit den Zähnen. Die Schmerzen wurden unerträglich.

Zwanzig lange Sekunden kreiste der hängende Karl, dann hörte die Bewegung auf. Mit der Nase berührte er den

Kopf des Leichnams. Die Haut des toten Mannes fühlte sich gummiartig und feucht an; Karl erschauerte. Die Ohren fehlten, ebenso Teile der rechten Wange. Ein Gesicht wie ein grässlicher Flickenteppich.

Gedanklich ersetzte Karl die fehlenden Teile des Fleischpuzzles. Als er fertig war, war er ziemlich sicher, dass der blutige Kopf einst die Schultern von Thomas Blake gekrönt hatte.

Schlagartig hatte Karl den warmen Beigeschmack von Erbrochenem im Hals stecken wie einen halb verschluckten Apfel. Er wollte sich wieder übergeben.

Plötzlich packte der Messermann Karl am Kopf und hielt ihn zwischen den Händen.

Sofort dachte Karl an eine Guillotine. Versuchte, sich zu wehren. Vergeblich. Messermann drückte ihm den Kopf in den Nacken und entblößte die Kehle. Ihm fielen Talbots grausige Worte wieder ein: Sie schlitzen der Kuh mit einem riesigen Messer, das *hallaf* heißt, die Kehle auf.

In seiner Panik zappelte Karl wie ein Wurm an der Angel. Unvermittelt spürte er den Druck von hölzernen Klammern, die jede Bewegung unmöglich machten, wie einen Schraubstock an Kopf und Körper.

»Drecksäcke! Elende Mörderbande! Damit kommt ihr nicht ungestraft davon!«

»Wenn du wieder schreist, bestrafe ich dich so, dass du nie wieder schreien willst«, sagte der Messermann und strich gelassen mit einer Hand über Karls entblößte Kehle. Messermann hätte ein Barbier sein können, der sorgsam das Terrain eines Stammkunden sondierte. »Ich frage noch mal: Warum hast du keinen Ausweis?«

»Ich habe die Wahrheit schon gesagt, du krankes Dreckschwein! Er wurde mir gestohlen!«

Der Messermann griff nach Karls Hand. »Zuerst schneide ich dir den Zeigefinger ab …«

»Nein! Es ist die Wahrheit!«, rief Karl und versuchte verzweifelt, die Hand zur schützenden Faust zu ballen. »Vor dem Schlachthof hat man mich überfallen und –«

»Wie viele andere hast du mitgebracht?«

»Andere …? Es gibt keine anderen. Ich … ich bin allein. Ich schwöre es.«

»Lügner. Du würdest auf das Leben deiner Mutter schwören«, zischte der Messermann, der endlich einen von Karls Fingern zu fassen bekam.

»Ich bin Privatdetektiv, Herrgott noch mal!«, brüllte Karl, der die kalte Messerklinge am Zeigefinger spürte.

»Ich habe dich gewarnt, nicht zu lügen!«

Als Karl gerade erwartete, dass ihm der Finger abgeschnitten werden würde, kam ein anderer Mann aus den Schatten. Der größte Teil seines Gesichts war maskiert, dennoch vermutete Karl, dass es sich um Tev Steinway handelte.

»Warte!«, befahl Steinway mit gedämpfter Stimme und richtete den Blick auf Karl. »Wie heißen Sie?«

»Kane … Karl Kane …«

»Kane?« Man sah in Steinways stechenden Augen, dass ihm der Name bekannt vorkam. »Woher weiß ich, dass Sie die Wahrheit sagen?«

»Warum sollte ich lügen? Mein Auto parkt im Brachland beim Schlachthof. Sie können es nicht übersehen. Es ist ein silberner Ford Cortina GT, wie in *The Sweeney*. Sie können ihn nicht übersehen. Nehmen Sie meine Schlüssel. Sie sind in der Manteltasche.« Karl knirschte mit den Zähnen. Er hatte das Gefühl, als würde ihm gleich das Rückgrat brechen. »Sehen Sie im Handschuhfach nach.

Dort finden Sie tonnenweise Visitenkarten und andere Ausweise.«

Steinway schien Karls Worte abzuwägen. Er wartete einige Sekunden, dann wandte er sich an den Messermann. »Nimm seine Schlüssel. Sieh nach, was du findest.«

»Er lügt. Siehst du nicht, dass er nur Zeit schindet? Er ist hinter dem Blutgeld her.«

»Welchem Blutgeld?«, fragte Karl in der Hoffnung, dass ihn sein Gesicht nicht verraten würde.

»Den zwanzigtausend Pfund«, antwortete der Messermann. »Tu nicht so, als wüsstest du nichts davon. Wir sind nicht blöd.«

Karls Verstand spaltete sich augenblicklich in zwei Lager – Täuschung und Wahrheit –, doch er entschied sich für Letzteres.

»Hören Sie ... ich gebe zu, als ich die Ermittlungen begonnen habe, *war* Geld das Motiv –«

»Ich wusste es!«, rief der Messermann und sah die beiden anderen Männer direkt an. »Was brauchen wir noch mehr zu wissen?«

»Geh sein Auto suchen«, befahl Steinway dem Messermann. »Bring alles mit, das wichtig sein könnte. Und pass auf, dass dich keiner sieht – *niemand*.«

Der Messermann brummelte verärgert, sah Karl ein paar Sekunden lang an und verließ dann rasch den Raum.

Scheißpsychopath, dachte Karl, der froh war, dass er den Irren von hinten sah.

»*Wenn* Sie uns anlügen und Zeit schinden, wird es umso schlimmer für Sie«, sagte Steinway. Seine Stimme klang herrisch, aber ruhig.

Die Ruhe vor dem Sturm, dachte Karl und versuchte, den Hals zu drehen, damit er Steinway besser sehen konnte.

»Warum haben Sie uns nachspioniert?«, fragte der dritte Mann, der erstmals das Wort ergriff. Der Mann hatte eine kleine, aber tiefe Narbe direkt über der linken Augenbraue.

Karl fand, dass die Narbe wie ein eingeprägter Stern aussah.

»Das sagte ich schon. Ich bin Privatdetektiv. Wenn Ihr Freund zurückkommt, dürfte er bestätigen, was ich sage.«

»Das sollten Sie hoffen«, sagte der Sternmann. »Zu Ihrem Glück haben wir keine Reste einer bestimmten Tätowierung an Ihnen gefunden. In dem Fall würden wir dieses Gespräch gar nicht führen.«

»Sie meinen die Achtundachtzig?«, antwortete Karl und sah in den Augen des Sternmannes, dass er vermutlich mitten ins Schwarze getroffen hatte.

»Was wissen Sie von den Zahlen?«

»Nichts, davon abgesehen, dass sie auf den Händen von Opfern waren, die in der ganzen Stadt gefunden wurden.«

»Ich würde für diesen Abschaum nicht das Wort *Opfer* gebrauchen.« Die Stimme des Sternmannes klang aufgebracht. »Aber jetzt müssen Sie still sein, bis wir ein wenig mehr über Sie herausgefunden haben.«

Vierzig endlose Minuten später kehrte der Messermann schließlich mit einigen Papieren zurück, die er fest in der rechten Hand hielt. Er sah alles andere als erfreut aus.

»Ich hab die gefunden. *Billige* Visitenkarten«, sagte der Messermann und gab sie Steinway. »Unbezahlte Strafzettel und zusammengeknüllte Wettscheine. Aber darüber hinaus keinen Ausweis mit Foto, der seine Angaben bestätigen würde. Außerdem hatte er *das* im Handschuhfach.«

Es war das Foto Steinways, das Karl von Geordie bekommen hatte.

Steinway flüsterte Messermann sofort etwas ins Ohr. Sekunden später holte Messermann ein Handy heraus und machte ein Foto von Karls Gesicht.

Karl ertrug den Gestank in dem Raum nicht mehr. Er musste sich übergeben. Und als er gerade dachte, es könnte nicht mehr schlimmer kommen, nahmen die Schmerzen in seinem Rücken zu.

»Mein Rücken bricht!«

»*Halt den Mund!*«, zischte der Messermann.

Keine Minute später ertönte das Handy lautstark in dem stillen Raum. Karl zuckte zusammen, als hätte man ihn mit einem elektrischen Viehtreiber angestoßen.

Der Messermann betrachtete das Display des Handys und zeigte es den beiden anderen Männern.

»Wer hat Ihnen das gegeben?«, fragte Steinway und hielt das Foto dicht vor Karls Gesicht.

»Ich ... ich habe es gestohlen, als ich vor einigen Wochen das Büro durchsuchte. Niemand weiß, dass es fehlt. Ich kann es jederzeit zurückbringen.«

»Sie sind kein besonders guter Lügner, Mister Kane. Hat Mrs Goodman es Ihnen gegeben? Oder war es Talbot, der Vorarbeiter?«

»Ich sagte schon –«

»Was Sie schon sagten, war gelogen. Verschlimmern Sie es nicht mit einer weiteren Lüge, auch wenn es anerkennenswert ist, dass Sie denken, Ihre Quelle schützen zu können. Also, wie ist Mrs Goodman in die Sache verwickelt?«

Karl seufzte, bevor er antwortete. »Sie ist *überhaupt nicht* darin verwickelt, davon abgesehen, dass sie versucht, ihren Betrieb zu retten. Sie wollte nur, dass ich mich vergewissere, ob mit *allen* ihren Kunden alles in Ordnung ist, dass keiner gegen das Gesetz verstößt. Ich bin sicher, Sie kennen die

Vorgeschichte dieses Betriebs und wissen, was ihr Vater und ihre Schwester getan haben?«

Steinway nickte. »Ja, das ist allgemein bekannt: die Morde, in die Mrs Goodmans Vater verwickelt war, bevor er selbst getötet wurde.«

»Dann können Sie sich sicher denken, dass sie keinesfalls einen Privatermittler engagieren würde, damit er unerwünschte Aufmerksamkeit auf diesen verfluchten Betrieb lenkt? Sie bat mich, dass ich meine Überprüfung durchführe und dann endgültig aus ihrem Schlachthof und ihrem Leben verschwinde.«

»Das hört sich plausibel an, wenn auch ein wenig zu passend.« Steinway sah den Sternenmann an.

»Was hat Sie überhaupt hierhergeführt, Mister Kane?«, fragte Sternmann.

»Ich würde gern damit prahlen und sagen, dass es mein brillanter Verstand war, aber es war nur eine Ahnung. Ich beschloss, den Versuch zu wagen und zu sehen, was ich herausfinde. Jetzt wünschte ich, ich hätte es gelassen.«

»Was genau *haben* Sie herausgefunden?«

»Je mehr ich über die ...« Fast hätte Karl Opfer gesagt, entschied sich jedoch gerade noch rechtzeitig für ein anderes Wort. »... *Besitzer* dieser Hände herausfand, desto weniger war ich geneigt, die Verantwortlichen wirklich aufzuspüren.«

»Obwohl Sie herausgefunden haben, dass es sich um Abschaum handelt, billigen Sie die Taten nicht. Das höre ich Ihrer Stimme an«, sagte der Sternmann. »Vielleicht denken Sie, dass alles schwarz oder weiß ist? Menschen wie Sie, Mister Kane, verstehen nie richtig, dass das Leben manchmal aus Grautönen besteht und von der Vergangenheit beherrscht wird.«

»Ich verstehe vielleicht mehr von Grautönen als Sie. Aber ich habe in der Vergangenheit auch gelernt, dass eine Blutspur ein Fleck ist, den man leicht schaffen, aber nur sehr schwer wieder auslöschen kann.«

»Er sagt, was wir seiner Meinung nach hören wollen, nur um Zeit zu schinden!«, rief der Messermann aus, der zunehmend zappeliger wurde. »Begreift ihr das nicht? Er würde alles tun, damit er das Blutgeld bekommt.«

»Ich habe schon zugegeben, dass das Geld am Anfang dieser Ermittlungen meine Motivation war. *War.* Vergangenheitsform.«

»Und jetzt?«, fragte Steinway.

»Sehen Sie die Narben an meinem Körper?«, wandte sich Karl direkt an Steinway und den Sternmann. »Wollen Sie die Geschichte dazu hören?«

»*Nein!*«, zischte der Messermann. »Wir haben kein Interesse an –«

»Lass ihn ausreden«, sagte Steinway mit seiner ruhigen, herrischen Stimme. »Fahren Sie fort, Mister Kane. Ich muss gestehen, dass Sie mich von Anfang an neugierig gemacht haben.«

»Meine Mutter wurde vergewaltigt und ermordet, als ich acht Jahre alt war«, sagte Kane fast flüsternd. »Dasselbe Monster hat mehr als zwanzig Mal auf mich eingestochen und mich einfach liegen lassen, weil er mich für tot hielt. Diese Narben erinnern mich tagtäglich daran, was er getan hat. Jedes Mal, wenn ich sie ansehe, sehe ich ihn grinsen und mich warnen, dass er wiederkommen und es zu Ende bringen würde.«

Steinway schien diese Enthüllung aufrichtig zu schockieren.

»Jahre später bot sich mir als Erwachsenem die Chance,

den Mord an meiner Mutter zu rächen und den verantwortlichen Mann zu töten. Ich habe sie nicht genutzt. Hätte ich ihn getötet, dann wären nicht ein paar Tage später zwei junge Frauen von ebendiesem Monster brutal vergewaltigt und ermordet worden.«

»Warum haben Sie ihn nicht getötet?«, fragte der Sternmann.

»Glauben Sie, jemanden zu töten, den man nicht kennt, kann man schön sauber erledigen, weil es teilnahmslos geschieht?«

»Das war Ihr Grund?«

»Vielleicht Feigheit, oder schlechtes Gewissen. Auch nach all den Jahren stelle ich mir diese Frage noch manchmal vor dem Einschlafen.« Karls Stimme brach beinahe. »Glauben Sie immer noch, ich verstehe nichts von den Grautönen zwischen Schwarz und Weiß? Denken Sie noch mal nach.«

Im Raum herrschte eine unheimliche Stille. Nur Karls keuchender Atem war zu hören. Steinway brach das Schweigen schließlich.

»Binde ihn los und setz ihn auf den Stuhl«, wies er den Messermann an.

»Das kann nicht dein Ernst sein«, sagte der Messermann. »Und wenn er zu fliehen versucht?«

»Er flieht nicht. Setz ihn auf den Stuhl.«

Murmelnd befreite der Messermann Karl aus dem Schlachtapparat. Karl fand, dass er sich wesentlich mehr Zeit ließ, ihn aus dem verdammten Apparat zu befreien, als beim Festschnallen.

Als sich Karl wieder in aufrechter Haltung befand, setzten sie ihn an Händen und Füßen gefesselt auf den Stuhl. Seine Muskeln waren verkrampft. Ihm war schwindlig, und obwohl er sich wie in der Hölle fühlte, war es himmlisch, wieder zu sitzen.

»Geh und bring deine Arbeit zu Ende«, sagte Steinway im Befehlston zum Messermann. »Wir haben nicht viel Zeit.«

Beim letzten Satz lief Karl ein kalter Schauer über den schmerzenden Rücken. Sein Magen fühlte sich plötzlich an wie ein Eimer voller Ratten.

»Was ... was haben Sie mit mir vor?«, fragte er, obwohl er die Antwort eigentlich gar nicht wissen wollte.

In der Stille, in der nur das Ticken der Uhr erklang, schien Steinway zu überlegen. »Ich habe mich noch nicht entschieden.«

Plötzlich kam der Messermann hereingestürmt. In der Hand hielt er ein Fleischerbeil mit frischem Blut daran. »Er weiß zu viel! Begreifst du das nicht? Er spielt Spielchen mit uns. Wir müssen ihn beseitigen, uns bleibt keine andere Wahl.«

Steinway schüttelte niedergeschlagen den Kopf. »Du würdest das Blut eines Unschuldigen vergießen, damit es sich mit dem der Schuldigen vermischt?«

»Er ist nicht unschuldig. Er will das Blutgeld, und damit ist er so schuldig wie der Abschaum, den wir beseitigen. Verstehst du das nicht? Wir wandern für den Rest unseres Lebens ins Gefängnis, und die haben gewonnen.«

»*Gewonnen?*«, fragte Steinway kopfschüttelnd. »Geht es darum? Ums Gewinnen? Hast du den Blick für die Gerechtigkeit verloren?«

»Nein ... nein, natürlich nicht ...« Messermanns Stimme klang kleinlaut.

»Ich gebe Ihnen mein Wort, dass ich nicht zur Polizei gehe – oder sonst jemandem«, sagte Karl, der staunte, wie gelassen sich seine Stimme der nervlichen Anspannung zum Trotz anhörte.

»*Dein Wort?*« Messermann kniff die Augen zusammen. »Das Wort eines Kopfgeldjägers?«

Steinway nahm langsam die Maske ab und sah Sternmann an. »Ich will den Mord an diesem Mann nicht auf dem Gewissen haben. Was meinst *du* dazu?«

Karl kam es vor, als würde sich Sternmann mit der Antwort ewig Zeit lassen. Er betrachtete Karl, dann den sichtlich übereifrigen Messermann, dann erst sah er Steinway an.

»Es besteht die Möglichkeit, dass Kane direkt zur Polizei geht und ihnen alles erzählt, sobald wir ihn hier rauslassen. Natürlich genießen zwei von uns den Vorteil der Anonymität. Er kennt nur dich.«

»Damit kann ich leben«, sagte Steinway. »Und von mir erfährt die Polizei nichts, wenn ich verhaftet werde. Darauf hast du mein Ehrenwort.«

»Ich brauche dein Ehrenwort nicht. Ich habe deinen Entscheidungen immer vertraut. Das ist diesmal nicht anders. Aber ich sage eines, und ich will, dass Kane es versteht.« Der Sternmann wandte sich an Kane und sah ihm direkt in die Augen. »Wenn *irgendjemand* jemals verhaftet und angeklagt wird, mache ich Sie persönlich dafür verantwortlich. Und mir ist egal, wo Sie sich verstecken. Ich finde Sie – koste es, was es wolle. Haben Sie das verstanden?«

Karl gab sich große Mühe, zu nicken. »Ich glaube Ihnen. Ich hoffe, Sie glauben mir.«

»Binde ihn los«, befahl Steinway dem Messermann. »Hilf ihm, sich zu waschen. Gib ihm seine Kleidung zurück. Wir haben hier eine Menge aufzuräumen.«

»Das kann nicht dein Ernst sein«, sagte der Messermann. »Wir sind in dem Moment erledigt, wenn er hier rausläuft.

Der geht schnurstracks zur Polizei. Und was ist mit Goodman?«

»Wir sind hier fertig – für immer. Es ist genug Blut vergossen worden. Was Mrs Goodman angeht, in Mister Kanes Abschlussbericht wird stehen, dass es keinen Grund zur Besorgnis gibt. Das dürfte sie akzeptieren, wenn ich ihr erzähle, dass ich beschlossen habe, in den Ruhestand zu gehen. Außerdem dürfte Mister Kane kaum das Leben von Menschen in Gefahr bringen wollen, die er liebt«, sagte Steinway und richtete den Blick auf Karl. »So ist es doch, oder, Mister Kane?«

Kapitel Zweiundzwanzig

Scarlet Letter

»Tja, was ist die Hölle? Ein Augenblick, in dem man hätte aufpassen sollen, aber es nicht getan hat. Das ist die Hölle.«
Gary Oldman in *Romeo is Bleeding*

»Du kommst um sechs Uhr morgens heim, am ganzen Körper grün und blau geschlagen, nach Gott weiß was stinkend, und sagst, du bist im Schnee ausgerutscht?« Naomi tupfte gelbliches Desinfektionsmittel in Karls Gesicht, der auf einem Sessel im Wohnzimmer saß. »Ich soll dir abkaufen, dass du nur *ausgerutscht* bist? Ernsthaft?«

»Ernsthaft.« Karl trug nur Unterwäsche, sodass man die Spuren seiner Qualen in dem Schlachtapparat deutlich sah. Seine geschwollenen Lippen wirkten so rostig wie die Flüssigkeit, mit der Naomi die Wunden reinigte, während sein Kopf immer noch pochte.

»Nur zu deiner Information, Karl Kane, das kaufe ich dir nicht ab.«

»Man kann ganz leicht ausrutschen, wenn man erst einmal begriffen hat, wie es geht, Naomi. Man muss einfach den linken Fuß vor den anderen linken Fuß setzen und dann Eis und gefrorenen Schnee hinzufügen. Bei mir klappt das immer. Und wenn ich ein paar Brandys intus habe, um mich aufzuwärmen, sogar noch besser.«

Naomi gab einen genervten Stoßseufzer von sich. »Deine Lippen sehen aus, als hätte jemand versucht, sie abzureißen. Das kommt nicht von einem Sturz.«

»Ich wollte jemanden küssen, ist aber schiefgegangen.«

»Versuch nicht, witzig zu sein, wenn du es definitiv nicht bist.« Naomi tupfte die Flüssigkeit grob auf.

»*Herrgott!* Sei vorsichtig mit dem Zeug. Das ist mein Gesicht, kein Hefeteig, den du knetest.«

»Stell dich nicht an wie ein Mädchen.« Sie trug noch etwas auf. »Also, erzählst du mir jetzt von deinem nächtlichen Ausflug, oder muss ich noch fester tupfen?«

Karl dachte an die vergangenen vier Stunden. Dampfte sie auf eine Sekunde ein. Erschauerte unwillkürlich. Noch ein Albtraum mehr.

»Es war alles reine Zeit- und Geldverschwendung. Ich lag vollkommen falsch«, sagte er schließlich. »Es ist nichts verdächtig an dieser verdammten Fabrik oder den Leuten, die dort arbeiten. Wenn ich heute etwas gelernt habe, dann, dass ich eine Niete bin, wenn es um Vorahnungen geht.«

»Ich will nicht, dass du so selbstkritisch bist. Also lass es.« Sie gab ihm einen sanften Kuss auf den pochenden Kopf.

Er spürte, wie sich der Kuss wie magischer Balsam durch das Haar bis zur Kopfhaut brannte. Das gefiel ihm. Es gefiel ihm, wieder bei der Frau zu sein, die er liebte; ihr Parfüm; ihre Stimme. Allein ihre Anwesenheit war Trost für seine Seele. Er wünschte nur, er müsste sie nicht belügen. Dass alles anders hätte kommen können. Dass er sie um ein Haar nie wiedergesehen hätte. Er erschauerte.

»Karl? Hörst du mir zu?«

»Oh … entschuldige, Liebes.«

»Ich sagte, was ist mit der Besitzerin, Geordie Goodman? Auch nichts Verdächtiges?«

Das hatte er sich auch gefragt, aber Steinways besorgte Worte erteilten ihr Absolution. Nein, Geordie Goodman war nicht in diesen besonders grässlichen Fall verwickelt, aber vielleicht in etwas anderes? Er wollte wirklich nicht darüber nachdenken, wurde jedoch das Gefühl nicht los, dass sich ihre Wege in naher Zukunft noch einmal kreuzen würden. Aber es war ohnehin nicht Goodman, an die er dachte, sondern die Frau, die sich Jemma Doyle nannte, die ihn dazu gebracht hatte, dass er ihr Thomas Blake lieferte, damit er gefoltert und ermordet wurde. Er hatte nochmals unter der von ihr genannten Nummer angerufen, aber der Anschluss war, wie erwartet, längst abgemeldet. Was war er doch für ein gutgläubiger, jämmerlicher Trottel gewesen.

»Nein. Nicht das Geringste über Georgina Goodman. Ich habe nicht viel herausgefunden, aber sie scheint mir so sauber wie ein Nonnenhintern zu sein. Aber eines kann ich dir verraten: Nach meinem Besuch in dieser grauenhaften Anlage werde ich mich bemühen, meinen Fleischkonsum einzuschränken.«

Naomi setzte sich neben ihn, und plötzlich wirkte ihr hübsches Gesicht schrecklich ernst.

»Nimmst du mich auf den Arm, Karl?«

»Bestimmt nicht mit den Rückenschmerzen.«

»Du willst es wirklich versuchen?«

»Ich *versuche* es. Großes Indianerehrenwort.«

Sie nahm ihn in die Arme und drückte ihn fest an sich.

»Sachte, Naomi, Herrgott noch mal. So eine zierliche Person, und ein Griff wie ein Ringer. Lass bitte los, ja?«

Sie gab ihn langsam frei, küsste ihn auf die wunden Lippen und stand auf.

»Schaffst du es, einen Kaffee zu trinken, wenn ich ihn schön genau so mache, wie du ihn magst?«

Er setzte eine matte Stimme auf. »Ich versuche es ... aber nur für dich.«

Sie kicherte und ging rasch in die Küche.

Musik drang aus dem anderen Raum, als unten hartnäckig an der Tür geläutet wurde.

Hastig schnappte er sich Naomis rosa Bademantel und quälte sich nach unten.

Die Klingel läutete und läutete.

»Ist ja schon gut! Ich komme!«, brüllte er mitten auf der Treppe.

Es war Sean, der Briefträger, der wie für eine Nordpolexpedition gekleidet aussah.

»Hätten Sie die Post nicht einfach durch den Briefschlitz schieben können, Sean? Müssen Sie hier wie Quasimodo läuten?«

»Auch Ihnen einen schönen guten Morgen, Karl. Die Farbe steht Ihnen wirklich gut.« Sean grinste. Er hielt einen großen braunen Umschlag hoch. »Der Umschlag hier ist zu groß und außerdem ein Einschreiben. Von einem Anwalt. Ich dachte mir, vielleicht hat ein Verlag endlich eines Ihrer Manuskripte angenommen.«

»Lassen Sie den Sarkasmus. Dafür ist es zu früh am Morgen.«

»Unterschreiben Sie in dem Fenster.« Sean gab Karl den Umschlag und hielt ihm ein Gerät aus schwarzem Plastik hin.

»Wer zum Teufel hat dieses Drecksding erfunden?«, beklagte sich Karl und versuchte, den Stift auf dem Bildschirm zu bewegen.

»Machen Sie schnell, wenn es geht, es ist sibirisch hier

draußen, Karl.« Mit jedem Wort stieß Sean ein kleines Dampfwölkchen aus.

»Hören Sie auf zu jammern. Sie werden wenigstens dafür bezahlt, dass Sie sich die Eier abfrieren.«

»Sie scheinen gestern Nacht überfallen worden zu sein. Sieht aus, als hätte man Sie mit dem Hammer gebürstet.«

»Das war Thor. Wenn Sie den langmähnigen Pisser in der Gegend sehen, grüßen Sie ihn von mir.«

»Wissen Sie, wie es heißt? Ein schlechter Morgen folgt für gewöhnlich auf eine gute Nacht.«

»Danke, Sokrates«, murmelte Karl, machte unbeholfen einen unleserlichen Krakel und gab das Gerät zurück.

»Schönen Tag noch«, sagte Sean, schlang die Posttasche über die Schulter und trat aus der Tür.

Im Inneren warf Karl einen schnellen Blick auf den gedruckten Namen des Anwalts. *T. P. McGuigan.* Sein Herz schlug einen Takt schneller. Er mochte keine Briefe von Anwälten – schon gar nicht, wenn er noch nie von ihnen gehört hatte. Er fragte sich, ob Lynne noch mehr Geld von ihm wollte? So eine Hinterhältigkeit würde ihr ähnlich sehen – den Anwalt wechseln, nur um ihn zu verwirren.

Oben warf er den großen Umschlag aufs Sofa und überlegte, ob er ihn öffnen oder es Naomi überlassen sollte, ihm die schlechten Neuigkeiten schonend beizubringen. Auf dem Tisch neben dem Sessel stand eine Tasse heißer Kaffee. Er hörte, dass sich Naomi im Bad zu schaffen machte.

»Scheiß drauf …« Er schlitzte den Umschlag mit einem Kugelschreiber auf und nahm den Inhalt heraus. Eine Seite war mit einer Büroklammer an einem zweiten Umschlag befestigt. Sein Name stand auf den Umschlag gekritzelt wie eine schlecht verheilte Narbe. Er legte ihn weg und las zuerst das Begleitschreiben.

Sehr geehrter Mister Kane,
in der Anlage erhalten Sie den Brief eines unserer inzwischen verstorbenen Mandanten. Sollten Sie weitere Informationen benötigen, stehe ich Ihnen jederzeit zur Verfügung.

Hochachtungsvoll
Thomas P. McGuigan

Karls kleine graue Zellen summten auf Hochtouren. *Verstorben?* Das Wort gefiel ihm ganz und gar nicht.

Zaghaft öffnete er den anderen Umschlag, als hätte er es mit einer Briefbombe zu tun, und nahm den Inhalt heraus. Eine getippte Seite. Mit einem aufgeklebten kleinen Schlüssel.

Na, Kane? Ich wette, das ist ein Schock für Sie?

Hastig ließ Karl den Blick ans Seitenende wandern, in der Hoffnung, den Absender zu bestimmen. Der Name stach ihm regelrecht ins Auge: Edward Phillips.

»Scheiße …«

Wenn Sie das lesen, ist es mir vermutlich nicht gelungen, im Bett an Altersschwäche zu sterben, und ich bin Opfer eines mysteriösen oder gewaltsamen Todes geworden. Für den Fall habe ich Tom (McGuigan, meinem Anwalt) Anweisungen gegeben, dass dieser Brief sicher und unbeschadet in Ihre tüchtigen, wenn auch etwas zittrigen Hände gelangt.
Erinnern Sie sich an den Tag, als wir uns vor einer Ewigkeit vor dem Polizeirevier über den Weg gelaufen sind? Ihr gottverdammter Drecksack von einem Schwager hatte mich gerade um meine Pension gebracht, und ich wollte ihn deswegen zur Rede stellen. Ich war leicht angetrunken. Erinnern Sie sich?

Karl erinnerte sich. Nur allzu gut.

*

Karl kam gerade aus dem Polizeirevier, als er mit Phillips zusammenstieß. Phillips war vor Kurzem unehrenhaft aus dem Dienst gekickt worden, was mit dem Verlust von Pensionsansprüchen und Privilegien einherging. Gerüchten zufolge hatte es etwas mit Erpressung von Drogendealern zu tun.

Kaum sah der stark angetrunkene Ex-Detective Karl, verwickelte er ihn in ein Gespräch, bei dem er stark nuschelte. Die Kurzversion der Geschichte lautete, dass er auf dem Weg zu Wilson war, seinem alten Boss, damit er ihm wieder zusprach, was ihm zustand.

»Viel Glück dabei«, sagte Karl.

»Glück hat damit nichts zu tun, wenn man eine gute, solide Versicherung hat und genau die richtigen Geheimnisse kennt.« Phillips machte einen ausgesprochen selbstsicheren Eindruck.

»Geheimnisse? Was für Geheimnisse?«

»So saftige wie eine Kiste Orangen, oder sollte ich besser sagen, Feigen aus König Davids Garten.« Phillips blinzelte vielsagend.

»König David?«

Karl erinnerte sich, wie sich Phillips vertraulich zu ihm beugte. »Hören Sie, Kane«, sagte er, »ich habe Sie immer gern gemocht, mal davon abgesehen, dass Sie vermutlich zwei meiner alten Kollegen erschossen haben, die es allerdings nicht besser verdient hatten.«

»Sie reden in Ihrem Vollrausch Blödsinn, Phillips«, sagte Karl. »Ich hatte nichts mit Cairns' oder Bulldogs Tod zu tun.«

Phillips zuckte die Achseln. »Ich wollte damit nur sagen, dass ich Sie immer gemocht habe, und als Beweis sorge ich dafür, dass mein Anwalt Ihnen ein kleines Geschenk mit der Post zustellt, sollte mir ein bedauerlicher Unfall zustoßen.«

Damit ging Phillips zur Eingangstür des Reviers. »Man sieht sich, Kane.«

Was zum Teufel sollte das denn?, hatte sich Karl damals gefragt.

Jetzt würde er es wohl herausfinden.

*

»In einem hast du dich geirrt, Phillips. Man hat sich nicht mehr gesehen.« Unter Schmerzen trank Karl von dem Kaffee, bevor er den Brief zu Ende las.

In diesem Brief sollte sich ein nummerierter Schlüssel befinden. Damit kann man einen privaten Spind im Bahnhof der Great Victoria Street öffnen. Sie finden dort eine hübsche kleine Überraschung von mir. Nennen wir es eine Art Abschiedsgeschenk. Und einen weiteren Brief. Lesen Sie ihn und weinen Sie, Kane. Sie erfahren die Wahrheit über Ihren ach so hochmoralischen Schwager. Wissen Sie noch, was ich über das König-David-Syndrom gesagt habe?
Man sieht sich, Kane. Irgendwo …

Edward Phillips

Eine krakelige Signatur stand über dem getippten »Edward Phillips«.

Und es folgte noch ein PS:

Oh, vermutlich besteht die Möglichkeit, dass diese Mitteilung in die falschen Hände gerät. Wenn ja, dann lesen Sie sie wohl nicht. In dem Fall sind Sie vermutlich genauso tot wie ich.

Der Kaffee schmeckte ihm plötzlich nicht mehr. Er stellte die Tasse wieder auf den Tisch.

»Karl?«

»Naomi! Wieso musst du dich immer so an mich ranschleichen?«

»Ich schleiche gar nicht.« Naomi lehnte mit verschränkten Armen an der Badezimmertür und sah stirnrunzelnd her. »Was ist denn? Du siehst aus, als hättest du gerade ein Gespenst gesehen.«

Oder gespürt, wie eines auf mein Grab pisst. »Das liegt an diesem abscheulichen Kaffee. Woher hast du den? Vom Pfennigbasar? Er schmeckt zum Kotzen.« Karl knüllte verzweifelt Phillips' Brief zusammen.

»Was hast du da in der Hand?«, fragte Naomi, die den Sarkasmus in Karls Stimme gar nicht beachtete.

»Was?«

»Das.« Naomi zeigte auf die fragliche Hand. Ein Stück des Briefes ragte zwischen Karls Fingern hervor.

»Oh! *Das?* Kaum zu glauben, aber es ist wieder ein Ablehnungsschreiben. Diese herzlosen Verleger kennen keine Gnade und treten einen Mann noch, wenn er am Boden liegt. Das ist der dritte diese Woche. Sie sind unbarmherzig und grausam.«

»Oh, Karl. Das wusste ich nicht.« Naomi kam zu ihm und nahm ihn tröstend in die Arme. »Nimm es dir nicht so zu Herzen. Ich bin sicher, selbst Shakespeare bekam Ablehnungsschreiben.«

»Vergleich mich bitte nicht mit diesem alten Plagiator. Der hat mehr geklaut als die Typen, die die Northern Bank überfallen haben. Und die besaßen wenigstens den Anstand und trugen Masken.«

»Lass dich nicht von diesen dummen Verlegern runterziehen«, sagte Naomi und hauchte ihm einen Kuss auf die Wange. »Eines Tages zeigst du allen, dass sie sich irren. Versprich mir, dass du dich nicht von denen entmutigen lässt.«

»Ich versuche es, meine Süße, aber es ist nicht immer leicht, ich zu sein.« Er stand auf, erwiderte den Kuss und steckte den Brief hastig in die Tasche des Bademantels.

»Geh duschen, Karl. Bis du wiederkommst, richte ich dir was anderes zum Reinschlüpfen, und das dürfte wesentlich wärmer sein als mein Bademantel.« Naomi grinste und gab ihm verspielt einen Klaps auf den Po.

»Du bist mir vielleicht eine.« Karl ging hastig unter die Dusche und umklammerte den Schlüssel so fest, dass er ihm in die Haut schnitt.

Kapitel Dreiundzwanzig

Der Fremde

»Und wird keine Nacht mehr sein, und sie werden nicht bedürfen einer Leuchte oder des Lichts der Sonne; denn Gott der Herr wird sie erleuchten, und sie werden regieren von Ewigkeit zu Ewigkeit.«
Offenbarung 22:5

Sarah Cohen stand schweigend am Grab ihrer drei Kinder und las die schlichte Inschrift des Grabsteins:

Benjamin, Nora und Judith.
Stets bei uns.
Und die Seele soll zurückkehren zu Gott, der sie gab.

*

Große Schneeflocken fielen auf Sarahs ungeschütztes Haar und den langen schwarzen Mantel. Sie schien es gar nicht zu bemerken, als wäre sie in Gedanken oder einem unlösbaren Rätsel verloren. Schnee und Eis bildeten Krusten in ihren Wimpern und geboten weiteren Tränen Einhalt. In der bitteren Kälte wurden ihre Lippen zunehmend rissig.

Es war zwar erst früher Nachmittag, aber der unbarmherzige Schnee hüllte bereits die ganze Gegend in trübe

Dunkelheit. Der Friedhof leerte sich zunehmend, abgesehen von einer älteren Frau zwei Reihen weiter und einem großen, gut gebauten Mann direkt gegenüber von ihr. Beide wirkten außerordentlich in sich gekehrt.

Sarah hob den Kopf ein wenig, betrachtete den Mann und die Frau und fragte sich, ob auch sie die Last eines untröstlichen Kummers trugen.

Die ältere Frau war jetzt fertig und stapfte durch den Schneematsch zu einem Auto, das ein kurzes Stück entfernt parkte.

Keine Minute später ließ sie den Wagen an und fuhr langsam zum Haupttor hinaus. Als sie das Tor gerade passieren wollte, stotterte der Motor, und das Auto kam zum Stillstand.

Sarah hörte deutlich, wie der Anlasser krächzte und der uralte Motor keuchte und spuckte. Sie hoffte, die Frau würde bei dem Schnee nicht liegen bleiben.

Der Schneefall wurde immer dichter, der Winterwind schneidender. Sarah setzte sich in Bewegung.

»Hier findet man immer Trost«, ertönte eine Stimme unmittelbar hinter Sarah und erschreckte sie. »Vielleicht nicht viel, aber etwas, sobald man ihn findet.«

Sarah sah den Mann an. Mit seiner ernsten Kleidung wirkte er wie ein Priester. Im Halbdunkel ließen sich seine Gesichtszüge schwer erkennen, aber seine Haut war weiß wie der Schnee, während die Augen die Farbe von abgestandenem Kaffee hatten. Eine kalte Distanziertheit lag darin.

»Ich habe eine Weile gebraucht, Sie zu finden, Sarah.«

»Woher ... woher kennen Sie meinen Namen?«, fragte Sarah überrascht.

»Geduld und Zeit. Alles findet irgendwann den Weg nach Hause.« Er streckte die Hand aus. Ein winziger Gegenstand lag darin. »Nehmen Sie das.«

»Nehmen? Warum?«

»Ich habe es speziell für Sie gemacht.«

»Ich … ich verstehe nicht.«

»Es gibt nichts mehr zu verstehen. Nehmen Sie es … bitte.«

Sie wich zurück, betrachtete das winzige Geschenk und hielt die Hände abwehrend vor die Brust.

»Was soll ich damit machen?«, fragte sie nervös.

»Machen? Es behalten.« Er lächelte. Das Lächeln wirkte falsch. Als hätte er es gerade in einer Pfandleihe gekauft. »Es gehört für immer Ihnen.«

Sarah erschauerte und sah hastig über seine Schulter zu der Frau im Auto. Das Fahrzeug keuchte immer noch vor Anstrengung. Sarah überlegte, ob sie dorthin flüchten sollte, doch ihre Füße wollten sich nicht bewegen, als wären sie auf dem verschneiten Boden festgeleimt.

»Sie kann Ihnen nicht helfen«, sagte der Mann und förderte eine klobige Waffe mit langem Schalldämpfer zutage. »Und selbst wenn sie es versuchen würde, wer würde ihr helfen, wenn Sie fort sind? Das geht nur uns beide etwas an, Sarah.«

Sarahs Herz schlug wie wild. Die Worte blieben ihr im Halse stecken.

»Ich … ich verstehe nicht. Warum … warum tun Sie … das?«

»Warum? Weil es notwendig ist.«

»Haben Sie es auf Geld abgesehen?« Sie holte einen kleinen Geldbeutel aus der Manteltasche. »Ich habe nicht viel bei mir, aber das können Sie haben. Und ich habe etwas Schmuck.« Sie tastete am Handgelenk nach der Uhr, die ihre Mutter ihr vor vielen Jahren gekauft hatte.

Das Auto sprang mit einem leisen Fauchen an und setzte

sich in Bewegung. Sarah sah es in einem undurchdringlichen Wirbel von Schnee verschwinden; nur die Heckleuchten vermochten dem Gewicht der Schneeflocken zu trotzen. Vor ihrem inneren Auge sah sie die Rücklichter des Autos noch lange, nachdem sie längst fort waren. Sie fühlte sich schrecklich allein.

Er berührte sie an der Schulter.

Groteskerweise brachte die Berührung eine tröstliche Ruhe über sie, die sich in ihrem Körper ausbreitete. Plötzlich fühlte sie sich leicht. Nichts schien mehr wichtig zu sein.

Der Schuss traf sie in den Kopf; sie wurde mit einem Seufzer rückwärts geschleudert und hauchte ihren letzten Atemzug in den schneidenden, unheiligen Winterwind. Landete auf dem Rücken, glasige Augen himmelwärts gerichtet. Blut breitete sich unter ihr aus und färbte den festgetretenen Schnee.

Ein paar Sekunden schloss der Killer die Augen, senkte den Kopf und bewegte die Lippen in einem stummen Gebet. Dann drückte er Sarah behutsam das Geschenk in die linke Hand und überließ den Friedhof den Toten.

Kapitel Vierundzwanzig

Dark City

»Eine große, hartgesottene Stadt mit der Persönlichkeit eines Pappbechers.«
Raymond Chandler, *Die kleine Schwester*

Karl schüttelte Schnee von Mantel und Lederhandschuhen, bevor er das vierundzwanzig Stunden geöffnete Café in der Great Victoria Street betrat. Von außen sah *Debbie Does Dinners* wie etwas aus einem Roman von Charles Dickens aus, aber im Inneren bekam man den besten Kaffee und das beste Essen in ganz Belfast.

Er zog Mantel und Handschuhe aus, bevor er seine Masse an einem kleinen Tisch direkt am Fenster parkte und auf die Bedienung wartete. Die ließ in Gestalt einer Kellnerin mittleren Alters mit Notizblock in der Hand nicht lange auf sich warten.

»Hallo, Süßer. Deine zerknitterte Visage hab ich ja seit einer Ewigkeit nicht mehr gesehen. Wo hast du gesteckt?«

»Ich war tierisch beschäftigt, Janice. Gibt es noch ein spätes Frühstück?«

»Frühstück? Es ist acht Uhr abends. Warst du saufen?«

»Nee. Mir nur den Arsch abgeschuftet. Was kannst du dann für mich tun, Baby? Ich bin am Verhungern.«

»Das hast du davon, dass du dich mit einem bildhübschen jungen Ding einlässt, das halb so alt ist wie du. Du hast die Chance deines Lebens verpasst – mich.«

»Ich weiß, und das bereue ich jede Sekunde meines Tages.«

»Lügner.« Janice lächelte. »Wie wäre es mit einem Fast-Ulster-Gedeck?«

»Fast?«

»Würstchen, Eier, Kartoffelbrot, gegrillte Tomaten und Pilze. Speck und Schwarzbrot sind leider aus.«

»Lass die Würstchen und schaufel mir den Rest auf einen Teller. Und vergiss nicht einen großen Becher Kaffee, du Güte in Person.«

»Keine Würstchen? Was ist denn mit dir los?«

»Das ist eine lange Geschichte, die du gar nicht hören willst. Außerdem arbeite ich an einem neuen, schlankeren Ich.«

»Ich mag dich so, wie du bist. Da hat man als Frau was zum Anpacken.«

»Du sagst immer so süße Sachen, du Liebenswerteste aller Liebenswerten.«

Kaum war Janice gegangen, konzentrierte sich Karl auf den Bahnhof Great Victoria Street direkt gegenüber dem Café. Obwohl der letzte Zug vor über einer Stunde abgefahren war, herrschte immenser Trubel in dem Gebäude. Touristen waren allgegenwärtig und mischten sich unter die späten Zecher und donnerstagabendlichen Kauflustigen. Die mitgenommenen Gäste aus dem Ausland studierten Karten und Reiseführer von Irland. Touristenführer scheuchten die Bedauernswerten aus Bussen, die gerade vom Giant's Causeway und anderen malerischen »Muss man gesehen haben«-Strecken eintöniger, kurvenreicher Straßen und Kuhdörfern in den wunderbaren Farben des Regenbogens zurückkehrten. Einige Touristen trugen grelle T-Shirts mit Donald Duck in einer kugelsicheren Weste, der ausrief: *Bitte nicht schießen. Ich bin nur ein Tourist.*

Erst gestern hatten die Busfahrer zugegeben, dass sie kugelsichere Westen trugen, nachdem sie Morddrohungen einer zwielichtigen Organisation erhalten hatten, die man mancherorts für unzufriedene Taxifahrer hielt, die wütend darüber waren, dass die großen Busunternehmen ihr kümmerliches Einkommen noch weiter schmälerten.

Wer bei klarem Verstand würde überhaupt durch diese verdammte Stadt fahren wollen, noch dazu bei diesem scheußlichen Wetter – oder irgendeinem anderen Wetter, wenn man es recht bedenkt? Karl musste über seine eigenen Gedankengänge lächeln. *Von klarem Verstand sprechen, du traust dich ja was …*

Der heutige Brief von Phillips hatte ihn aufgeschreckt und gezwungen, sich für den Wahnsinn in seinem Kopf und gegen die Vernunft zu entscheiden: den Plan gänzlich aufgeben.

Janice kam zehn Minuten später zurück und unterbrach Gott sei Dank seine widersprüchlichen Gedankengänge.

»Hau rein, Herzblatt«, sagte Janice und legte die Rechnung auf den Tisch, ehe sie wieder ging.

Sofort machte sich Karl über die Eier her. Das Essen war fettig, aber nicht so fettig wie das Haar einiger Gäste, die ihn mit misstrauischen Blicken betrachteten.

Ausstellung der antiken Kleinkriminellen, dachte Karl, der sich bemühte, die Blicke einfach zu ignorieren.

Das Café war ein stadtbekannter Treff von Huren und Zuhältern, Dieben und Räubern, korrupten Polizisten und fragwürdigen Informanten. Karl gab es nur ungern zu, aber er passte perfekt in diesen speziellen Schmelztiegel von Aussätzigen der Gesellschaft.

Das Essen war zwar fettig, aber ausgezeichnet; der Kaffee vorzüglich. Als er gerade in das Kartoffelbrot beißen wollte, bauten sich zwei Polizisten vor seinem Tisch auf. Einer rülpste lautstark.

»Tolles Essen, Billy. Aber ein Jammer, dass die jeden Drecksack hier reinlassen.«

Billy grinste, antwortete aber nicht.

Unter anderen Umständen hätte sich Karl eine giftige Bemerkung nicht verkneifen können. Aber dies war weder Zeit noch Ort, giftig zu sein. Er aß einfach weiter und ließ Rülpser und Billy von dannen ziehen.

Als er gerade den Kaffee trinken wollte, bemerkte er aus dem Augenwinkel etwas; jemand versuchte, das Café zu verlassen, ohne gesehen zu werden – jedenfalls nicht von ihm.

»Lipstick …?«, fragte Karl.

Lipstick blieb sofort stehen, wie ein Kaninchen im Scheinwerferlicht.

»Karl?« Lipstick lächelte. Es wirkte gekünstelt. »Ich … ich hab dich gar nicht gesehen.«

Obwohl in dem Café eine Affenhitze herrschte, hatte Lipstick eine Gänsehaut.

Ein dicker Mann in Lipsticks Begleitung schien wütend über die Einmischung zu sein. Karl hatte den Eindruck, dass der Mann bis unter den Scheitel zugedröhnt war; seine blutunterlaufenen Glubschaugen wölbten sich regelrecht aus den Höhlen.

Karl sah Lipstick direkt an und klopfte auf den Sitz neben sich. »Setz dich zu mir.«

Lipstick sah ihren Begleiter nervös an, bevor sie antwortete. »Ich habe es echt eilig, Karl, und muss unbedingt –«

»Du sollst dich zu mir setzen – *jetzt*.«

»Für wen hältst du dich eigentlich?«, fuhr Mister Glubschauge ihn an und baute sich vor Karls Tisch auf. »Sie geht mit mir, also steck deine lange Nase gefälligst nicht in Angelegenheiten, die dich nichts angehen, sonst stutze ich sie dir ein bisschen zurecht.«

Karl stand mit vor Wut verkniffenem Gesicht auf. Er stieß sich vom Tisch ab und sah dem Mann aus unmittelbarer Nähe ins Gesicht. »Du solltest dir keine Gedanken wegen meiner Nase machen, Blödmann. Eher wegen meiner Stiefel.«

»Hä? Was zum Teufel hast du gerade –«

Karl packte Mister Glubschauge an den Eiern und drückte zu. Fest.

Mister Glubschauge stöhnte, aber nicht auf die lustvolle Art. Sein Gesicht wirkte wie erstarrt. Tränen schossen ihm in die Augen. Er schien kurz vor dem Zusammenbruch.

»*Kannst du mich jetzt besser hören?*«, flüsterte Karl in Mister Glubschauges linkes Ohr.

Mister Glubschauge nickte kläglich. »Bitte ... die Schmerzen ...«

»Falsche Antwort.« Karl drückte noch fester zu.

»Aaaah!«

»Wie ist es jetzt mit dem Gehör?«

»Okay! Okay!«

»Gut. Wenn ich deine kümmerlichen Eier loslasse, drehst du dich um, gehst zur Tür und riskierst keine dicke Lippe mehr. Wenn du dich nicht genau an meine Anweisungen hältst, landet der größte Teil deines Körpers in der Frauenklinik. Kapiert?«

Mister Glubschauge nickte hastig.

»Gute Nacht, Süßer«, sagte Karl, ließ los und schubste sein Opfer beiläufig zur Tür.

Der Mann torkelte hinaus wie ein Betrunkener auf der Jahreshauptversammlung der Weinhändler.

»Du«, sagte Karl und zeigte mit dem Finger auf Lipstick. »Setzen.«

»Wo lernst du so schreckliche Sachen?«, fragte Lipstick, deren zartes Gesicht eine Mischung aus Ehrfurcht und Entsetzen ausdrückte.

Karl schien gründlich nachzudenken, bevor er mit leiser Stimme antwortete. »Den Trick habe ich von einer Dame gelernt, die kennenzulernen ich vor nicht allzu langer Zeit die Ehre hatte. Eine reizende Lady namens Sandy.«

Dann wich der sanfte Tonfall unvermittelt einer gezwungenen Schroffheit. »Was zum Teufel treibst du hier?«

»Es war nicht so, wie es ausgesehen hat, Karl. Ehrlich«, sagte Lipstick und setzte sich neben Karl.

»Ich weiß, wie es ausgesehen hat und was es war.« Karl griff in die Tasche und holte das Handy heraus. Er drückte ein paar Tasten.

Lipstick sah verängstigt und schrecklich verwundbar aus. »Du ... du rufst doch nicht den Richter an und lässt meine Bewährung einkassieren?«

»Schlimmer«, sagte Karl und sprach in das Telefon. »Naomi? Hör zu. Ich schicke einen Gast zu dir. Es ist Lipstick. Du solltest ihr ein wenig ins Gewissen reden. Ich spreche offenbar eine Fremdsprache, denn mich versteht sie nicht.«

Karl unterbrach die Verbindung und fischte etwas Geld aus der Tasche. »Hier. Nimm dir draußen ein Taxi und fahr direkt zu mir. Ich sehe durch dieses Fenster zu.«

Lipstick sah ihn entsetzt an. »Kannst du mir nicht den Buckel runterrutschen?«

»Deinen Buckel sind mehr runtergerutscht, als gut für dich ist.«

»Ich kann nicht zu Naomi, Karl. Sie ist wütend auf mich.«

»Dafür brauchst du keine Kristallkugel. Und jetzt beweg dich. Ich rufe sie in zwanzig Minuten an. Wenn du nicht da bist, *dann* informiere ich den Richter.«

»Das würdest du nicht tun«, sagte Lipstick mit unsicherer Miene.

»Nicht?«, sagte Karl und sah auf die Uhr. »Jetzt sind es noch neunzehn Minuten.«

»Allmählich mag ich dich nicht mehr, Karl Kane«, sagte Lipstick und stand hastig auf.

»Stell dich hinten an. Achtzehneinhalb Minuten ...«

Er sah ihr nach, wie sie zur Tür rannte. Eine Minute später stand er auf, zog den Mantel an und ging zum Tresen.

»Wie war es?«, fragte Janice, die Rechnung, Betrag und Trinkgeld entgegennahm.

»Erste Sahne, wie immer, Janice. Gute Nacht, du heißer Feger. Mach es gut«, sagte Karl und zog die Handschuhe an.

»Gute Nacht, Karl, und pass da draußen auf dich auf.«

Der Bahnhof in der Great Victoria Street war immer noch bis zum Bersten vollgestopft mit Touristen und Einheimischen, als Karl ihn durch den Nebeneingang gegenüber dem Europa-Bus-Center betrat.

Seine Instinkte warnten ihn unablässig, als er gespielt beiläufig den halbdunklen Flur entlang zu den Reihen der einförmigen grauen Schließfächer schlenderte. Die uralten Spinde glichen einer Armada von Grabsteinen.

Während er sich dem entsprechenden Spind näherte – Nummer achtundzwanzig –, machte Karl eine rasche Bestandsaufnahme seiner Umgebung. Eine ältere männliche Reinigungskraft wischte den Boden mit einem Mopp, der schon bessere Zeiten gesehen hatte – genau wie der Putzmann. Der Mann schien die Schweinerei nur noch schlimmer zu machen. Er sah Karl einen Moment an, dann setzte er seine langsamen Pendelbewegungen mit dem Mopp fort.

Ein anderer Mann stand ein Stück entfernt und überflog eine kostenlose Zeitung. Er sah aus wie ein gelangweilter Geschäftsmann mit billigem Anzug und ebensolchen Manieren.

Verdeckte Ermittler? Die zwei sehen ganz danach aus, besonders der verstohlene Drecksack, der so tut, als würde er Zeitung lesen. Karl sah den Flur entlang, bevor er sich nochmals dem Mann mit der Zeitung zuwandte. *Das könnte ein klassischer Hinterhalt sein, und du beförderst deinen faltigen Arsch gerade mitten hinein, Karl Kane.*

Sekunden später blieb Karl zögernd vor dem Spind stehen. Er ging auf ein Knie und tat so, als würde er sich den Schnürsenkel binden, aber in Wahrheit riskierte er einen Blick unter seinem Arm durch. Der gelangweilte Geschäftsmann warf die Zeitung in einen übervollen Mülleimer. Es sah aus, als würde er Karl direkt anschauen. Derweil hatte der Putzmann aufgehört, den Boden zu wischen. Er lehnte den schmutzigen Mopp an die Tür und wischte sich den Mund, wie es aussah, mit einem dreckigen Lappen ab. Auch er schien Karl anzusehen.

Hält er da einen Lappen oder ein Funkgerät in der Hand?

Zu Karls Erleichterung sammelte der Putzmann plötzlich seine Utensilien ein und schleppte sich in den Hauptteil der Bahnhofshalle davon.

Du wirst langsam echt paranoid. Schnall dir die Eier wieder an und bring es hinter dich.

Karl riss sich zusammen und sah nochmals zu dem anderen Mann, der gerade in ein Handy sprach.

Scheiße!

Wider besseres Wissen holte Karl blitzschnell den

Schlüssel aus der Tasche und war dankbar für die schlechten Lichtverhältnisse in dem Flur. Er öffnete den Spind und sah hinein. Der Zwiebelgeruch ungewaschener Füße schlug ihm entgegen. Ein altes, ausgelatschtes Paar Nikes und vor Dreck starrende Socken waren die Übeltäter. Der Inhalt einer umgekippten Flasche Rasierwasser der Marke Brut war zu zähem Glibber eingedickt. Der Duft war schwach, aber deutlich, und erinnerte Karl sofort an Edward Phillips zu Lebzeiten.

Versehentlich stieß Karl mit dem Handschuh gegen einen Einwegrasierer mit einer Kruste aus erstarrtem gelbem Rasierschaum und Bartstoppeln darin. Karl erschauerte ein wenig. Neben dem Einwegrasierer lagen abgeschnittene schmutzige Fingernägel in einem zusammengeknüllten Kleenex.

Ekelhaft …

Karl wusste, dass es nicht gut war, wenn man schlecht von Toten dachte, musste Phillips' persönliche Hygiene aber dennoch deutlich hinterfragen.

Das Foto einer bildschönen nackten Frau an der Innenseite der Spindtür fiel Karl auf. Die Nackte besaß den größten Busch Schamhaar, den er je gesehen hatte. Er kannte sich mit Erdkunde nicht besonders gut aus, aber hätte man ihn bei *Wer wird Millionär* gefragt, hätte er gesagt, dass der Busch die Form von Alaska hatte.

Als er den Blick gerade von dem Bild abwenden wollte, sah er den braunen Umschlag, der in unmittelbarer Nachbarschaft des buschigen Dschungels klebte. Er nahm den Umschlag sogleich an sich, riss ein Loch in das Poster und erleichterte damit die Dame um ihr Alaska.

»*Ups … tut mir schrecklich leid …*«, flüsterte er.

Hastig ließ Karl den Umschlag in der Innentasche des

Mantels verschwinden, wobei er sich wie ein Dieb in der Nacht vorkam; dann setzte er seine Suche fort.

Vollkommen verdreckte Boxershorts hingen an einem Haken, zusammen mit einer geknoteten Krawatte.

Ein Omen? Verschissene Unterwäsche und so etwas wie ein Henkersstrick ...

Unter abgegriffenen Exemplaren von *Hustler* und anderen Pornoheften ragte eine große Tasche hervor. Er zog sie zaghaft heraus, als wäre sie eine Bombe, die ihm möglicherweise unter der Nase explodieren würde. Sie bestand aus Reptilienimitat. In der Mitte war die Tasche ausgewölbt, wie bei einem Krokodil, das ein kleines Tier komplett verschlungen hatte.

In was zum Teufel bist du da reingeraten? Geh einfach –

Plötzlich spürte Karl eine Hand auf der Schulter.

Scheiße! Sein Herzschlag setzte aus. Erstarrt wartete er auf einen Angriff oder eine Festnahme. Womöglich beides.

Er fuhr hastig herum und sah den gelangweilten Geschäftsmann. Der fuchtelte mit etwas herum, das wie eine Waffe aussah.

»Rauchen Sie, Kumpel?« Der Mann sprach mit einem kanadischen Akzent. Er hielt eine riesige unangezündete Zigarre zwischen zwei Fingern.

»Was zum Teufel denken Sie sich dabei, mich so anzugrapschen?« Karl versuchte verzweifelt, seinen pochenden Herzschlag unter Kontrolle zu bekommen.

»Was ...?« Der Mann sah betroffen drein. Sein Gesicht wurde blass. Seine Lippen bebten. »Es ... es tut mir leid, Kumpel. Ich wollte Sie nicht erschrecken. Ich ... ich habe mein Feuerzeug im Hotel vergessen.«

»Können Sie nicht lesen? Auf dem großen Schild dort steht, dass dies ein Nichtraucherbahnhof ist«, fauchte Karl mit einer Stimme, die er selbst kaum wiedererkannte. »Und jetzt verpissen Sie sich wieder in Ihr Hotel, bevor ich die Mounties rufe und Sie festnehmen lassen, *Kumpel*.«

»Klar ... geht klar, Kumpel. Ich ... ich will keinen Ärger.« Der Mann wirbelte hastig herum und verschwand fast im Laufschritt den dunklen Flur entlang.

Karl lehnte sich an den Spind, ließ den aufgestauten Atem aus der Lunge entweichen und versuchte, sein hämmerndes Herz zu beruhigen.

»Du wirst zu alt für diese Scheiße. Viel zu alt ...«

Er wandte sich wieder seiner Aufgabe zu, nahm die Tasche rasch an sich und schlug die Spindtür zu.

Danach ging er zielstrebig den Flur entlang und hielt die Tasche fest umklammert, als hätte er Angst, ein Straßenräuber könnte sie ihm stehlen.

Bei diesem Gedanken musste er lächeln. *Vielleicht wäre das ja das Beste, wenn sie mir gestohlen werden und für immer aus meinem Leben verschwinden würde?*

Das kalte Wetter draußen wurde geradezu selbstmörderisch, dennoch schwitzte er dicke Schweißperlen, während er eilig den Zebrastreifen vor dem Europa Hotel überquerte. Am schlimmsten war, dass ihm schien, als würde die verdammte Tasche in seiner Hand atmen.

Auf dem Nachhauseweg begann er bereits zu ahnen, was sich im Magen des Reptils befand, und es war kein Antilopenfleisch.

Kapitel Fünfundzwanzig

Unter Verdacht

»Man sagt, Geld stinkt nicht. Manchmal bin ich mir da nicht so sicher.«
Raymond Chandler, *Lebwohl, mein Liebling*

»Ich hab dich gestern Nacht gar nicht heimkommen hören«, sagte Naomi, die sich in einem großen Spiegel betrachtete und letzte Hand an ihrem Haar anlegte.

»Ich sollte einen neuen Klienten vor dem Europa treffen, aber es kam niemand.« Karl tippte ein paar Zeilen seines jüngsten verkannten Meisterwerks. Barkeeper Colin wusste es nicht, aber er entwickelte sich gerade zur Hauptfigur.

»Das macht mich echt wütend, Karl. Die müssen glauben, dass du nichts Besseres zu tun hast.«

»Gehört zum Job, Liebling.«

»Ich bin froh, dass du wieder schreibst und dich von diesen dummen Verlegern nicht entmutigen lässt.«

»Verleger? Was verstehen die schon von Büchern?«

Im Radio spielten sie Smokey Robinsons *Being With You.*

I don't care what they think about me
I don't care what they say …

»Ich hab dich heute Morgen so begehrt, als ich aufgewacht bin«, sagte Naomi mit heiserer Stimme und klimperte im Spiegel mit den Wimpern.

»Ich weiß nicht, ob du mit mir oder dir selbst redest, aber du hast heute Morgen geschnarcht wie ein Holzfäller – jedenfalls hoffe ich, dass es sich bei den Geräuschen um Schnarchen gehandelt hat und nicht um Furzen.«

»Karl Kane!«, rief Naomi und sah beleidigt drein. »So redet man nicht mit einer Dame.«

»Ist mir egal. Ich hatte auch so Sex mit dir, und du hast es nicht einmal gemerkt. Offenbar wird er mit zunehmendem Alter immer kleiner.«

Naomi kicherte. »Bist du sicher, dass du nicht mit mir einkaufen gehen möchtest?«

»Du weißt, dass ich Einkaufen hasse. Lieber würde ich den Rest des Tages auf Steakmessern kauen.« Karl tippte ein paar Buchstaben. »Wie ich sehe, ist Lipstick weg. Ich habe sie heute Morgen gar nicht rausschleichen hören.«

»Ich habe ihr Geld gegeben, damit sie sich eine neue Jeans kaufen kann«, gab Naomi zu. »Ihre waren schmutzig und völlig zerschlissen.«

»Sehr großzügig von dir. Ich hätte ihr Nadel und Faden und Persil gegeben.«

»Na klar doch«, sagte Naomi lächelnd. »Du bist ein großes Weichei.«

»Warum ein halber Trottel sein, wenn man ein ganzer sein kann?«

»Ich muss sagen, es ist süß von dir, mir zu sagen, dass ich mir was Hübsches kaufen soll«, sagte Naomi. »Geht es dir gut?«

»Überlass die Witze mir.« Karl las den Satz, den er gerade getippt hatte. Er passte nicht so recht zu dem vorherigen Abschnitt. Vermutlich war Karl zu abgelenkt.

»Aber bist du ganz sicher, dass du mir *unsere* neue Kreditkarte überlassen willst? Ich könnte mich vergessen.«

»Du solltest sie nur nicht überziehen. Andernfalls könnte ich mich vergessen.«

Karl wusste keinen besseren Weg, Naomi aus der Wohnung zu bringen, als durch ein Geschenk. Er hoffte nur, dass es kein allzu großes Geschenk sein würde.

Smokey Robinson wurde langsam ausgeblendet; seine angenehme, beruhigende Stimme wich dem Salbader eines Nachrichtensprechers.

Die Polizei hat den Namen der Frau bekannt gegeben, die gestern Nachmittag auf dem städtischen Friedhof ermordet wurde …

»Ich habe gar nichts über einen Mord gehört«, sagte Naomi. »Daran sieht man, wie alltäglich das geworden ist.«

Sarah Cohen wurde offenbar Opfer eines Raubüberfalls …

»Ekelhaft«, sagte Karl, riss sich von der Schreibmaschine los und hörte zu.

Der Mord wich bald Nachrichten über neue Stellenstreichungen und dem Wetterbericht, der für heute noch mehr Schnee ankündigte.

»Lassen wir uns nicht von den schlechten Nachrichten runterziehen, Karl. Mach dich auf ein bisschen heiße Gymnastik gefasst, wenn ich zurück bin.« Naomis Stimme hörte sich verlockend und verheißungsvoll an. »Als besonderen Leckerbissen kaufe ich sexy Unterwäsche für dich.«

»Ich trage schon seit Jahren keine sexy Unterwäsche mehr. Die hat mir immer so in den Arsch geschnitten.« Karl tippte weiter.

Plötzlich zog Naomi seinen Kopf von der Schreibmaschine hoch und küsste ihn lang und innig. Der Kuss war voller Versprechungen. Er schmeckte ihr Mundwasser. Minze. Auf eine saubere, sexy Weise fühlte er sich schmutzig.

»Bin bald wieder da«, sagte sie schließlich, beendete den Kuss und ging zur Tür. »Tiger.«

»Dieses Wort weckt immer das Tier in mir«, sagte Karl, formte die Hand zur Pfote und kratzte in der Luft. *»Grrr!«*

Naomi lachte. Schloss die Tür.

Karl horchte, wie sich ihre Schritte entfernten und die Eingangstür ins Schloss fiel, dann erst ging er ins Schlafzimmer und holte die Tasche unter dem Bett hervor.

»Jetzt oder verdammt noch mal nie«, murmelte er und öffnete langsam die Tasche. Zögernd griff er mit der Hand hinein und holte den großen Gegenstand darin heraus.

Die Waffe war in eine schützende Plastikhülle gewickelt. Sie sah wie ein mumifizierter Fötus aus. Vorsichtig hob er die Waffe an einer Ecke der Plastikhülle hoch und betrachtete das Metall eingehender durch das durchsichtige Material.

»Eine Beretta M9? Eine schöne Waffe für hässliche Taten. So tödlich, wie es nur geht.«

Er legte die Waffe weg, stülpte die Tasche um und kippte den restlichen Inhalt heraus: ein großer brauner Umschlag und eine halbe Rolle Polo-Minzpastillen – Phillips' Lieblingsmarke, mit der er versuchte, während der Arbeitszeit seine Whiskeyfahne zu kaschieren.

Karl nahm eine Pastille aus der Rolle, lutschte sie langsam und erforschte mit der Zunge das berühmte Markenzeichen, das Loch in der Mitte. Betrachtete den Umschlag eingehend. Dann die eingewickelte Waffe. Lutschte noch etwas an der Minzpastille, bis er schließlich den Umschlag nahm. Riss ihn auf und holte einen Stapel Blätter heraus.

»Ich bin sicher, das wird eine interessante Lektüre …« Karl lutschte noch heftiger an dem Minzbonbon.

Er musste an Naomi denken, an den Geschmack in ihrem Mund. Dann an den Mund von Edward Phillips, der tot im Grab lag, wo sich Würmer an seinen Lippen gütlich taten.

Hastig spuckte er die Pastille in ein Papiertaschentuch und fing an zu lesen.

Na, Kane,
immer noch am Ball? Ich wusste, wenn man sich darauf verlassen kann, dass jemand dickköpfig ist, dann sind Sie es. Wenn Sie so weit gekommen sind, haben sich meine schlimmsten Befürchtungen bewahrheitet, und ich habe keine Schmerzen mehr. Abgesehen von diesem Brief dürften Sie dann auch die doppelläufige Beretta M9 gefunden haben.
Aber bevor ich dazu komme ... ich nehme an, Sie erinnern sich immer noch nicht so deutlich an den Tag, als wir uns über den Weg gelaufen sind und ich das König-David-Syndrom erwähnt habe?
Ich weiß, Sie halten nicht viel von Religion und der Bibel, aber vor vielen Äonen erblickte König David von Israel eine wunderschöne Frau namens Bathseba beim Bad. Er verliebte sich auf der Stelle in sie. Aber er hatte ein nicht unerhebliches Problem. Bathseba war schon verheiratet, und zwar nicht mit irgendwem. Ihr Mann, Urija, war einer von Davids furchteinflößendsten und loyalsten Soldaten und hielt sich gerade an der Front auf, wo er gegen die wilden Ammoniter kämpfte.
David ließ sich aber von einem noch so guten Soldaten nicht ins Handwerk pfuschen, und so schrieb er dem Befehlshaber von dessen Streitmacht einen Brief und befahl ihm, Urija in die schwersten und blutigsten Kämpfe zu schicken, damit die Schwerter der Ammoniter seinen Tod gewährleisteten. Und genau so geschah es.

Karl hatte Phillips' altmodisches Gesülze schnell satt, las aber aus reiner Neugier weiter, obwohl er sich keine Erleuchtung von der biblischen Geschichte des Expolizisten versprach.

Vor rund fünfzehn Jahren, als Ihr Schwager noch ein grünschnäbeliger Streifenpolizist war, erhielten wir von einem Informanten einen Hinweis, dass am Stadtrand ein großer Raubüberfall stattfinden sollte.
Der Informant war unser guter Freund Chris Brown. Genau. Unser Mitesser auf Rädern. Brown bekam ein ordentliches Sümmchen Blutgeld für die Information.

»Scheiße …« Trotz der Enthüllung überraschte es Karl nicht, dass der Name des Informanten, der im Rollstuhl saß, genannt wurde. »Du bist immer scharf auf schmutziges Geld gewesen, Chris. Ist es da ein Wunder, dass du so viele Feinde hattest, bevor du abgeknallt worden bist?«

Die potenziellen Räuber sollte eine »Elitetruppe« (heute muss ich über das Wort lachen), bestehend aus Wilson, Duncan »Bulldog« McKenzie, Peter Cairns, Harry Cunningham und meiner Wenigkeit, zur Strecke bringen.

Karls Magen klappte wie durch eine Falltür nach unten, als ihm die Namen von Bulldog McKenzie und Cairns von dem weißen Blatt entgegensprangen. Sein Mund wurde trocken.
Was gäbe ich nicht alles, um Ihr Gesicht zu sehen, Kane, wenn Sie die Namen Bulldog und Cairns lesen! Es gab immer Spekulationen, dass Sie etwas mit ihrer Ermordung zu tun haben könnten, aber ich habe das nie geglaubt. Sie mögen vieles sein, Kane, aber ein Mörder sind Sie nicht. Ich bezweifle, dass Sie den Mumm dazu

hätten. Wenn ich ein Spieler wäre, wie Sie, würde ich ehrlich gesagt darauf wetten, dass Wilson seine schmutzigen Hände im Spiel hat.

»Ehrlich gesagt, Phillips, deshalb wäre aus dir wohl nie ein guter Spieler geworden.«

Um es kurz zu machen, zwei der Täter wurden getötet (wir machten keine Gefangenen, weil man uns damals noch den Todesschuss einbläute). Harry Cunningham, ein anständiger Kerl, kam ebenfalls ums Leben, »im Schusswechsel«, wie es anfangs und offiziell *hieß. Kommt Ihnen Harrys Name jetzt wieder in den Sinn, Kane? Sie erinnern sich doch sicher an Harrys pflichtbewusste und bildschöne Frau Desiree? Glauben Sie, es ist reiner Zufall, dass Wilson die Leitung dieser verbockten Operation hatte? Denken Sie nach. Gründlich.*

»Scheiße …«

Langsam wurde Karl so manches klar, aber einiges blieb noch im Dunkeln. Vor zehn oder elf Jahren war Karl mit seiner damaligen Frau Lynne Gast bei der Hochzeit ihres Bruders Mark Wilson und Desiree Hamilton gewesen. Die Lokalzeitung berichtete ausführlich und wohlwollend über die Hochzeit. Ein märchenhaftes Los für eine Polizistenwitwe, deren Mann in Ausübung seiner Pflicht gnadenlos niedergeschossen worden war. Desiree fand schließlich ihr Glück und heiratete ihren tapferen Ritter, einen der Aufsteiger im Polizeidienst, Detective Mark Wilson. Es trieb allen die Tränen in die Augen.

Karl spürte, wie er sich beim Lesen verkrampfte, da er mit weiteren unschönen Enthüllungen rechnete.

Untersuchen Sie die Beretta, Kane. Prüfen Sie den Schlagbolzen. Sehen Sie, dass er flach gefeilt und damit wirkungslos gemacht wurde? Das war die Waffe, die Harry in der Nacht des Überfalls bekam. Jemand wollte nicht, dass Harry sich verteidigen konnte. Ich glaube, inzwischen verstehen Sie ...
Vergessen Sie nicht, dass dies schmutziges Gelände ist, Kane. Es ist immer gefährlich, wenn man die Wahrheit über die Mächtigen sagt. Das kann den Tod bedeuten. Sehen Sie sich um. Manchmal zeigt einem das, was einen erwartet. Aber nur manchmal ...

Edward Phillips

Auch bei diesem Brief war, wie bei dem anderen, die Unterschrift über den getippten Namen gekritzelt.

Karl hatte plötzlich weiche Knie. Die Alkoholeuphorie, die er nach der Zecherei des gestrigen Abends verspürt hatte, war verflogen. An ihre Stelle traten dumpfe Kopfschmerzen und ein Gefühl der Leere und des Grauens.

Er setzte sich schnell auf das Bett. Überlegte, was er als Nächstes tun sollte. Sehnte sich verzweifelt nach einer Zigarette. Kratzte sich am Oberarm, an dem lästigen Nikotinpflaster und hasste es, weil es künstlich war und ihm nicht den spontanen Kick gab.

»Was jetzt ...?«

Widerwillig kam er zu der Schlussfolgerung, dass es das Vernünftigste wäre, wenn er die Waffe in den Lagan werfen oder dorthin zurückbringen würde, wo er sie gefunden hatte – jetzt gleich, nicht erst morgen, und zusammen mit dem Brief. Es blieb immer noch Zeit, den gefährlichen Dschinn wieder in die Flasche zu verbannen, bevor sie zu Scherben zerbarst. Das wäre die einzig vernünftige Entscheidung.

Zu Karls Leidwesen würde er ein ausgesprochen armer Mann sein, sollte Vernunft einmal zur Währung erhoben werden.

Sein Handy klingelte, als er die Sachen gerade wieder wegpackte.

»Hallo?«

»Dreckskerl! Sie haben sie getötet«, ertönte eine wütende Stimme am anderen Ende. »Dafür sterben Sie, das verspreche ich Ihnen.«

»Hey, Augenblick mal, Mann, Sie müssen sich verwählt haben. Sie sollten lieber –«

»*Mörder.* Die anderen waren Idioten, aber mich halten Sie nicht zum Narren.«

»Hören Sie, ich habe keine Ahnung, wer Sie sind oder was zum Teufel Sie da reden –«

Plötzlich verstummte das Telefon. Karl sah sein Handy einen Moment an, als wäre es etwas Totes.

»Was zur Hölle war das?« Doch noch während er sich selbst diese Frage stellte, kam ihm ein so überwältigender Gedanke, dass er an nichts anderes mehr denken konnte.

Rasch ging er zum Fernseher, schaltete »BBC News 24« ein und scrollte panisch durch das Regionalmenü. Klickte den Button der hiesigen Nachrichten an. Der Mord auf dem Friedhof bestimmte immer noch die Schlagzeilen. Er sah eine Reporterin vor Ort, die auf den Tatort zeigte, und die Kamera folgte ihrer Bewegung. Die Reporterin begann ihren Bericht.

Sarah Cohen hat in ihrem kurzen Leben mehr als genug Tragödien erlebt …

Während die Reporterin sprach, zeigte der Bildschirm ein Familienfoto der ermordeten Frau. Sarah lächelte, doch ihre Augen sahen traurig aus.

Das Foto war für Karl wie ein Tritt in den Magen. Es war das Gesicht der Frau, die sich Jemma Doyle genannt hatte.

Ihre drei Kinder verbrannten in Ballymena ...

Karl konnte den Blick nicht von dem Foto abwenden. Konnte sich nicht bewegen. Der Schock ging ihm durch Mark und Bein. Die Stimme in seinem Handy. Langsam erinnerte er sich. Als er sie zum ersten Mal gehört hatte, war sie gedämpft gewesen, doch jetzt gab es keinen Zweifel. Die Stimme aus dem Schlachthof. Der Messermann.

Zweiter Teil

Kane kann's

»Gäbe es doch nur böse Menschen, die irgendwo heimtückisch ihre bösen Taten begehen, und müsste man sie lediglich von uns anderen trennen und vernichten. Doch die Trennlinie zwischen Gut und Böse verläuft mitten durch das Herz eines jeden Menschen.«
Alexander Solschenizyn, *Der Archipel Gulag*

Kapitel Sechsundzwanzig

Die Nacht des Jägers

> *»Menschen desselben Gewerbes treffen sich selten, nicht einmal zur Belustigung oder Zerstreuung, doch das Gespräch endet stets mit einer Verschwörung gegen die Öffentlichkeit.«*
> Adam Smith, *Der Wohlstand der Nationen*

Es war fast zwei Uhr morgens, als die kleine, gedrungene Gestalt von Nelson Roberton leise die teppichbelegte Treppe seines viktorianischen Herrenhauses hinunterging, während er versuchte, seine Frau Belinda nicht im Schlaf zu stören. Das Haus lag in der wohlhabenden Gegend Belfasts um die Malone Road und war in den vergangenen fünf Jahren beispiellose drei Mal Gegenstand von Reportagen in der angesehenen Zeitschrift *Ireland's Homes Interiors & Living* gewesen.

Draußen schneite es heftig, als er die Tür des geräumigen Salons öffnete und zu einem edwardianischen Getränkekabinett tappte, das neben einer eindrucksvollen Bibliothek ungelesener Bücher stand.

Nelson öffnete das Getränkekabinett und griff nach der Flasche seines bevorzugten Alkohols. Er goss den Hennessy XO langsam in ein Waterford-Brandyglas aus Kristall und sah, wie die köstliche Flüssigkeit verführerisch die Innenseite des Glases umspielte. Sekunden später trank er einen ersten Schluck. Pur. Kein Sakrileg. Keine Verwässerung.

»Herrlich ...«

Er ging zu einem großen Fenster und bewunderte das Winterwunderland, das sich in zunehmendem Maße in dem weitläufigen Vorgarten bildete.

»Nicht schlecht für einen Jungen aus der Newtownards Road.«

Das war ein seltenes Eingeständnis seiner familiären Wurzeln aus dem sogenannten »Rostgürtel« der Schiffswerften; eine Herkunft, die er gerne vergessen hätte.

Als Teenager übten die Schrauben und Nieten der Schiffswerft keinerlei Faszination auf Nelson aus. Er wollte nie sein wie sein Vater, der jeden Tag erschöpft, von achtlosen Schweißern mit Brandwunden verunziert und mit einem feinen Rost überzogen nach Hause kam. Nelson beschäftigte sich lieber mit Drogen und Prostitution und brachte es in diesen Gefilden zur Meisterschaft, noch bevor er mit siebzehn seinen ersten Konkurrenten tötete. Er hatte nicht nur die entsprechenden Eier in der Hose, sondern auch das nötige Hirn im Kopf – eine tödliche Kombination in der Halsabschneider- und Kopfschuss-Welt von Belfasts Drogen- und Verbrechermilieu. Die Tatsache, dass er wie ein Ringer gebaut war, brachte ihm zusätzliche Vorteile. Doch dann kamen die schlechten Zeiten loyalistischer harter Männer, die noch weniger Prinzipien als Nelson und eine schlangengleiche Ruchlosigkeit besaßen. Es wurde Zeit, dass er sich mit dem nicht unerheblichen, kriminell erworbenen Vermögen, das er angehäuft hatte, in den Ruhestand verabschiedete. Es war höchste Zeit, die Kälte der Eastside Belfasts zu verlassen; Zeit, in das gesündere und verträglichere Klima von Malone und der Pelzmantel-ohne-

Schlüpfer-Brigade zu übersiedeln. Zeit, anständig zu werden.

Fast.

Er trank noch einen Brandy, dann stellte er das Glas auf einen antiken Nachttisch. In dem Moment sah er den fahlen Schemen in der Spiegelung der Scheibe, der ihn unverwandt ansah.

Nelson verkrampfte augenblicklich die Schultern. Die Gestalt war bewaffnet, saß auf einem Stuhl und verdunkelte mit ihrem Schatten den größten Teil der Wand gegenüber.

Nelson fühlte sich, als würde ihm jemand Trockeneis über die Haut streichen. Er erschauerte.

»Was zum Teufel machen Sie in meinem Haus?«, sagte Nelson und glitt mit der Hand verstohlen an der Schreibtischkante entlang.

»Setzen Sie sich auf den Arsch. Es hat keinen Sinn, den Knopf für den stummen Alarm unter dem Schreibtisch zu drücken. Ich habe das gesamte System deaktiviert.« Die Stimme des Eindringlings klang gedämpft und ruhig, als wolle er die schlafende Belinda nicht wecken. Sogar die Waffe in seiner Hand sah entspannt aus, wenn auch tödlich.

Jetzt fühlten sich Nelsons Knie wie aufgeweichte Schwämme an. Sein Gehirn simmerte im Saft des eigenen Grauens. Er setzte sich langsam an den Schreibtisch und begriff, dass sich die Vergangenheit stets in der Zukunft präsentiert, wenn man sie in der Gegenwart am wenigsten erwartet. Letztendlich hatte ihn doch ein Schuldeneintreiber von früher eingeholt. Der Ausgleich des Kontos verlangte Blut, nicht Geld.

»Wie ... wie sind Sie hier reingekommen?«

»Eine Fähigkeit, die ich im Lauf der Jahre erlernt habe. Machen Sie Ihrem Leibwächter keine Vorwürfe. Er schläft tief und fest im Kofferraum Ihres Mercedes. Selbst zu zweit hätten sie nicht verhindern können, dass ich Ihr schönes Haus betrete.«

Nelson bemühte sich, im Kopf eine Liste seiner früheren Feinde zu erstellen. Wer von ihnen hätte genügend Mumm? *Und warum kam ihm die Stimme des Eindringlings so seltsam vertraut vor?*

»Wer hat Sie geschickt?«, fragte Nelson schließlich.

»Zu Ihrem Glück hat mich niemand geschickt, Nigel. In dem Fall wären Sie schon tot.«

»Nigel? Äh, da ... da haben Sie den Falschen. Mein Name ist Nelson. Nelson Roberton. Ich ... ich bin ein bekannter Geschäftsmann und –«

»Sechs Jahre, und du hast mich vergessen, Nigel?« Der Eindringling streckte den Arm aus und schaltete eine kleine Lampe neben dem Tisch ein.

Im Schein des Lichts betrachtete Nelson den Mann mit den abscheulichen Narben im Gesicht. Er wirkte ausgemergelt, nur Haut und Knochen. Und doch umgab ihn, so mager er war, eine Aura des Bedrohlichen. Dann, wie wenn man ihn mit einem Hammer auf die Brust geschlagen hätte, fuhr Nelson zurück, als hätte er ein Gespenst gesehen.

»Peter ...? Mein Gott ...«

»Ja, ich könnte am Ende der Gott sein, der deinen wertlosen Hals rettet.«

Nigel schwankte unsicher, dann ging er zu Peter und umarmte ihn zaghaft. »Ich ... ich kann es nicht glauben, alter Freund. Du ... du lebst. Ich ... habe gehört ... du seist im Irak bei einer Explosion ums Leben gekommen. Eine Bombe am Straßenrand.«

Peter blieb gelassen, stand auf und wand sich aus Nigels

Griff. »Manche Leute würden sagen, der Tod wäre das bessere Schicksal gewesen.«

»Dieses dreckige Araberpack«, sagte Nigel, der die Worte fast ausspie. »Ich wollte ein paar von ihnen töten, als ich hörte, was sie getan haben. Ich ... tut mir leid, alter Freund. Wirklich. Hätte ich gewusst, dass du noch lebst, ich hätte dir helfen können, damit du wieder –«

»Verschon mich mit dem falschen Mitleid. Das steht dir nicht. Du hast dich nie um jemanden geschert außer dich selbst. Während ich Queen und Vaterland diente, hast du ausschließlich König Nigel gedient. Außerdem bin ich nicht wegen Mitleid hier, sondern weil ich Geschäfte machen möchte.«

»Geschäfte? Ja, natürlich! Ich kann dich bei meiner –«

»*Unerledigte Geschäfte*, Nigel, keine jämmerlichen Almosen.«

»Unerledigt ...?« Einige Sekunden lang legte sich Nigels Stirn in Falten. »Du meinst Ballymena?«

»Ganz recht, Ballymena. Dein vollkommenes Desaster.«

»Keine Sorge, alter Freund. Das regle ich. Endgültig.«

»Ja, du warst schon immer gut darin, alles zu regeln. Darum hast du auch eine große Belohnung ausgesetzt und dick und fett mit deinem Namen gezeichnet.«

Nigel lachte nervös. »Niemand weiß, dass ich das bin. Ich habe mein Pseudonym Nelson Roberton benutzt.«

»Pseudonym? Nachdem Harrys und Billys Hände gefunden wurden, habe ich keine fünf Minuten gebraucht, um dahinterzukommen, dass du die Belohnung ausgesetzt hast. Trotz deiner luxuriösen Umgebung hast du noch den Minderwertigkeitskomplex der Arbeiterklasse. Alle sollen wissen, dass du der große Zampano bist. Ich hab's geschafft,

Ma! Jetzt bin ich ganz oben. Und da wir gerade von deiner Mutter sprechen, du hättest ihr wirklich nicht verraten sollen, wo du lebst und was du machst. Als ich sie besuchte, konnte sie es einfach nicht für sich behalten.«

Nigel erbleichte. »Scheiße! Ich … ich hab ihr hundertmal gesagt, dass sie keinem was von mir erzählen soll.«

»Da fragt man sich doch, mit wem sie sonst noch darüber gesprochen hat, was aus ihrem Sohn geworden ist.«

»Was soll das heißen?«

»Es heißt, dass du dich selbst ins Rampenlicht gerückt hast. Die Spur führt direkt bis zu deiner Tür. Und da ich mich jetzt eingemischt habe, könnte diese Spur irgendwann auch zu mir führen.«

»Du weißt doch, dass ich dich nie bei irgendetwas erwähnt hab, oder?«

Peter sah Nigel direkt in die Augen. »Ich weiß, du besitzt Verstand genug, an so etwas nicht einmal zu denken. Jedenfalls hoffe ich für dich, dass es so bleibt.«

»Hör zu, alter Freund, ich musste etwas tun, als Harry und Billy verschwunden sind. Ich hab sogar Verbindung mit einigen meiner alten Kumpels bei den Paramilitärs aufgenommen, und alle haben mir versichert, dass sie nichts davon wüssten. Ich hab ihnen etwas Geld gegeben, damit sie Augen und Ohren offen halten. Was? Warum schüttelst du den Kopf?«

»Du hast mit den Paramilitärs gesprochen und kommst nicht darauf, was los ist? Bei denen wimmelt es von Klatschtanten. Die informieren ihre Vorgesetzten bei der Spezialeinheit, wissen, dass du rumgeschnüffelt und Fragen gestellt hast. Die Polizei steht unter enormem Druck, den Fall aufzuklären, daher dürfte es nicht mehr lange dauern, bis das Dezernat hier aufkreuzt und dir dieselben

Fragen stellt, die du deinen sogenannten alten Kumpels gestellt hast.«

»Daran ... daran habe ich nie gedacht«, sagte Nigel, ging zum Tisch und holte seinen Brandy. Er trank, aber der Alkohol schmeckte ihm nicht mehr.

»Du kannst Blakey auf die Liste der Verschwundenen setzen«, sagte Peter beinahe gelassen.

Nigel verschluckte sich fast an der Flüssigkeit. Rotz lief ihm aus den Nasenlöchern. Hastig wischte er ihn mit dem Ärmel ab. »Verschwunden? Leck mich am Arsch! Glaubst du, die haben ihn?«

»Ich hab an seinen Stammplätzen nach ihm gesucht. Nichts. Keine Spur. Vor einer Woche hat man ihn zuletzt gesehen, danach ist er verschwunden. Es gibt einige Möglichkeiten, was passiert ist. Möglicherweise hat er das Land verlassen, als er mitbekommen hat, was los ist – aber er besitzt kaum die Mittel für eine überstürzte Auslandsreise. Im Gegensatz zu dir konnte er nie mit Geld umgehen ...« Das hörte sich wie ein Vorwurf an.

»Ich hätte ihm geholfen. Er hätte nur –«

»Oder er könnte sich hier irgendwo verstecken, wo ich ihn nicht aufspüren kann. Oder ... na ja, denk dir selbst was aus.«

Nigel füllte hastig das Glas auf. Kippte den Inhalt noch schneller hinunter. Füllte nach. Seine Hand zitterte jetzt. Heftig. »Was schlägst du vor, Peter? Ich mache, was immer du sagst.«

»Zuerst einmal würde ich sagen, dass du aufhörst zu trinken und dich zusammenreißt. Ich habe ihnen eine Botschaft zukommen lassen. Im besten Fall beherzigen sie meinen Rat. Wenn nicht, dann haben sie sich alles Weitere selbst zuzuschreiben.«

»Was für eine Botschaft?«

»Ich habe gestern Abend Sarah Cohen auf dem Friedhof erschossen.«

»Sarah Cohen ...« Nigel zuckte zusammen, als wäre er geschlagen worden. »Das war sie? Die Polizei hat den Namen noch nicht veröffentlicht. In den Nachrichten hieß es, ein Raubüberfall sei schiefgegangen.«

»Das sollen sie auch denken. Tev Steinway dürfte es aber richtig verstehen, wenn er von dem Origami erfährt, das ich dort zurückgelassen habe.«

»Origami? Die ausgeflippten Sachen, die die Japaner aus Papier machen?«

Peter nickte. »Ich habe es gelernt, um mich von den Schmerzen abzulenken, als ich im Krankenhaus lag. Hoffentlich kapiert Steinway, dass es mir ernst ist. Wenn nicht, bringe ich zu Ende, was wir angefangen haben.«

Nigel sah besorgt drein. »Hör gut zu, alter Freund ... wir müssen wirklich ganz vorsichtig sein. Es ist nicht mehr ... na ja, wie in den guten alten Zeiten. Mit dem, was wir damals getan haben, kämen wir heute nicht mehr ungeschoren davon. Die Bullen sehen nicht mehr weg. Der ganze Blödsinn mit dem Friedensprozess hat alles verändert.«

Der Hauch eines Lächelns erhellte Peters Gesicht. Die Narben in seinem Gesicht sahen tiefer aus. »Niemand kann mich aufhalten. Begreifst du nicht? Ich befinde mich auf einer Mission. Als die Bombe hochging, tötete sie drei aus meinem Trupp auf der Stelle. Gute Männer, jeder einzelne. Das Rettungsteam hat Stunden gebraucht, uns zu finden – was von uns übrig war. Es war der längste Tag meines Lebens. Die Schmerzen waren unerträglich. Mein Gesicht fühlte sich an, als hätte man Säure darübergegossen.«

Nigel zuckte zusammen. »Scheiße, alter Freund ...«

»Wäre meine Waffe nicht zu Bruch gegangen, hätte ich mich selbst erschossen.«

»Wie zum Teufel hast du das überlebt?«

»Gott.«

»Kann man wohl sagen, alter Freund.«

»Du verstehst nicht. Gott hat zu mir gesprochen.«

»Gott hat ... gesprochen ...?« Nigel wusste nicht, ob er über Peters Witz lachen sollte. Dann fiel ihm ein, dass Peter keine Witze machte, jedenfalls nicht absichtlich. Nigel zwang sich, ein ernstes Gesicht zu machen. »Was ... was hat ... Gott gesagt?«

»Er sagte, ich würde diesen Albtraum überleben, so wie er das Kreuz. Er sagte, ich hätte noch viel zu tun. Und Großes. Er hatte recht. Ich habe überlebt, allen Ärzten und Spezialisten zum Trotz, die mir noch Tage, bestenfalls Wochen zu leben gaben.«

»Das ist unglaublich, Peter.« Nigel schüttelte staunend den Kopf. »Ein wenig wie Saulus auf der Straße nach Damaskus, nur im Irak statt in Syrien und am helllichten Tag.«

Kaum hatte er das gesagt, wurde Nigel klar, dass er es sich hätte verkneifen sollen. Es kam nicht so heraus, wie er es gemeint hatte, und er versuchte, es mit den normalsten, vernünftigsten Worten wiedergutzumachen, die ihm einfielen. »Was kann ich tun, um dir auf deiner ... Mission zu helfen?«

»Wie viel Geld kannst du flüssig machen?«

»Wie viel brauchst du?«

»Fünfzigtausend.«

Nigel pfiff durch die Zähne. »Fünfzig Riesen? Das ist nicht gerade Taschengeld, alter Freund. Ich habe schon zwanzig für die Belohnung lockergemacht.«

»Niemand wird die Belohnung je einkassieren, mach dir

keine Sorgen. Und das Geld, das ich brauche, dient einem guten Zweck.«

»Guten Zweck?«

»Ich kenne zwei Expolizisten. Verschwiegen und mit guten Kontakten bei der Truppe. Sie haben mir geholfen, Sarah Cohen zu finden. Die helfen auch beim Rest, wenn der Preis stimmt. Ich muss ihnen eine Kleinigkeit geben, damit sie mir gewogen bleiben.«

»Scheiße, fünfzig Riesen sind eine ziemlich große Kleinigkeit.« Als er sah, wie Peter die Augen zusammenkniff, fügte er hastig hinzu: »Ich habe ein paar Tausend hier und da verteilt. Gib mir eine Woche Zeit, dann habe ich den Rest zusammen.«

»Ich komme in zwei Tagen wieder. Bis dahin solltest du es haben.« Peter ging zur Tür. »Ach, kennst du übrigens einen Privatermittler namens Karl Kane?«

»Karl Kane?« Nigel zuckte die Achseln. »Der Name sagt mir nichts. Warum?«

»Meine Kontaktpersonen sagen mir, dass er möglicherweise für die Juden arbeitet.«

»Und wenn schon. Ein Pseudopolizist, der in die Schlagzeilen kommen möchte«, sagte Nigel geringschätzig. »Um den würde ich mir keine Sorgen machen.«

»Keine Sorgen machen? Ein Kontaktmann sagte mir, mit Mister Kane wäre – wie hat er sich ausgedrückt? – ›unter gar keinen Umständen gut Kirschen essen‹. Offenbar kann der Mann recht gefährlich sein.«

Nigel sah nicht mehr so geringschätzig drein.

»Du musst mich nicht hinausbringen, Nigel. Ich kenne den Weg. Pass auf dich auf.«

Kaum hörte er die Eingangstür ins Schloss fallen, atmete Nigel zitternd aus …

»Nutzloser Araberabschaum. Warum zum Teufel konntet ihr den armen Irren nicht kaltmachen …?«

Kapitel Siebenundzwanzig

Ein einsamer Ort

»Die Welt ist eine Schänke, der Tod das Ende der Reise.«
John Dryden, *Palamon und Arcite*

Unter einem riesigen, schiefen Baum beobachtete Karl die feierliche Prozession, die langsam in den Friedhof einzog. Mehr als dreißig Trauernde folgten dem schlichten Kiefernsarg mit den sterblichen Überresten von Sarah Cohen. Es war eine grausige Wendung des Schicksals, dass sie an der Stelle bestattet wurde, wo man sie ermordet hatte, neben den Gräbern ihrer drei Kinder und ihres Mannes.

Ein langer schwarzer Schwarm Krähen glitt über den Himmel und bildete den einzigen Störfaktor in dem seltenen eisklaren Blau. Man hörte deutlich den Flügelschlag in der stehenden Luft.

Karl, der angemessen dunkle Kleidung trug, stand ein gutes Stück abseits der Trauernden, da er einerseits ein gewisses Maß an Pietät zeigen, andererseits aber auch keine Szene mit Familienangehörigen herbeiführen wollte, die vielleicht glaubten, dass seine Einmischung etwas mit Sarahs Tod zu tun haben könnte. Vielleicht hatten sie recht. Ehrlich gesagt war er sich momentan in keiner Hinsicht hundertprozentig sicher.

Die einzige Information, die Hicks ihm bisher gegeben hatte, war die, dass man ein Origamiteil in Sarahs Hand gefunden hatte, eine aus Papier gefaltete Spinne, eine Schwarze Witwe. Die Polizei war sich noch nicht sicher, ob Sarah sie zufällig auf dem Friedhof gefunden hatte oder es sich um etwas Unheilvolleres handelte.

Ein Rabbi aus der Synagoge der Familie in der Somerton Road hielt die Ansprache, während der Sarg in das ausgehobene Grab hinabgelassen wurde. Der Rabbi hatte eine kräftige Stimme. Karl hörte sie deutlich, auch wenn er die Worte anfangs nicht verstand.

»*Baruch atah Hashem Elokeinu melech haolam, dayan ha'emet*«, rezitierte der Rabbi und wartete ein wenig, ehe er die Übersetzung nachfolgen ließ: »Gelobt seist Du, Gott, König der Welt, der wahre Richter ...«

Ein paar Minuten später schaufelten Männer das Grab mit der gerade erst frisch aufgeworfenen Erde zu. Karl erkannte Tev Steinway. Er wirkte untröstlich, beugte sich weinend über das Grab und warf Erde mit der Hand hinein, nicht mit der Schaufel.

»Mister Kane?«, ertönte eine Stimme dicht hinter Karl.

Karl drehte sich um und erblickte Detective Malcolm Chambers mit einem Polizeifotografen an der Seite. Der Fotograf sah schmierig und unrasiert aus und hatte einen verkaterten Blick. Karl erinnerte sich, dass er ihn auf Ivanas Beerdigung gesehen hatte.

»Wie ich sehe, schießen Sie immer noch heimlich Fotos«, sagte Karl und sah den Fotografen böse an.

»Was machen Sie hier?«, fragte Chambers.

»Das geht Sie verdammt noch mal nichts an«, fauchte Karl, der wütend war, weil er Chambers nicht zwischen den Bäumen entdeckt hatte. »Sorgen Sie nur dafür, dass Ihr

Freund keine Schnappschüsse mehr von mir macht. Dafür bin ich nicht in Stimmung.«

Chambers nickte dem Fotografen zu. Der Mann entfernte sich, grinste Karl zuvor jedoch noch hämisch an.

»Es gefällt mir nicht, bei Beerdigungen Fotos zu machen«, sagte Chambers. »Aber es war ein Gewaltverbrechen. Wir haben keine andere Wahl.«

»Wirklich? Und warum waren Sie und Ihr Lakai dann nicht bei der Beerdigung von Edward Phillips und haben Fotos gemacht?«

»Ich ... hatte an dem Tag Innendienst, und Richard – der Fotograf – hatte frei. Aber ich bin ziemlich sicher, dass ein anderer Polizeifotograf dort war. Das ist Standardvorgehensweise.«

»Nein, da nicht.« Karl fletschte verächtlich die Oberlippe. »Man sollte meinen, die Polizei will den Mörder eines ihrer Beamten finden, oder nicht? Und jede Menge Schnappschüsse machen.«

»Ich glaube, Sie irren sich, Mister Kane.« Chambers sah allmählich recht nervös aus.

»Glauben Sie, was Sie wollen. Ich sage Ihnen, es war kein Fotograf da. Tatsache.«

»Ich ... ich überprüfe das, wenn ich wieder im Revier bin. Ganz sicher gibt es eine einfache Erklärung dafür.«

»Einfaltspinsel suchen einfache Erklärungen.«

»Was soll das heißen?« Chambers' Gesicht wurde verkniffen.

»Heißen? Gar nichts. Andererseits könnte es auch alles bedeuten.« Karl durchbohrte den Detective mit Blicken. »Mit der Zeit werden wir schon sehen, was für ein Polizist Sie *wirklich* sind, je nachdem, ob Ihre weiße Weste Flecken bekommt.«

Plötzlich sah es aus, als wäre Chambers mulmig. »Ich weiß, was Sie andeuten. Man hat mir gesagt, dass Sie besessen von der Vorstellung sind, die Polizei wäre durch und durch korrupt.«

»Nicht alle. Aber die meisten.«

»Sie können von mir denken, was Sie wollen, aber wenn etwas nicht in den Vorschriften steht, hinterfrage ich es.«

»Passen Sie nur auf, dass die Vorschriften Sie nicht beherrschen.«

»Mich provozieren Sie nicht, Mister Kane. Man hat mir gesagt, wie Sie arbeiten, dass Sie Leute absichtlich auf die Palme bringen, nur um ihre Schwächen zu finden.«

»Ich mag es nur nicht, wenn sich Leute an mich anschleichen«, sagte Karl mit einer Stimme, die er absichtlich mehr nach Honig als nach Essig klingen ließ. »Was wissen Sie über Sarahs Ermordung?«

»Sarah? Oh, Mrs Cohen. Tut mir leid, aber über laufende Ermittlungen darf ich nicht sprechen.«

»Können Sie nicht mal einen gottverdammten Augenblick damit aufhören, einen auf ›Dixon of Dock Green‹ zu machen?«

»Dixon was?« Chambers sah ihn ratlos an.

»Vergessen Sie es«, sagte Karl, der sich in Gegenwart des jungen Detectives plötzlich alt fühlte. »›Dixon‹ war vor Ihrer Zeit.«

»Verstehe.«

»Schon Verdächtige?«

»Ich sagte schon, dass wir –«

»Schieben Sie sich diesen Blödsinn in den Arsch.« Jetzt schmeckte Karls Stimme wieder nach Essig. »Wenn Sie nichts Wesentliches beizusteuern haben, schlage ich vor, dass Sie verschwinden.«

»Warum sind Sie so unhöflich zu mir?«

»Unhöflich? Ich finde, ich bin die Freundlichkeit in Person. Ich will Ihnen mal was sagen, und ich berechne Ihnen nicht einmal etwas dafür. Polizisten – *gute* Polizisten – teilen Informationen mit Leuten, von denen sie wissen, dass die eines Tages auch Informationen mit ihnen teilen. Das nennt man Quidproquo.«

»Ich weiß, was Quidproquo ist.«

»Dann sollten Sie auch dies wissen. Möchten Sie den Rest Ihrer stockenden Karriere ein kleiner und einsamer Detective bleiben? Dann machen Sie einfach so weiter. Sie bekommen am Ende Ihre kümmerliche kleine Pension und die vergoldete Uhr. Das dürfte dann aber auch Ihr ganzer Lohn sein. Und jetzt wäre mir offen gestanden lieber, Sie würden sich verziehen.«

Es sah aus, als wollte Chambers etwas sagen, doch dann wandte er sich ab und ging ein paar Schritte. Und blieb stehen. Er sah zu dem Fotografen. Kam langsam zu Karl zurück.

»So viel kann ich Ihnen verraten. Wir behandeln es als Raubüberfall, der falsch angepackt wurde.«

»Oder Mord, der richtig angepackt wurde.«

»Warum sprechen Sie von Mord?«

»Glauben Sie wirklich, es war ein zufälliger Überfall?«

Chambers sah nervös zu dem Fotografen, dann antwortete er nervös und mit fast zusammengekniffenen Lippen.

»Mrs Cohen hatte einen Gegenstand in der Hand.«

»Gegenstand? Was für einen Gegenstand?«

»Ein zierliches Origami.«

»Origami?«

»Das ist die traditionelle japanische Kunst des Papierfaltens und –«

»Verdammt, ich *weiß*, was Origami ist. Was war das für eines in Sarahs Hand?«

Chambers sah wieder zu dem Fotografen, der inzwischen Fotos von einigen der Trauergäste auf dem Weg zum Friedhof hinaus machte.

»Ich sollte das wirklich nicht machen, Mister Kane.«

»Sagte der Pfarrer zur Prostituierten.«

»Der Gegenstand in ihrer Hand war eine kleine Spinne.«

»Eine Spinne?«

»Eine Schwarze Witwe.« Chambers nahm ein Notizbuch aus der Tasche, blätterte ein paar Seiten durch und fuhr fort. »Sie war aus einer Seite des Neuen Testaments gemacht, der zweite Thessalonicherbrief, Kapitel 1,8. *Vergeltung zu üben an denen, die Gott nicht kennen wollen, und an denen, die nicht gehorsam sind dem Evangelium unseres Herrn Jesus.*«

»Kranker Schleimbeutel«, sagte Karl und versuchte, seine Wut zu beherrschen. »Ich wünschte bei der Hölle, diese religiösen Irren würden einfach verschwinden und uns anderen die Tretmühle des Lebens allein überlassen.«

»Da wir gerade vom Verschwinden reden: Wissen Sie noch, dass Sie mir von dem Verdächtigen Thomas Blake erzählt haben – dass er mit der Folter und Ermordung von Laura Fleming zu tun haben könnte?«

»Ja …«

»Sieht so aus, als hätte er das Land verlassen. Es ist keine Spur mehr von ihm zu finden. Als wäre er vom Erdboden verschluckt.«

»Vielleicht ist er ein Zauberer und hat einen seiner Tricks versaut.«

»Der andere Verdächtige, der wie dieser Schauspieler aussieht?«

»Lee Marvin.«

»Wir haben ihn vor ein paar Tagen zum Verhör einbestellt. Sein Name ist Stanley Williamson, Berufsverbrecher. Er behauptet, er habe noch nie von Thomas Blake gehört und noch nie im Leben eine Waffe abgefeuert.«

»Glauben Sie etwa, dass der die Wahrheit sagt?«

»In meinem Beruf, Mister Kane, sagen nur die wenigsten Leute die Wahrheit.«

»Verstehe«, sagte Karl, dem Chambers' Tonfall nicht gefiel.

»Gut, dass Sie das verstehen, Mister Kane.« Chambers nickte.

Karl war nicht überzeugt von Chambers' Nicken. Karl nickte zurück. Chambers schien auch nicht vollkommen von Karls Nicken überzeugt zu sein.

»Und was ist aus dem Lee-Marvin-Verschnitt geworden?«

»Williamson wurde unter dem Vorbehalt weiterer Ermittlungen auf freien Fuß gesetzt. Wir haben die Kollegen vor Ort gebeten, ihn genau im Auge zu behalten.«

»Wirklich? Und wer behält die Kollegen vor Ort genau im Auge?«

»Ich lasse Sie und Ihr Misstrauen in Frieden, Mister Kane. Sie wissen, wo Sie mich finden, sollte Ihnen etwas Hilfreiches einfallen.« Chambers sah Karl einige Sekunden an, dann ging er endgültig zum Friedhofstor.

Die Kürze des jüdischen Rituals überraschte Karl. Er hatte gehofft, er könnte ein Wort mit Tev Steinway wechseln, ihm kondolieren, doch jetzt begriff er, dass das unmöglich und auch unangebracht wäre.

Er wollte ebenfalls gehen und wurde erneut von jemandem überrascht, der unmittelbar hinter ihm stand.

Der junge Mann war schlank, dunkelhäutig und hatte ein

wütendes, aber hübsches Gesicht. Er trug dunkle Trauerkleidung. Und er sah Karl durchdringend an.

Karl, der fast so etwas wie ein bizarres Déjà-vu erlebte, kam der junge Mann auf fast unheimliche Weise vertraut vor. Aber er verstand nicht, weshalb, und er spürte, wie ihn das ärgerte.

»Ja? Kann ich Ihnen helfen?«, fragte Karl, als er den Anstarrwettbewerb satthatte.

Der junge Mann sah ihn weiter an. Dann ergriff er das Wort.

»Was machen Sie hier? Sie sind weder ein Freund noch Familienangehöriger.«

»Dies ist ein öffentlicher Ort, falls Sie das nicht wussten«, sagte Karl und versuchte, seine Wut darüber zu kontrollieren, dass er zum zweiten Mal an diesem Vormittag verhört wurde.

Der junge Mann beugte sich dicht zu Karls Gesicht vor.

»Abschaum wie Sie wollen wir hier nicht haben«, zischte er und überzog Karls Gesicht mit einem Spuckefilm.

Als er den jungen Mann gerade packen wollte, überkam Karl die Erkenntnis wie ein Schlag in die Magengrube. Diese Augen. Diese schrecklichen, mörderischen Augen. Er konnte – *würde* – sie oder den zugehörigen Kerl niemals vergessen. Messermann.

Karl unterdrückte den Wunsch, dem jungen Mann ins Gesicht zu schlagen, da er wusste, er würde damit nichts bewirken, aber eine Szene machen, bemerkte aber sogleich, dass der Polizeifotograf die Kamera in seine Richtung hielt.

»Lächle traurig, Arschloch, und dann schüttelst du mir die Hand«, sagte Karl und streckte die Hand aus.

»Lieber würde ich eine Schlange anfassen, du elender

Mörder«, sagte der junge Mann, dessen Halsschlagader aussah, als würde sie jeden Moment platzen.

»Die Polizei macht in diesem Moment Fotos von uns. Wenn du nicht willst, dass die gegen dich und deine wütende Visage ermitteln, dann tu besser, was ich dir sage – *sofort*.«

Plötzlich wirkte der junge Mann zögernd und unsicher.

»*Jetzt*, Arschloch«, wiederholte Karl. »Der macht gleich eine Aufnahme von uns beiden.«

Der junge Mann schüttelte Karl unsicher die Hand.

Karl umklammerte die Hand wie einen Schraubstock und drückte zu. Er sah Schmerz in den Augen des anderen. »Ganz recht, schön traurig dreinschauen und nicken, Arschloch.«

Der junge Mann knirschte mit den Zähnen und nickte.

»Hör mir gut zu, du kleiner Pisser. Niemand – und ich meine, *niemand* – hält mir ein Messer an den Hals, foltert mich und besitzt dann noch die Unverfrorenheit, mich zu Hause anzurufen und mir zu drohen. Kapiert?«

Er antwortete nicht.

Karl drückte noch fester. »*Kapiert?*«

Das Gesicht des jungen Mannes war schmerzverzerrt. »*Ja ...*«

»Gut. Und jetzt sag ich dir was. Ich sag es nur ein Mal, danach umarmst du mich und gehst sofort weg. Kapiert?«

Keine Antwort.

Karl drückte noch eine Spur fester zu. »*Kapiert?*«

»*Aaah! Ja!*«

»Gut. Und jetzt pass auf. Ich habe Sarah nicht ermordet, weil ich rein gar nichts mit Mord am Hut habe. Ich *will* herausfinden, wer das getan hat, und mir ist scheißegal, ob du mir das glaubst oder nicht. Und jetzt umarmst du mich, als ob du es ernst meinst, und machst einen Abgang.«

Der junge Mann umarmte Karl lustlos.

»*Gut*«, flüsterte Karl dem jungen Mann ins Ohr. »*Jetzt verpiss dich, und ich will dein Gesicht nie wiedersehen.*«

Während Karl dem jungen Mann nachsah, klopfte sein Herz wie eine *bodhrán* auf Steroiden. Sosehr er sich auch bemühte, er wurde den Verdacht nicht los, dass Detective Chambers ihn beobachten ließ und nicht annähernd so naiv war, wie er sich gab.

Kapitel Achtundzwanzig

Ausgestoßen

»Eine Weile grinsten wir uns höhnisch über den Schreibtisch hinweg an. Er konnte das viel besser als ich.«
Raymond Chandler, *Lebwohl, mein Liebling*

Im Europa Hotel herrschte ein Wahnsinnstrubel, als Karl durch die Drehtür in die mit Marmor und Kirschholz verkleidete Halle trat. Nach dreiunddreißig Bombenanschlägen hatte sich das Grand Hotel den wenig schmeichelhaften Ruf des Hotels mit den meisten Sprengstoffattentaten der Welt verdient. Die Belfaster nannten es galgenhumorig das Bombenhotel.

Zuletzt war Karl Mitte der Neunzigerjahre hier gewesen und hatte Brad Pitt geholfen, seinen Akzent für die Rolle in *Vertrauter Feind* zu perfektionieren. Der Sprachunterricht – *»Belfascht-Schprech«*, wie Brad immer zu sagen pflegte – lief recht gut, nur die versprochene Rolle in dem Film bekam Karl nie. Aber er beschwerte sich nicht. Finanziell erwies sich die Sache als höchst lukrativ, und dass sein Name im Abspann des Films genannt wurde, besänftigte sein gekränktes Ego. Naomi war natürlich hingerissen von der Geschichte, obwohl er sich eingestehen musste, dass es vor allem Brad Pitt war, der sie daran interessierte.

Im Hotel machte Karl eine rasche Bestandsaufnahme. Genervtes Personal mit starrem, falschem Lächeln bugsierte erschöpfte Reisende in ihre Zimmer, während ein ausländisches Filmteam – bis an die Zähne mit Hightech-Ausrüstung bewaffnet – seine kanonenähnlichen Kameras auf alles richteten, das sich bewegte. Anscheinend drehten sie einen Dokumentarfilm, in dem jeder ein Star war, Karl eingeschlossen.

»Sind Sie ein Besucher?«, fragte ein bärtiger Mann und hielt Karl ein Mikrofon vor das Gesicht. Der Mann hatte einen deutschen Akzent. »Was halten Sie von Belfast?«

»Nicht viel«, antwortete Karl und zwang sich zu einem höflichen Lächeln, während er dem Mann gekonnt auswich und sich dem Großen Ballsaal im Erdgeschoss näherte.

Wo Karl auch hinsah, säumten Bilder von Prominenten die Wände, am auffälligsten das von Bill Clinton, dessen Porträt größer als die anderen zu sein schien.

Vielleicht, weil man in Belfast nichts mehr liebt als einen Schürzenjäger und Sünder, dachte Karl und lächelte dem ebenfalls lächelnden Expräsidenten zu. *Einen Sünder, den sie an den Eiern gepackt haben.*

Karl war nicht allzu zuversichtlich, als er sich dem Großen Ballsaal näherte. Eine Schar hünenhafter Rausschmeißer, mit bedrohlich finsteren Mienen und zum Fürchten klingendem Knurren, stapfte davor herum. Sie schienen sich an den Schwingungen von Gefahr geradezu zu laben.

Dann mal los, dachte Karl und atmete tief durch, bevor er selbstbewusst weiterging und dreist so tat, als gehörte er hierher.

»Kann ich Ihnen helfen, Sir?«, fragte einer der Rausschmeißer und versperrte Karl geschickt den Weg.

»Nein danke. Ich kenne den Weg. Ich war hier schon –«

»Das ist ein formeller Empfang mit Abendgarderobe, Sir. Sie scheinen mir nicht dem Anlass entsprechend gekleidet zu sein.«

»Ich weiß. Ich komme gerade aus dem Flugzeug. Die haben meinen verdammten Koffer verloren, ist das zu glauben?«

Der Mann glaubte das offenkundig nicht. »Haben Sie Ihre Einladung dabei, Sir?«

»Einladung? Oh ...« Karl griff von einer Tasche in die nächste. »Einladung ...? Ach, jetzt fällt es mir wieder ein. Die war in meinem Koffer. Verdammt!«

»Tut mir leid, Sir, dann darf ich Sie nicht einlassen. Nur mit Karte.«

»Machen Sie sich nicht lächerlich, Mann. Man hat mich gebeten, eine Rede zu halten –«

»Karl?«, ertönte eine Stimme dicht hinter ihm.

Karl drehte sich um. Einer der Rausschmeißer grinste. Er hatte eine gewisse Ähnlichkeit mit Steven Seagal, nur größer und ohne Pferdeschwanz.

»Pat? Was zum Teufel machst du hier?«, sagte Karl lächelnd und streckte die Hand aus. »Ich dachte, du wärst mit einer Gruppe Wrestler aus Russland auf Europatour.«

»Hab mir beim Training im Ring drei Rippen und einen Zeh gebrochen.« Pat grinste. »Jetzt bin ich wieder zu Hause und muss dieser Bande hier die Windeln wechseln.«

Alle Rausschmeißer grinsten breit. Gruselig. Eine Familie von Kürbisköpfen an Halloween.

»Wie läuft es bei dir, Karl?«

»Ganz gut. Könnte besser sein; könnte allerdings auch sehr viel schlechter sein.«

»Ich hab das mit Katie gehört, als ich in Frankreich

war. Schrecklich. Gott sei Dank hat der Schleimbeutel bekommen, was er verdient hat, als er in Stücke gerissen wurde.«

»Ja. Das stimmt wohl.« Karl wollte hinzufügen, dass kein Gott etwas mit Katies Rettung zu tun hatte, sondern einem tapferen Sterblichen namens Brendan Burns der Verdienst gebührte. Doch stattdessen konzentrierte er sich darauf, in den Ballsaal zu gelangen. »Hör mal, Pat, ich muss echt dringend mit Mark Wilson sprechen. Wie sieht's aus?«

»Ja, ich hab ihn vor etwa einer Stunde gesehen.« Pats Grinsen schmolz dahin wie Eiscreme im Sommer. »Hat mich nicht mal gegrüßt. Der ist und bleibt ein arroganter Wichser.«

»Da sind wir uns vollkommen einig, mein Freund.«

Pat nickte den Rausschmeißern zu. Einer drehte sich um und öffnete die Tür.

»Ich schulde dir was, Pat«, sagte Karl und betrat den Großen Ballsaal.

Nach zwei Schritten nahm Karl die gesamte Szene mit wachsamen Augen in sich auf. Delegierte aus aller Welt saßen an der Tafel und futterten erstklassige Häppchen. Der Unterschied bei diesen speziellen Delegierten bestand in der Bekleidung: ausnahmslos Polizeiuniformen. Der Albtraum eines jeden Kriminellen. Chicago, New York, Sydney, London, Paris etc. – und die getrennten Geschwistermetropolen Belfast und Dublin.

Jede Menge Typen, die gern harte Männer sein wollen – und vielleicht einer oder zwei, die es auch sind, dachte Karl.

Lokalpolitiker – die nie Hemmungen hatten, ihre gierigen Schnauzen in den Trog zu tunken – bedienten sich reichlich am kostenlosen Futter. Sonst gaben sie für die wachsamen Kameras und die Trottel, die sie wählten, die eingeschworenen Todfeinde, doch jetzt klopften sie einander mehr als freundschaftlich auf die Schultern. Karl fand stets unbegreiflich, dass die Leute diese abstoßenden Scharaden nicht jeden Tag aufs Neue durchschauten.

»Kann ich Ihnen ein Gratisgetränk bringen, Sir?«, fragte ein schick gekleideter Kellner und riss Karl aus seinen Gedanken.

»Gratis?« Karl war immer misstrauisch, wenn es etwas umsonst gab.

Der Kellner nickte. »Heute Abend sind alle Getränke umsonst, Sir.«

»Erzählen Sie das dem Steuerzahler, wenn das Jahr zu Ende ist.«

»Pardon?«

»Hennessy, bitte. Einen großen. Ich kann mir ebenso einen Teil meiner sauer verdienten Steuergroschen wiederholen, die diese Bande bekommt.«

Karl wartete, bis der Kellner keine Minute später zurückkehrte. Der junge Mann lehnte das angebotene Trinkgeld höflich ab.

»Heute Abend ist es uns nicht gestattet, Trinkgeld anzunehmen, Sir. Aber trotzdem vielen Dank.«

»Warum bin ich nicht überrascht? Politiker und Polizisten rücken nicht gern mit ihrem Geld raus, was?«

»Pardon, Sir?«

»Wenn Sie es keinem sagen, dann sage ich auch nichts«, sagte Karl, zwinkerte und schob dem jungen Mann das Trinkgeld in den Gürtel.

Karl ließ den Hennessy sein Aroma im Mund entfalten, achtete aber sorgfältig darauf, dass er es mit dem Gratisalkohol nicht übertrieb. Er musste unbedingt einen klaren Kopf bewahren – jedenfalls für eine Weile. In diesem Moment sah er Wilson, inmitten einer Vierergruppe schneidiger Uniformen mit jeder Menge Lametta. Alle tranken Alkohol, ausgenommen Wilson mit seiner Zitronenlimonade.

Karl ging hin, stellte sich zu ihnen, hörte zu, lächelte und nickte immer dann, wenn alle anderen lächelten und nickten. Sie schienen Karls Anwesenheit überhaupt nicht zu bemerken, während sie weiter großspurig laberten, damit prahlend, wie sie gefährliche Kriminelle zur Strecke brachten.

Ein großer Polizist aus Chicago erzählte, wie sie nach einer missglückten Festnahme von zwei bewaffneten Männern in die Enge getrieben worden waren.

»Toller Abend, Mark«, sagte Karl lächelnd und hob das Glas in Richtung seines Exschwagers. »Danke für die Einladung.«

Mark Wilsons rotes Gesicht wurde weiß, dann wieder rot. Seine Haut spannte sich. Es sah aus, als wollte er etwas sagen, aber er brachte kein Wort heraus. Seine Hand schien das Glas zerquetschen zu wollen, das er hielt.

Der Polizist aus Chicago beendete seine Geschichte mit einem Scherz. Alle in der Gruppe lachten, nur Wilson nicht.

»Das ist der Hammer«, sagte Karl und tat so, als würde er sich Tränen aus den Augen wischen.

»Der Hammer?«, fragte der Polizist aus Chicago leicht verwirrt.

»Oh«, sagte Karl, dessen Stimme ein wenig nuschelnd klang. »Bei uns meint man damit einen guten Witz, kein potenzielles Mordinstrument. Tut mir leid, wenn das falsch rübergekommen ist.«

Der Polizist aus Chicago runzelte die Stirn, dann grinste er. »Ihr Jungs hier drückt euch echt merkwürdig aus.«

»Kann man wohl sagen«, erwiderte Karl.

»Daniel Brühl, Captain der Polizei der braven Bürger von Chicago«, sagte der Polizist aus Chicago und streckte Karl die Hand hin.

»Karl Kane«, sagte Karl und schüttelte die enorme, feiste Pranke. »Nervensäge der braven Bürger von Belfast. Ist es nicht so, Mark, altes Haus?«

Captain Daniel Brühl lachte laut auf, ebenso die drei anderen Polizisten. Wilson sah weiter mürrisch drein.

»Wenn Sie uns ein paar Minuten entschuldigen würden?«, sagte Wilson, der sein Schweigen schließlich brach und Karl am rechten Arm packte. »Ich muss kurz privat mit Mister Kane sprechen.«

»Wie sonst sollte man mit einem Privatermittler sprechen, wenn nicht privat?« Karls Stimme klang zunehmend nuschelnder. Er torkelte etwas, als er sich von Wilson von der Gruppe weg und zum Notausgang am hinteren Ende des Saals führen ließ.

»Was zum Teufel machst du hier?«, fragte Wilson außer sich, als sie schließlich vor der Tür standen.

»Ich? Ich stehe auf Männer in Uniform. Wollte mal sehen, wie Polizistenbälle so aussehen – oder, noch besser, Politessenbälle.« Karl führte den Brandy zum Mund und schüttete dabei ein wenig auf Wilsons Jackett.

»Du ungeschickter Trottel!«, zischte Wilson, nahm Karl das Glas ab und stellte es auf einen Tisch. »Du bist betrunken – wie immer. Du solltest deinem Schöpfer danken, dass ich dich nicht wegen Trunkenheit und Erregung öffentlichen Ärgernisses verhaften lasse.«

Wilson zwängte sich durch die Tür und zerrte Karl die Treppe hinunter in die kalte Nacht von Belfast.

»Sieh dich nur an«, fuhr Wilson draußen auf der Straße fort. »Du solltest dich schämen. Aber du kennst keine Scham, was? Nur jämmerliches Selbstmitleid. Ich will dein Gesicht hier nicht noch einmal –«

Was folgte, geschah so schnell, dass Wilson vollkommen überrascht wurde. Bevor er reagieren konnte, umschlossen Karls Hände den Hals seines Exschwagers.

»Wenn du dich wehrst, käme ich in Versuchung, dich zu erwürgen, Mister Recht und Ordnung. *Ich bin so nüchtern wie du mit deiner Limonade*«, sagte Karl mit fest zusammengebissenen Zähnen.

»Dafür krieg ich dich am Wickel, Kane. Wart's nur ab.« Wilsons Gesicht war schmerzverzerrt. »Hier sind überall Überwachungskameras. Du kannst dich glücklich schätzen, wenn die dich nur zu zwei Jahren verknacken, weil du einen Polizisten angegriffen hast.«

»Du dürfest länger dafür sitzen, dass du einen gespielt hast.«

»Nimm deine dreckigen Hände von mir – sofort!«

Karl ließ Wilson los und drückte ihm einen großen Umschlag an die Brust. »Sei nicht so verdammt undankbar. Ich habe den weiten Weg auf mich genommen, nur um dir dieses kleine Geschenk zu bringen.«

Wilson betrachtete den hellen Umschlag und hielt ihn wie einen Fetzen verfaulter Haut.

»Was spielst du jetzt wieder für ein Spielchen, Kane?«

»Mach auf und finde es raus, Sherlock.«

Es begann heftig zu schneien, und Wilson und Karl wurden mit dem reinen Weiß überzogen.

Wilson riss den Umschlag auf und nahm langsam den Inhalt heraus. Ein Farbfoto kam zum Vorschein.

»Die Vergrößerung einer Waffe? Soll mich das etwa beeindrucken?«

»Keine x-beliebige Waffe. Sieh sie dir an. Sieh sie dir *lange und gründlich* an.«

Wilson betrachtete das Foto für eine nicht unerhebliche Weile, ehe er wieder das Wort ergriff.

»Und? Was um alles in der Welt soll ich sehen?«

»Das ist die Waffe, die du Harry Cunningham in der Nacht gegeben hast, als er ermordet wurde. Siehst du den Hammer? Wie er zurechtgefeilt wurde, dass er keinen Kontakt bekommt?«

»Was faselst du jetzt schon wieder? Kennen dein Wahnsinn und deine Paranoia kein Ende?«

»Für manche Leute kommt das Ende, noch bevor sie richtig angefangen haben.« Karl griff in den Mantel und holte noch einen Umschlag heraus, diesmal mit einer Fotokopie von Phillips' Brief. »Hier. Sieh dir das gründlich an.«

Wilson schien nicht geneigt, noch etwas von Karl anzunehmen.

»Was ist das?«

»Lies, dann weißt du es. Das ist ein Brief von einem Geist, und ich meine nicht den Geist der vergangenen Weihnacht – ich rate dir aber, lies ihn nach dem Bankett. Er könnte deinem empfindlichen Magen zusetzen. Und wir wollen ja nicht, dass du die vielen hochdekorierten Bosse da drinnen vollkotzt, oder? Das wäre schlecht für die weiße Weste, die du allen zeigst.«

»Diesmal hast du dich zu weit aus dem Fenster gelehnt, Kane. Noch mehr Gestammel eines Irren?«

»Wirklich? Ich sehe allmählich so manches klar, das mir bis vor Kurzem unklar gewesen ist. Wenn man die Beweise gründlich untersucht, dürfte deine Rolle wirklich ziemlich klar werden.«

»Deine Fantasie als verkrachter Schriftsteller geht mit dir durch, Kane. Jeder weiß, dass du verrückt bist.«

»Tatsächlich? Na ja, falls *du* was Verrücktes vorhast, die Originale sind sicher und wohlbehalten versteckt. Du willst doch bestimmt nicht, dass sie in falsche Hände geraten, oder?«

»Drohst du mir, Kane? Denkst du vielleicht an Mord?«

»Im Augenblick möchte ich dich gerade nicht töten, aber es steht noch auf meiner Liste der Dinge, die ich tun will, bevor ich sterbe«, sagte Karl, der sich langsam von Wilson entfernte. »Geh zurück zu deinen Polizistenfreunden, Mark, und lass es krachen. Vielleicht kannst du ja sogar gut schlafen … heute Nacht.«

Kapitel Neunundzwanzig

Im Schatten des Zweifels

»Sie ist nicht deine Freundin. Nur jemand, den du benutzt, damit du dich besser fühlst.«
Ricky Fitts in *American Beauty*

Zwei Tage später saß Karl in seinem Büro, las Zeitung und grinste verschmitzt in sich hinein, als Naomi das Zimmer betrat.

»Was ist so lustig, Karl?«

»Hm? Oh, ich habe nur gerade gelesen, dass in den USA drei Männer erschossen wurden. Offenbar ein Mafia-Mord.«

Naomi schüttelte angewidert den Kopf. Sie fühlte sich stets unwohl, wenn er Witze über Tote machte. Obwohl sie schon lange mit Karl zusammen war, fand sie seinen Galgenhumor manchmal anstrengend. »Und das ist komisch?«

»Nein, natürlich nicht«, sagte Karl und zeigte Naomi die Seite. »Aber die Überschrift.«

Schießerei in Chicago wie in Belfast.

»Wie in Belfast ...?« Naomi runzelte die Stirn.

»Das ist Ironie. Du bist zu jung, dich an alle Schlagzeilen hier zu erinnern, wenn jemand erschossen wurde. Da hieß es immer ›Schießerei in Belfast wie in Chicago‹. Schön, zu sehen, dass die Amerikaner es unseren scheinheiligen Schreiberlingen endlich heimzahlen.«

»Karl, glaubst du, es war schlecht, wie ich Jemma behandelt und über sie gesprochen habe – ich meine, Sarah?«

»Hat dich das die letzten Tage beschäftigt? Du hast keinen Grund, dich schuldig zu fühlen, Naomi. Ich kann dir versichern, dass Sarah es dir nicht übel genommen hat, und wenn –«

Karls Handy auf dem Tisch klingelte wie auf ein Stichwort hin. Er griff danach und las die Nummer auf dem Display. Er kannte sie nicht. Er mochte keine unbekannten Anrufer. Entweder wollten sie an sein Geld, oder sie wollten ihm ans Leben.

Er legte das Telefon weg und wandte sich wieder seiner Zeitung zu.

Das Telefon klingelte unablässig weiter. Karl las.

»Willst du nicht rangehen, Karl?«

»Sollen ruhig ihre Zeit vergeuden. Die geben vor mir auf.«

Das Telefon verstummte.

Karl lächelte. »Siehst du, Naomi? Erledigt. Geduld ist eine Tugend, wenn man nicht –«

Es fing wieder an zu klingeln.

»Geh ran, oder schalt es aus«, sagte Naomi. »Wenn du glaubst, dass ich mir das den ganzen Tag anhöre, solltest du noch mal nachdenken.«

Karl nahm das nervtötende Plastikteil erneut zur Hand. »Hallo?«

»Karl?«, meldete sich eine Frau am anderen Ende. Sie klang zögerlich.

»Wer spricht da, bitte?«

»Desiree ... Desiree Wilson.«

Karls Gesichtszüge erstarrten. Sein Herz schlug schneller.

»*Was ist los? Wer ist das?*«, flüsterte Naomi.

Karl schüttelte den Kopf, um ihr zu bedeuten, dass sie still sein solle.

»Hallo ... Desiree. Das ist ein unerwarteter Anruf. Ist lange her.«

»Ja ... lange, Karl ...«

Karl hörte das Zögern in ihrer Stimme noch deutlicher.

»Was kann ich für dich tun, Desiree?«

»Ich ... ich würde, wenn möglich, gern mit dir reden. Ich weiß ... wie beschäftigt du sein musst, aber ...«

»Nicht so beschäftigt, dass ich die Zeit dafür nicht finden würde. Wann passt es dir?«

Eine weitere Pause. Karl stellte sich vor, dass jemand sie bedrängte. Vermutlich Wilson, der neben ihr saß.

»So schnell wie möglich«, sagte sie schließlich.

»Wie wäre es mit heute? So gegen drei, hier in meinem Büro?«

»Drei, in deinem Büro ...?« Wieder eine Pause. »Ja, das wäre prima, Karl. Danke. Vielen Dank.«

»Bis später, Desiree.« Karl unterbrach die Verbindung.

»Desiree?«, fragte Naomi.

»Warum ziehst du immer so ein komisches Gesicht, wenn eine Frau anruft? Hätte ich Desmond gesagt, hätte dich das kein bisschen gejuckt.«

»Weil es immer Frauen sind, die als Klienten für Ärger sorgen. Männer bezahlen stets im Voraus, aber eine Tränendrüsendrückergeschichte von einer Frau, und schon ist das Honorar auf Nimmerwiedersehen abgeschrieben.«

»Vor zehn Sekunden hast du noch Schuldgefühle wegen

Sarah Cohen gehabt. Hat ja nicht lange gedauert, bis du wieder ganz die Alte bist.«

»Wer ist diese Desiree eigentlich, und was will sie?« Naomi verschränkte die Arme zum Kampfmodus.

»Ich kann dir sagen, wer sie ist, aber was sie will, dürfte etwas komplizierter sein. Sogar sehr viel komplizierter ...«

*

Es ging auf drei Uhr zu, als Naomi Desiree Wilson in Karls Büro führte. Über Desirees Schulter sah Karl Naomis Miene, und es war nicht das herzliche Begrüßungsgesicht, das sie normalerweise für Klienten aufsetzte. Sekunden später schloss Naomi die Tür und ließ Karl und Desiree allein.

Karl überlegte, ob er Desiree mit einem dieser lächerlich weibischen Luftküsschen oder einem männlichen Handschlag begrüßen sollte. Er entschied sich für keins von beiden und bot ihr stattdessen einen Stuhl an.

»Es ist lange her, Karl«, sagte Desiree und setzte sich. Auf Karl machte sie einen eindeutig nervösen Eindruck.

»Ich glaube, das letzte Mal haben wir uns vor all den Jahren auf deiner Hochzeit gesehen, Desiree.«

Desiree nickte. »Kaum zu glauben, was?«

Desiree Cunningham – wie sie damals noch hieß – war eine natürliche Schönheit und erinnerte Karl stets irgendwie an die junge Grace Kelly. Sie hatte wallendes blondes Haar und stahlblaue Augen, die jeden gesunden Mann im Umkreis von zehn Meilen fesselten. Karl hatte sich damals stets als kerngesund angesehen, und er wohnte nur fünf Meilen von ihr entfernt.

Jetzt blickte sie ihn über den Schreibtisch hinweg nervös an, und er musste zugeben, dass die Jahre es gut mit Desiree Wilson gemeint hatten und sie immer noch ein Gesicht besaß, für das man sterben könnte. Die Eine-Million-Dollar-Frage für Karl lautete jedoch: War es ein Gesicht, für das man *töten* würde?

»Möchtest du einen Kaffee, Desiree, oder etwas Stärkeres?«

»Nein … danke. Ich trinke schon lange keinen Alkohol mehr, seit ich …« Sie vollendete den Satz nicht.

Karl hatte keine Mühe, die fehlenden Worte zu ergänzen.

»Ein schönes Büro hast du, Karl«, plauderte Desiree und sah sich in dem winzigen Raum um.

»Na ja, zum Glück habe ich keine Katze. Ich hätte nicht genügend Platz, sie zu schwingen.«

Desiree ließ ein zaghaftes Grinsen sehen.

»Ich weiß, ich sollte nicht lachen, aber weißt du noch, wie Lynne einmal Agatha nach dir geworfen hat?«

»Sechzehn Stiche auf der Wange vergisst man nicht. Einige Narben habe ich immer noch.« Karl erwiderte das Lächeln. »Ich habe diese Katze immer gehasst. Sie war so gruselig wie Lynne – und das will was heißen. Ich nehme an, sie hat dir alles erzählt?«

»Nein, das war Mark. Weißt du, was sie ihm gesagt hat?«

»Was?«

»Zitat: ›Dieser Drecksack Karl Kane hat zu mir gesagt, das wäre das letzte Mal gewesen, dass ich ihm meine Muschi aufzudrängen brauche.‹ Der arme Mark ist fast ohnmächtig geworden, der arme Kerl.« Desiree lachte laut. »Hast du das *wirklich* gesagt?«

Karl nickte. »Einer meiner besseren Sprüche, das muss ich zugeben. Damals hat es mich die Schmerzen im Gesicht ein wenig vergessen lassen.«

»Ich weiß, was zwischen dir und Lynne gelaufen ist, Karl, warum ihr euch getrennt habt, und ich bin froh, dass du eine nette Frau gefunden hast. Naomi ist ein hübsches Ding. Sie sieht ganz anders aus, als Lynne sie beschrieben hat.«

»Ich kann mir gut vorstellen, wie Lynne Naomi beschrieben hat«, sagte Karl. »Aber genug von meinem aufregenden Leben. Was genau kann ich für dich tun, Desiree?«

»Na ja …« Desiree schien sich zu sammeln. »Es geht um Mark und dich. Diesen … diesen endlosen Konflikt.«

»Da musst du schon etwas deutlicher werden.«

Plötzlich lag eine gewisse Spannung in der Luft zwischen ihnen.

»Mark hat mir den Brief des Detectives gezeigt, der tot im Hafen gefunden wurde.«

»Edward Phillips war sein Name.«

»Edward Phillips. Ja.«

»Und?«

»Ich weiß, was du Mark vorwirfst, Karl.« Sie verzog angewidert das Gesicht.

»Ich habe Mark gar nichts vorgeworfen – noch nicht.«

»Okay, du hast *angedeutet*, er könnte etwas mit Harrys Tod zu tun haben. Das ist lächerlich. Glaubst du, ich wüsste nicht, wenn Mark irgendwas damit zu tun hätte?«

»Die Antwort darauf weiß ich nicht, Desiree. Ich weiß aber aus bitterer Erfahrung, dass die Zeitspanne, die wir mit einem Menschen zusammenleben, uns nicht zwangsläufig zu Experten für diesen Menschen macht – besonders, wenn dieser Mensch Geheimnisse hat, die er im Verborgenen lassen möchte.«

»Du redest von Lynnes Untreue, nicht? Du glaubst, Mark und ich hätten eine Affäre gehabt, die irgendwie zu Harrys Tod führte?« Desiree verzog defensiv das Gesicht.

»Das habe ich nicht gesagt, aber wenn der Schuh passt …«

»Das ist nicht fair, Karl. Nur weil Lynne untreu war, heißt das nicht, dass jede Frau es ist.«

»Das weiß ich, Desiree. Es ging nicht nur darum, dass Lynne eine Affäre hatte. Die Tatsache, dass sie sie mit einer Frau hatte, war der Hammer.«

Desirees Gesicht lief knallrot an. Sie sah völlig verblüfft aus. Sie machte den Mund auf, brachte aber kein Wort heraus.

Karl lächelte bitter. »Tut mir leid, wenn ich dich schockiert habe.«

»Das ... das wusste ich nicht. Weder Lynne noch Mark haben je gesagt, dass es eine Frau war ...«

»Na ja, das ruft man ja auch nicht gerade am Victoria Square von den Dächern, oder? Aber dein Göttergatte Mark hat es gewusst. Das meine ich mit Geheimnissen, Desiree. Sie sind ein wenig wie Matrjoschka-Puppen. Es ist *immer* noch eines darin. Irgendwo. Aber früher oder später entdeckt immer jemand das Geheimnis.«

»Wie du das sagst. Glaubst du, *ich* habe etwas mit Harrys Tod zu tun gehabt?« Sie sah schockiert drein.

»Das habe ich auch nie gesagt.«

»Du hast es indirekt angedeutet.« Desirees ruhige Stimme klang etwas schriller. »Du glaubst, ich könnte irgendwie in das verwickelt sein, was Harry zugestoßen ist? Oder dass Mark ihn töten ließ, damit er mich heiraten konnte? Das ist krank.«

Desiree stand so unvermittelt auf, dass der Stuhl umkippte, auf dem sie saß. Ihr rotes Gesicht wurde binnen Sekunden leichenblass. »Mark hat mich gewarnt, dass ich gar nicht erst versuchen soll, dich vom Gegenteil zu überzeugen. Er sagte, du wärst Vernunftgründen nicht zugänglich und durch und durch krank und verbittert. Und soll ich dir was sagen, Karl? Er hat recht. Du *bist* ein kranker Mensch, aber ich warne dich, wenn du weiterhin –«

Die Bürotür flog auf. Naomi stand unter der Tür und zog ein Gesicht wie der Zorn Gottes. »Sie warnen niemanden unter diesem Dach, *Mrs* Wilson. Ihre Zeit ist um. Gehen Sie – *sofort*.«

Desiree betrachtete Naomi, dann Karls ausdrucksloses Gesicht.

»Ihr beide passt zueinander«, sagte Desiree und rauschte hastig an Naomi vorbei und zur Tür hinaus.

Zehn Sekunden vergingen, bis Karl etwas sagte. »Ist das etwa deine Art, mit einer potenziellen Klientin zu reden? Ich dachte, du hättest dich geändert.«

»Die kann von Glück sagen, dass ich sie nur *verbal* hinausgeworfen habe. Mir hat man noch beigebracht, dass man *Ältere* immer respektieren soll.«

»Oh, Naomi Kirkpatrick, du kleines Biest!« Karl stand auf und ging zu ihr. »Zieh die Krallen wieder ein, bevor du noch jemanden verletzt.«

Naomi lächelte. »Ich war gut, was?«

»Kann man wohl sagen, Süße.« Er küsste sie auf die Wange. »Kann man wohl sagen.«

»Was glaubst du? *Ist* sie schuldig?«

»Das weiß ich wirklich nicht. Aber eines weiß ich: Die Wortwahl ist immer ein Indikator dafür, was im Kopf eines Menschen vor sich geht.«

»Was meinst du damit?«

»Sie hat Harrys Tod nicht ein einziges Mal als Mord bezeichnet. Sie ist wenigstens dahingehend schuldig, dass sie herunterspielt, was ihm zugestoßen ist. Ein unbedachtes Wort kann Bände sprechen. Und es kann Bestand haben und uns heimsuchen.«

Kaum hatte er zu Ende gesprochen, läutete das Telefon.

»Hallo?«

»Mister Kane? Hier ist Detective Chambers.«

»Und?«

»Ich wollte Ihnen nur mitteilen, dass Charley Montgomery aus der Untersuchungshaft entlassen und von allen Anklagepunkten in Zusammenhang mit dem Mord an Kevin Johnson freigesprochen wurde. Frankie Murphy, Kevin Johnsons Hauptrivale, soll des Mordes angeklagt werden. Einer von Murphys Schlägern, Paddy O'Neill, der letzte Woche wegen eines anderen Mordes verhaftet wurde, hat einen Deal gemacht und gegen seinen ehemaligen Boss ausgesagt. Laut O'Neill hatte Murphy es satt, dass Johnson zu oft sein Territorium verletzt hat.«

»Ich will nicht sagen, dass ich es Ihnen gesagt habe, obwohl ich es Ihnen gesagt habe«, meinte Karl. »Paddy O'Neill, was? Noch so ein ›harter‹ Mann, der Verbrechen begehen, aber nicht die Zeit dafür absitzen kann. Wenigstens kann der gute Charley ab sofort wieder machen, was er am besten kann: Leuten in den Rücken schießen. Ziemlich laut, aber nicht so interessant wie anderen die Hände abhacken.«

»Tja, ich wollte mich nur kurz melden und es Sie wissen lassen«, sagte Chambers. »Guten Tag, Mister Kane.«

»Halt, bevor Sie auflegen … hören Sie … danke, dass Sie mich informiert haben. Sie hätten es nicht tun müssen. Dafür danke ich Ihnen. Sie … Sie sind kein schlechter Polizist, und das ist gut.«

»Aus Ihrem Mund kommt das wohl einem Lob gleich. Danke, Mister Kane. Schönen Tag noch.«

Kapitel Dreißig

Gefährliche Leidenschaft

»Wem Böses widerfährt, der tut Böses.«
W. H. Auden, *1. September 1939*

»Karl? Da möchte dich jemand sprechen. Eine Frau«, sagte Naomi, die an der Bürotür stand. Seit dem Besuch von Desiree Wilson waren zwei Tage vergangen.

»Hat sie einen Termin?« Karl sah nicht einmal von der Zeitung auf. »Wenn nicht, sag ihr, sie soll einen machen, und ich –«

»Karl?«, sagte Naomi fast schüchtern.

Langsam wandte Karl den Blick von der Zeitung ab und sah in Naomis besorgtes Gesicht.

»Was? Was ist denn? Du siehst aus, als hättest du ein Gespenst gesehen.«

»Sie sagt, ihr Name ist Judith Levy und dass es wichtig ist, mit dir zu sprechen.«

»Wichtiger als das morgige Rennen?«

Naomi antwortete nicht; sie ging einfach hinaus und ließ Karl verwirrt zurück.

Sekunden später trat die Frau ein.

»Mister Kane?«, sagte sie und streckte die Hand aus. »Mein Name ist Judith Levy.«

Karl war zutiefst schockiert. Die Frau war fast das Ebenbild von Sarah Cohen, aber mit den verblüffendsten Augen, die er je gesehen hatte. Eines grün. Eines blau. Augen, die der verstorbene, aber kaum beweinte Harold Taylor als die einer Frau namens Kerry Morgan erkannt hätte.

»Verzeihen Sie …«, sagte Karl. »Ich wollte Sie nicht anstarren. Es ist nur … Sie erinnern mich an jemanden.«

Der Hauch eines Lächelns erhellte Judiths Gesicht. »Meine Schwester. Sarah Cohen. Ich glaube, Sie kannten sie als Jemma Doyle.«

»Ja, Jemma Doyle …« Karl nickte langsam. »Waren Sie Zwillinge?«

»Sarah ist …« Judith zögerte. »Sarah war zwei Jahre älter als ich. Aber die Leute haben uns oft für Zwillinge gehalten.«

»Bitte, möchten Sie sich nicht setzen, Judith? Kann ich Ihnen eine frühe Tasse irgendwas bringen?«

»Nein danke«, sagte Judith und setzte sich.

»Lassen Sie mich Ihnen zuallererst mein Bedauern aussprechen, Ihnen und Ihrer Familie, Judith. Ich war sehr traurig, als ich die schreckliche Nachricht über Sarah erfahren habe.«

»Sarah setzte großes Vertrauen in Sie, Mister Kane. Sie sagte, Sie wären ein anständiger und vertrauenswürdiger Mann.«

»Das höre ich gern, aber es gibt eine Menge Leute in Belfast, die genau das Gegenteil behaupten würden.«

»Zu denen dürfte vermutlich mein Bruder Malachi gehören.«

»Ihr Bruder?«

»Sie sind ihm auf der Beerdigung begegnet. Offenbar haben Sie sich die Hände geschüttelt.«

»Oh, ja. Er hat gedroht, mich zu töten – mehrmals«, sagte Karl, fast blasiert.

Judiths Gesicht lief knallrot an. »Malachi war schon immer ein Hitzkopf. Aber Hunde, die bellen, beißen nicht.«

»Nur ist er kein Hund.«

»Er ist vor zwei Tagen nach Europa abgereist. Er hat nicht die Absicht, jemals zurückzukommen.«

»Hoffentlich hatte mein Gespräch mit ihm etwas damit zu tun. Ehrlich gesagt kann ich es ihm unter den gegebenen Umständen nicht verdenken.« Karl richtete sich auf dem Stuhl auf. »Aber was genau kann ich für Sie tun, Judith?«

»Ich bin gekommen, um mich zu entschuldigen.«

»Entschuldigen?« Karls Gesicht nahm einen verwirrten Ausdruck an. »Ich verstehe nicht.«

»Für das, was meine Familie Ihnen angetan hat … im Schlachthof.«

»Schlachthof?«

»Ich verstehe, dass Sie misstrauisch sind und nicht darüber reden möchten –«

»Ich bin nicht misstrauisch«, sagte Karl, der sofort misstrauisch wurde.

»Ich habe an dem Abend mit Sarah ferngesehen, als Malachi Ihr Foto mit dem Handy geschickt und sie gebeten hat, zu bestätigen, dass Sie es sind. Sarah war entsetzt darüber, was die Familie Ihnen angetan hatte – genau wie ich.«

Argwohn erfüllte Karl. »Offen gestanden, Judith, kann ich mit Ihnen wirklich nicht darüber reden. Das war Teil eines Falles, in dem ich … ermittelt habe. Ich darf keine Informationen preisgeben, weil das gegen meine Schweigepflicht verstoßen würde. Bitte seien Sie mir nicht böse. Wenn die Polizei fragen würde, bekäme sie dieselbe Antwort zu hören.«

»Wissen Sie, wie es ist, einen Menschen zu töten, Mister Kane? Oder auch nur für seinen Tod verantwortlich zu sein, ganz gleich, wie schlecht dieser Mensch gewesen ist?«

Die Frage brachte Karl aus dem Gleichgewicht.

»Das ist eine recht seltsame Frage, Judith.«

»Wissen Sie über die Ermordung von Sarahs drei Kindern in Ballymena Bescheid?«

»Nur bruchstückhaft, und nur, weil es in den Berichten über Sarahs Tod erwähnt wurde und die Medien auf den schrecklichen Brand hinwiesen.«

»Die Kinder – Benjamin, Nora und Judith – starben unter schrecklichen Umständen, obwohl Sarah und die Nachbarn alles versuchten, um sie zu retten. Sarah war fürs Leben gezeichnet, geistig wie körperlich. Ihr Mann beging kurze Zeit darauf Selbstmord, weil er sich Vorwürfe machte, dass er auf Geschäftsreise gewesen war und nicht zu Hause …«

Karl sah Schmerz und Traurigkeit wie ein trübes Licht in Judiths Augen. Dieselbe Traurigkeit hatte er auch bei ihrer Schwester gesehen.

»Warum wurden Sarahs Haus und ihre Familie zu Zielscheiben?«

»Einfach nur, weil sie Jüdin war. Vier Männer – alle Mitglieder einer Neonazi-Bande – waren darin verwickelt und auch von der Polizei festgenommen worden. Bei der sogenannten Verhandlung sprach man aber alle vier frei, obwohl die Spatzen von den Dächern pfiffen, dass sie die Morde begangen hatten.«

»Das war und ist leider nicht das erste Fehlverhalten der Justiz, Judith.« Karl schüttelte angewidert den Kopf. Er dachte an die Ermordung seiner Mutter und die anschließende Farce einer Gerichtsverhandlung mit dem unverzeihlichen Ausgang. »Und es dürfte ganz sicher nicht das letzte sein.«

»In der verkohlten Ruine blieb nur eine alte Wanduhr verschont, die noch perfekt funktionierte. Mein Vater hängte sie im Schlachthof auf, damit alle, die an den Morden beteiligt waren, sie sehen mussten. Er wollte, dass sie das vorwurfsvolle *Ticktack* hörten …«

Karl kratzte an einem Nikotinpflaster an seinem Arm und wünschte sich eine Kippe zwischen den Fingern. Er bildete sich ein, dass er die Uhr in seinem Kopf ticken hörte.

»Mein Vater veränderte sich an dem Tag, als die Mörder freigesprochen wurden, Mister Kane, und sagte, er wäre nicht mehr bereit, der unsichtbare Jude zu sein. Als … als wir anfingen, weil wir Gerechtigkeit für die Kinder wollten, war ich dafür – wie wir alle. Wir hatten ja keine Ahnung, was für eine Katastrophe daraus werden würde.« Judith sah Karl durchdringend an. »Vermutlich sitzen Sie hier und denken sich, wie abscheulich böse ich doch bin?«

»Nein … keineswegs …«

»Sie sind ein intelligenter Mann, Mister Kane. Vermutlich haben Sie nicht lange gebraucht, um dahinterzukommen, dass Thomas Blake nicht Sarahs Onkel war.«

»Ich würde das Thema Intelligenz nicht überbewerten, Judith. Für mich ist Intelligenz mehr eine Konsequenz als eine Option. Welche Rolle spielte Blake bei alldem?«

»Er zündete das erste Streichholz an. Harold Taylor stand Schmiere. Billy Brown brachte das Benzin mit. Brown war der Erste, der für seine Tat bezahlte.«

»Warum haben Sie Browns Hand vor meiner Tür abgelegt?«, fragte Karl, obwohl er vermutete, dass er die Antwort bereits kannte.

Judiths blasses Gesicht errötete leicht. »Das war so nicht geplant. Manches kam unerwartet.«

»Zum Beispiel der Streifenwagen am Ende der Straße?«

Judith schien bestürzt, dass Karl Bescheid wusste. »Ja …«

»Warum die Hand? Warum nicht der ganze Leichnam?«

»Auge um Auge. *Wenn deine rechte Hand dich zur Sünde verleitet, schneide sie ab und wirf sie weg.* Das wurde zum Leitspruch meines Vaters.«

»Na ja, wenn man das auf jeden hier in Belfast anwenden würde, dann würden ziemlich viele Hände im Lagan treiben.«

»Es ist die Maxime, nach der mein Vater lebte. Außerdem war es eine Botschaft, eine psychologische Botschaft an die Bandenmitglieder, mit der wir sie aufschrecken wollten.«

»Welche Bedeutung hat die Zahl achtundachtzig auf den Händen?«

Judith zögerte scheinbar einen Moment, bevor sie antwortete. »Die 8 steht für den achten Buchstaben des Alphabets, H. Zwei Mal, 88, bedeutet *HH* oder *Heil Hitler*.« Die beiden letzten Worte sprach sie aus, als hätte sie Gift im Mund.

»Kranke Drecksäcke.«

»Nicht krank«, verbesserte ihn Judith. »Böse.«

»Sie sagten, es seien vier Männer in die Ermordung der Kinder verstrickt gewesen. Bis jetzt haben Sie nur drei erwähnt.«

»Nigel Potts. Leider wissen wir nicht, wo er sich aufhält. Wir vermuten, dass er der Anführer war. Außerdem gab es Hinweise auf einen fünften Mann, aber der wurde nie namentlich genannt.«

»Wenn Sie gekommen sind, um mich zu bitten, dass ich diesen Potts finde, dann vergeuden Sie Ihre Zeit, Judith. Hätte ich gewusst, *warum* Sarah Blake suchte, hätte ich nie nach ihm gesucht, auch wenn es mir keine schlaflosen Nächte bereitet, was passiert ist. Er war ein Schleimbeutel und hat verdient, was ihm zugestoßen ist.«

»Nein, wir wollen nicht, dass Sie nach Mr Potts suchen. Das ist vorbei. Ich bin hier, um mich zu entschuldigen, und das habe ich getan. Mein Mann und ich wollen irgendwo anders noch einmal neu anfangen, genau wie mein Bruder.« Judith stand auf.

»Und Ihr Vater? Ist er mit Ihrer Entscheidung einverstanden?«

»Mein Vater? Oh ... Sie haben es noch nicht gehört. Er ist tot. Ermordet.«

»Was ...?« Die Neuigkeit schockierte Karl, aber nicht so sehr wie die erschöpfte Gleichgültigkeit in Judiths Stimme. »Wann? Wie?«

»Er wurde vor fast einer Woche auf dem Nachhauseweg erschossen. Zum Glück musste er nicht leiden und war auf der Stelle tot.«

»Es ... tut mir leid, das zu hören, Judith. Wirklich. Mir ist unbegreiflich, wieso ich das nicht in den Nachrichten gehört habe.«

»Es stand in der Lokalzeitung, aber den größeren Blättern war es offenbar nicht wichtig genug. Warum auch? Schließlich war er in deren Augen wieder unsichtbar geworden.« Judith streckte die Hand aus. »Leben Sie wohl, Mister Kane. Und danke.«

»Kann ich Ihnen ein Taxi rufen oder so?«, fragte Karl und schüttelte die Hand.

»Nein, schon gut. Mein Mann parkt in zweiter Reihe vor Ihrem Haus und hält nach Politessen Ausschau.«

»Auf Wiedersehen, Judith. Passen Sie gut auf sich auf ... immer.«

Er sah ihr am Bürofenster nach, wie sie sich einem Auto näherte. Ein ernster Mann stieg aus und öffnete die Tür. Er küsste sie zärtlich auf die Wange, und sie ließ dieses traurige

Lächeln sehen. Der Mann war groß, muskulös und modisch gekleidet. Sekunden später schlug er die Autotür hinter ihr zu, doch zuvor sah er direkt zu Karl hinauf und nickte anerkennend oder dankbar.

Karl sah dem Auto nach, wie es die schmale Hill Street mit ihrem Kopfsteinpflaster entlangfuhr, und hoffte, dass er Sternmann hier und heute zum letzten Mal gesehen hatte.

Kapitel Einunddreißig

Hill Street Blues

»Ich geh heim, ins Bett, wo ich mir keinen Ärger einhandle.«
Robert Mitchum in *Ein Satansweib*

Karl fuhr im Bett hoch und schnappte nach Luft. Sein Bauch fühlte sich so verkrampft an, als hätte er die ganze Nacht Klappmesser gemacht. Wieder hatte ihn ein Albtraum geplagt.

Die Albträume kamen in letzter Zeit immer häufiger und intensiver – und waren eher visionär denn fantastisch. Seine tote, blutüberströmte Mutter, die ans Fenster klopfte und hereinwollte, um ihrem Verfolger und Mörder zu entkommen. Die Detectives McKenzie und Cairns standen neben ihr, beide lächelnd, und hielten sie zurück. Im grauen Platzregen konnte man ihre von Schusswunden zerfetzten Gesichter kaum erkennen, und mit den leeren Augenhöhlen sahen die beiden Polizisten noch wütender und grausamer aus, als Karl sie in Erinnerung hatte.

Du willst deine Mutter, Kane? Komm raus und hol sie dir, höhnte Bulldog, während Cairns an ihrer Kleidung zerrte und sie auszog. Sie war ein Skelett. Mehr nicht.

Im benebelten Hintergrund dieses Wahnsinns hörte er seinen Vater schreien: Er wollte befreit werden, um seiner gequälten Frau zu helfen, um wiedergutzumachen, dass er nicht da gewesen war, als sie ihn so dringend gebraucht hätte.

Bitte, flehte Karls Vater immer und immer wieder. *Bitte* …

Weitere Gesichter tauchten abwechselnd auf. Sarah Cohen und Laura Fleming, traurig und voller Blut.

Er sah Naomi an. Dass sie so still dalag, beängstigte ihn. Er streckte die Hand aus, berührte sie und registrierte erleichtert, dass sie sich bewegte.

Karl griff nach dem Wasserglas auf dem Nachttisch und kippte die Flüssigkeit in einem Zug. Sie schmeckte abgestanden und leicht staubig. Die kleine Uhr auf dem Nachttisch verriet ihm, dass es fast zwei Uhr morgens war.

Wie lange war es her, seit er zum letzten Mal wirklich gut geschlafen hatte? Er konnte sich nicht erinnern.

»Karl?«, sagte Naomi mit verschlafener Stimme.

»Schon gut, Liebes. Schlaf weiter. Es ist noch früh.« Karl hievte seinen müden Körper aus dem Bett und stand auf.

»Was ist denn?«

»Nichts.« In Wirklichkeit hatte ihm der Albtraum Angst gemacht. »Zu viel getrunken.«

Naomi gähnte.

»Ist ganz sicher nichts?«

»Ganz sicher. Schlaf weiter. Ich geh nach unten und seh mir die Akte eines Kunden durch.« Er beugte sich herunter und küsste sie sanft auf die Stirn.

»Zieh dir was Anständiges an, falls du über Lipstick stolperst. Sie kann nachts immer noch nicht so gut schlafen.«

»Willkommen im verdammten Klub. Ich kann nachts auch nicht so gut schlafen, aber mich hörst du nie jammern. Davon abgesehen, wann zieht sie endlich wieder aus? Ich kann nicht mal mehr nackt rumlaufen und meinen gestählten Körper zur Schau stellen.«

»Daran hättest du denken sollen, bevor du sie hierhergebracht hast.«

»Ich dachte, das war *deine* Idee?«

»Ich liebe dich«, murmelte Naomi. Sekunden später war sie wieder eingeschlafen.

Unten machte er das Licht im Büro an und betrachtete sein Gesicht im Spiegel an der Wand über dem Schreibtisch. Der frische, teils durch Hennessy unterstützte rosige Farbton war verschwunden; er sah hager und niedergeschlagen aus. In der Dunkelheit hinter seinen Augen zog blutunterlaufenes Rot herauf. Die Augen hatten den benommenen Ausdruck eines Mannes, der nicht weiß, wie er hierhergekommen ist.

»Verfluchte Zombieaugen«, murmelte er, machte das Licht aus, schob den Vorhang ein Stück zurück und sah auf die Straße hinaus. Rostiger Regen fiel wie Bindfäden vom stahlgrauen Himmel und verwandelte den festgetretenen Schnee in unansehnlichen Matsch.

Auf Karl wirkte die sich ausdehnende Nacht kalt und tot. Die Straßenlaterne war durchgeschmort, daher kam das einzige Licht auf dem schmalen Kopfsteinpflaster der Hill Street von der Neonreklame schäbiger Straßencafés und einem Nachtklub für jämmerliche alte Männer, die meist zu jugendliche Kleidung trugen und verzweifelt versuchten, sich an etwas zu klammern, das längst der Vergangenheit angehörte.

Als er sich gerade vom Fenster abwandte, sah er den Gegenstand auf dem Schreibtisch: ein wunderschön gefaltetes Origamitier, eine Klapperschlange aus Papier.

»Keine schnellen Bewegungen, Karl«, ertönte eine Stimme.

Karl blieb vollkommen reglos stehen. Im Halbdunkel

spürte er die klaustrophobische Enge seines Büros plötzlich wie zwei Hände, die sich um ihn legten.

»Umdrehen – *langsam*«, lautete der Befehl.

Karl drehte sich *sehr langsam* um und sah einen Mann in der Ecke gegenüberstehen.

»Da rüber, weg vom Fenster. Setzen Sie sich.« Die Stimme klang kalt, hart und solide, wie die Waffe in der Hand des Mannes.

Zu seinem Schrecken sah Karl den aufgeschraubten enormen Schalldämpfer. *Lautloser Mord. Vorsätzlich geplant.* Augenblicklich schlug sein Magen Purzelbäume. Der Brandy schlug in seinem Inneren Wellen wie das aufgewühlte Meer. Er wollte sich übergeben. Er setzte sich.

»Inzwischen würden die meisten Menschen dumme Fragen stellen, Karl. Sie nicht. Das habe ich erwartet. Vermutlich haben Sie so viele Feinde, dass Sie fest mit diesem Tag gerechnet haben.« Der Eindringling schaltete das Bürolicht ein.

In dem grellen Schein sah Karl die vernarbten Gesichtszüge des Mannes. Es sah aus, als litte der Fremde an akuter Leichenstarre. Die Haut wirkte porös und glänzte fahl wie eine Eierschale. Die vorstehenden Lippen sahen wulstig und obszön aus, wie gehäutete Nacktschnecken. Die Augen blickten jedoch herrisch. Stechend blau. Kalt wie der Winter.

Ein Mann, der – mindestens – einen anderen Menschen mühelos mit einer Klaviersaite erdrosseln könnte, dachte Karl.

»Tut mir leid, dass ich Ihnen alle Illusionen nehmen muss, aber ich *werde* eine dumme Frage stellen.« Karl versuchte verzweifelt, mit ruhiger Stimme zu sprechen. »Was genau wollen Sie, Mister …?«

»Peter genügt. Ich bin hier, um reinen Tisch zu machen.«

»Dieses reizende Origamitier soll doch nicht zufällig ich

sein, Peter?«, fragte Karl. »Eine Klapperschlange? Man hat mir in meinem Leben viele Namen gegeben, aber zugegebenermaßen noch niemals Klapperschlange.«

»Betrachten Sie es als Kompliment. Es gibt kein tödlicheres oder kunstfertigeres Geschöpf als eine Klapperschlange, wenn man sie provoziert. Ihre Gegner haben Sie vermutlich nie respektiert, Karl; das ist eines der Geheimnisse hinter Ihrer Langlebigkeit.«

»Und ich dachte, es läge an der Palmolive-Seife und den täglichen Vitaminpillen.«

Karl roch das Rasierwasser des Mannes. Es erinnerte ihn an die Achtzigerjahre.

»Ich weiß einiges über Sie, Karl, Ihre persönlichen Dämonen, die sinnlose Ermordung Ihrer geliebten Mutter. Und ich weiß, Sie können ein Dämon sein, wenn es Ihnen Vorteile bringt. Sogar ein sehr gefährlicher Dämon, und wenn die Toten reden könnten, würden mir zwei tote Detectives gewiss zustimmen. Sie sind nicht der Mann, den man gern auf seiner Fährte haben möchte.«

»Ich habe nicht die Absicht, mich an Ihre Fährte zu heften, falls Sie deswegen hier sind. Ehrlich nicht.«

»Und ich glaube Ihnen ganz ehrlich nicht, Karl. Ich kenne Ihren Charakter. In unserer Zielstrebigkeit sind wir gleich. Sie sind wie ein treuer und gnadenloser Bluthund, der für die Juden arbeitet. Sie *würden* versuchen, sich an meine Fährte zu heften, und vermutlich mit Erfolg. Diese Möglichkeit darf ich nicht zulassen.«

»Sie haben Sarah auf dem Friedhof ermordet, richtig?«

»Ja. Das war leider unvermeidlich.«

»Wie tapfer von Ihnen.«

»Mit Ihrem Sarkasmus vergeuden Sie die wenige Zeit, die Ihnen noch bleibt. Ich gebe Ihnen Zeit, Frieden mit Ihrem Gott zu machen, Karl. Verplempern Sie sie nicht mit kindischen Beleidigungen.«

»Warum machen Sie das? Geld?« Karls Hirn stand in Flammen. Wenn er diesen Irren nur dazu bringen könnte, näher zu kommen, damit er versuchen konnte, ihn zu packen, wie verzweifelt der Versuch auch immer wäre. Vor seinem geistigen Auge sah Karl die dritte Schublade seines Schreibtischs, das ausklappbare Fach mit der Waffe.

»Das Buch wird geschlossen, Karl. Dies ist das letzte Kapitel. Und ich bin bei der letzten Zeile.«

»Darf ein verurteilter Mann wenigstens eine letzte Bitte äußern, Peter?«

Peter schien darüber nachzudenken. »Das ließe sich vermutlich einrichten, sofern es sich um etwas Vernünftiges handelt. Was wollen Sie?«

»Eine letzte Zigarette? Ich habe eine Packung im Schreibtisch.«

»Okay, aber nur eine. Wir haben keine Zeit.«

»Danke«, sagte Karl, der versuchte, nicht zu zittern, als er die dritte Schublade öffnete. Er ertastete die Waffe und packte sie. Im Handumdrehen hatte er sie auf Peters Kopf gerichtet.

»Ausgezeichnet, Karl.« Peter tat so, als würde er applaudieren. »Jetzt wissen Sie, warum ich Ihnen eine Klapperschlange gemacht habe.«

»Ich schätze, ich kann eine Schlange sein, wenn ich will. Warum nehmen Sie jetzt nicht die Waffe runter, Peter? Noch können wir beide lebend aus der Sache rauskommen. Sie gehen zur Tür hinaus. Ich vergesse, dass Sie je hier gewesen sind.«

»Und wenn nicht? Würden Sie mich erschießen, Karl?«

»So muss es nicht enden.«

»Wissen Sie nicht, dass ich unverwundbar bin? Gott hat mich in seine Rüstung gekleidet. Nichts kann mich aufhalten.« Peter richtete die Waffe auf Karls Kopf.

Karl drückte augenblicklich ab.

Nichts.

»Die habe ich rausgenommen, bevor ich sie wieder in ihr Versteck zurückgelegt habe.« Peter griff in die Tasche und zog ein paar Patronen heraus. »Wussten Sie nicht, dass ein heimliches Versteck häufig das offensichtlichste ist?«

»Anscheinend nicht«, sagte Karl, rang sich ein Lächeln ab und spürte, wie sich sein Magen zusammenzog. »Muss ich mir für die Zukunft merken.«

»Zukunft?« Peters Gesicht zuckte, was man als Grinsen hätte interpretieren können, gerade genug, um die Ironie des Wortes zu würdigen. Er trat auf Karl zu und hielt ihm den Schalldämpfer an den Kopf.

Für Karl fühlte er sich wie die Spitze eines Bohrers an. Sofort fingen sein Nacken an zu kribbeln. Plötzlich löste die Berührung der Waffe eine Kettenreaktion in seinem Gehirn aus; Neuronen und Dendriten zündeten willkürlich. Panik setzte ein. Karl erstarrte in Reglosigkeit. Seine Haut brannte. Der Atem stockte ihm. Seine Welt hüllte sich in zunehmende Finsternis.

»Sie spüren rein gar nichts, Karl«, sagte Peter und drückte sanft den Abzug.

Bumm! Eine Explosion, ein trüber Lichtblitz, der vor Karls Augen aufloderte. Es kam ihm vor, als würde er die Kugel im Flug sehen können und ihre Macht spüren, Knochen und Muskeln zu einem bizarren Nichts explodieren zu lassen. Knochensplitter, Fleischfetzen und Hirnmasse spritzten ihm ins Gesicht und in den offenen Mund. Alles spielte sich in Zeitlupe ab. Es war, als würde er seinen Körper verlassen und ins Dunkle stürzen, wie Alice in das Kaninchenloch.

Schwindelig ... so verdammt schwindelig ... Karls Schädel brach entzwei; Schießpulver stach ihm in die Nase. Sein Bewusstsein glich einer makabren Tänzerin, die nach einem Partner sucht, der sie führt.

Jemand stand nicht weit entfernt an der Bürotür. Eine einsame Gestalt, die den Mund auf- und zumachte und Worte stammelte. Es war Lipstick, Arme ausgestreckt, eine rauchende Smith & Wesson in beiden Händen. Sie sah aus, als hätte sie diesen Augenblick in ihrem jungen Leben schon viele Male vor dem Spiegel geübt. Mit ihrem zierlichen Finger drückte sie immer wieder den Abzug.

Klick! Klick! Klick!, sagte die leere Kammer jedes Mal, wenn der Schlagbolzen auftraf.

So schnell alles geschehen war, so schnell wurde es wieder still. Scheinbar eine Ewigkeit lang. Zwischen Karl und Lipstick fand eine Form von Kommunikation statt. Es schien, als würde sich ihre Stimme von den Lippen lösen und als Schrei durch den Raum rasen; ein Schrei, wie Karl ihn den Rest seines Lebens hoffentlich nie wieder hören würde.

Kapitel Zweiunddreißig

No Country for Old Men

> *»Sie können meine Manieren kritisieren. Sie sind ja auch schlecht. Ich habe an langen Winterabenden schon manche Träne darüber vergossen. Aber versuchen Sie nicht, mich ins Kreuzverhör zu nehmen.«*
> Raymond Chandler, *Der große Schlaf*

Detective Harry McCormack stand an der Tür von Karls Büro und mampfte einen Hotdog. Am gegenüberliegenden Fenster sondierte Detective Chambers den Raum wortlos, bedächtig, aber aufmerksam.

Mehrere Schritte von den beiden Detectives entfernt lag Bartletts Leichnam auf dem Boden, seine Beine unnatürlich gespreizt wie nach einem Skiunfall. Er lag mit dem Gesicht nach oben, und seine Arme waren ausgestreckt wie die des gekreuzigten Christus. Die Blutlache unter ihm sah aus wie Supermans berühmtes Cape. Sie war schon teilweise geronnen und schien im trüben, kalten Morgenlicht zu funkeln.

»Sieht so aus, als hätten Sie es endlich geschafft, Kane«, sagte McCormack hämisch. »Sie haben sich total in die Scheiße geritten.«

»Das war eindeutig Notwehr, McCormack. Sogar ein Dünnbrettbohrer wie Sie kann das sehen.«

McCormack kam herüber, stellte sich neben Karl und schlug eine Seite seines Notizbuchs auf.

»Sie behaupten, der Verstorbene wurde gegen halb drei getötet, Kane?«

»Ungefähr um diese Zeit.« Karl roch den Hotdog in McCormacks Atem. Er musste an den Schlachthof und die Wurstmaschine denken. Am liebsten hätte er gekotzt. »Der Schleimbeutel kam mit ganz klaren Absichten hier rein und wollte jemanden abknallen. Dieser Jemand war ich.«

»Es ist fast acht Uhr morgens. Warum haben Sie sich so lange Zeit gelassen, die Polizei zu rufen?«

»Das sagte ich schon. Die junge Frau, Sharon McKeever – Lipstick für ihre Freunde –, war hysterisch. Ich habe den Notarzt gerufen. Ließ sie unverzüglich ins Krankenhaus bringen und –«

»Wo sie jetzt bis unter die Augäpfel mit Beruhigungsmitteln vollgepumpt ist und, auf Anweisung der Ärzte, keine Menschenseele mit ihr reden darf. Ziemlich günstig, dass dieser Doktor ...« McCormack blätterte eine Seite in dem Notizbuch um und überflog die Namen. »... Moore ein alter Zechkumpan von Ihnen ist.«

»Daran ist gar nichts günstig. Das war eben zufällig so.«

»Wollen Sie behaupten, dass McKeever den tödlichen Schuss abgefeuert hat?«

»Ich habe die Nummer ihres Anwalts hier, wenn Sie mit dem reden möchten. Um zu sehen, was er zu sagen hat.«

»Ich kann mir gut vorstellen, was er zu sagen hat.« McCormacks Gesicht lief leicht rötlich an. »Warum haben Sie uns nicht gleich angerufen, als der Krankenwagen mit McKeever weg war, wenn Sie nichts zu verbergen haben?«

»Bis ich mich selbst wieder beruhigt hatte, waren schon

einige Stunden vergangen. Ich habe beim besten Willen nicht daran gedacht, die Keystone Cops zu rufen.«

»Jede Wette.«

»Was zum Teufel soll das heißen?«

»Sie haben geduscht. Warum?«, fragte Chambers, der zum ersten Mal das Wort ergriff, seit er eingetreten war.

»Ich mochte den Geschmack von fremdem Hirn im Mund nicht so gern«, sagte Karl, der den Kopf ein wenig drehte, damit er den jungen Detective ansehen konnte. »Ich wollte nicht blutverschmiert hier auf einem Stuhl sitzen und warten, bis Ihr Liebster kommt und Fotos davon macht.«

»Wollen Sie wissen, wie ich das sehe?«, fragte McCormack.

»Eigentlich nicht, aber ich bin sicher, Sie erzählen es mir trotzdem.«

»Sie beide – vielleicht sogar Sie drei, wenn wir Ihre *andere* Freundin berücksichtigen, die oben rumläuft – haben diese Geschichte über einen bewaffneten Eindringling, der Sie ermorden wollte, frei erfunden.«

»Naomi hatte rein gar nichts damit zu tun.« Karl bemühte sich, ruhig zu bleiben, da er wusste, dass McCormack ihn nur provozieren wollte, damit er etwas Falsches sagte. Aber sein Gehirn war überhitzt und erschwerte ihm das Denken.

»Vielleicht haben Sie recht«, gab McCormack zu. »Vielleicht waren es nur Sie und Ihre kleine Freundin, die versucht haben, einen Freier auszunehmen – vielleicht einen ihrer *Stammkunden*. Der unglückliche Mann wehrte sich, und da hat sie ihn mit einer *illegalen* Feuerwaffe erschossen. Kaltblütig, Kane. Ohne eine Sekunde zu zögern. Wenn es nach mir geht, sind Sie alle wegen Mordes dran.«

»Er wollte *mir* den Kopf wegpusten, Sie dämlicher Schwachkopf.«

»Erzählen Sie das dem Richter. Und beten Sie, dass er Sinn für Humor hat.«

»Die geladene Waffe des Eindringlings liegt hier auf dem Boden, falls Sie es noch nicht bemerkt haben. Mit Schalldämpfer. Kein hundsgewöhnlicher Killer, würden Sie das nicht auch sagen?«

»Vermutlich haben Sie ihn dem Opfer untergeschoben«, fuhr McCormack fort. »Sie scheinen illegale Schusswaffen ja aus dem Nichts herbeizaubern zu können.«

»Was zum Teufel ist das dort auf dem Schreibtisch, was meinen Sie?«

»Das?«, sagte McCormack und zeigte zu dem Gegenstand auf dem Schreibtisch. »Erleuchten Sie mich.«

»Sie wissen verdammt gut, dass es ein Origamitier ist.«

»Und?«

»Versuchen Sie nicht, sich dumm zu stellen, McCormack, obwohl das keiner so gut kann wie Sie. Wir wissen beide, dass der Mörder von Sarah Cohen ein Origamitier als Visitenkarte bei ihr gelassen hat. Ich bin sicher, wenn das da drüben auseinandergefaltet wird, dürfte auch ein Bibelspruch darauf stehen.«

McCormack verzog das Gesicht. »Wenn es stimmt, was Sie sagen – und ich sage nicht, dass es so ist –, wie erklären Sie dann, dass Sie über Informationen verfügen, die der Öffentlichkeit nie zugänglich gemacht wurden?«

Karl sah, dass Chambers auf der anderen Seite des Zimmers plötzlich argwöhnisch dreinblickte, als hätte Karl absichtlich versucht, ihn mit dieser Information reinzureiten.

»Das ist im Augenblick unerheblich«, sagte Karl, der bedauerte, dass er überhaupt mit dem Origami angefangen hatte.

»Vielleicht haben Sie die kleinen Papierfigürchen gemacht, Kane. Vielleicht sind Sie der, nach dem wir die ganze Zeit gesucht haben.«

»Sie sollten wirklich keine Würstchen mehr essen, McCormack. Sie haben ja keine Ahnung, was da alles drin ist. Zerstört die Hirnzellen. Aber wenn ich so darüber nachdenke, kann man diesbezüglich bei Ihnen wohl kaum noch Schaden anrichten.«

»Sie haben Detective Chambers mit diesem ganzen Lee-Marvin-Blödsinn hinters Licht geführt und auf falsche Fährten geschickt, aber mich konnten Sie damit verdammt noch mal nicht täuschen«, sagte McCormack und betrachtete Karl mit blitzenden Augen. »Sie hatten auch etwas mit Laura Flemings Tod zu tun, und das werde ich beweisen.«

»Ich sage nichts mehr, McCormack. Nehmen Sie mich fest oder lassen Sie Ihre Putztruppe antanzen, damit sie diesen Schleimbeutel aus meinem Büro schafft. Und ich will, dass die Uniformierten vor meiner Tür verschwinden. Heute ist der betriebsamste Tag für mein Geschäft.«

»Ich glaube, Sie werden Ihr Geschäft eine ganze Weile nicht mehr ausüben, Kane. Sie haben die längste Zeit Rockford gespielt.« McCormack holte ein Paar Handschellen aus der Tasche. »Wenn ich Sie im Auto habe, wird es mir ein Genuss sein, Sie zu verhören – auf die altmodische Art. Mal sehen, ob Sie dann immer noch so große Töne spucken –«

Plötzlich packte Chambers McCormacks Arm.

»Es gibt keine *altmodische Art*, Detective – nicht mit mir.«

McCormack stieß Chambers zur Wand und drückte ihn dagegen.

»Fassen Sie mich *nie wieder* an, Sie Chorknabe«, zischte McCormack Zentimeter von Chambers' Gesicht entfernt. »Andernfalls schlage ich Sie zu Brei.«

Blitzschnell führte Chambers einen doppelten Karateschlag gegen McCormacks feisten Hals aus. Der vierschrötige Detective taumelte rückwärts und hielt sich stöhnend Hals und Nacken.

Karl sah, was folgen würde. Er bezweifelte, ob Chambers das auch tat.

McCormack stürmte mit gesenktem Kopf, wie ein weidwundes Rhinozeros, auf Chambers los.

Chambers wich geschickt aus, sodass die Wand die ganze Wucht von McCormacks Quadratschädel abbekam. McCormack klappte zusammen und fiel zu Boden.

»Stehen Sie nicht auf, Detective McCormack. Ich will dieses Spiel nicht noch weitertreiben«, sagte Chambers.

Zu Karls Verblüffung rappelte sich McCormack dennoch hoch.

»Oh, wir treiben es weiter, Süßer. Noch verdammt viel weiter, als Sie sich –«

»Detectives!«, brüllte jemand mit lauter Stimme an der Tür. »Was *zum Teufel* geht hier vor?«

McCormack und Chambers blieben beide wie angewurzelt stehen. Karl hatte den Eindruck, als wären sie so erschrocken, dass sie nicht einmal mehr atmeten.

Karl hätte sich nie träumen lassen, dass der Mann, der gebrüllt hatte, jemals sein Büro betreten würde: Mark Wilson.

Bei aller unverkennbaren Wut in Wilsons Stimme beschlich Karl der Verdacht, dass es für seinen Exschwager ein innerer Reichsparteitag war, hier zu sein. Er sah aus, als wäre er so zufrieden wie Gott mit seiner Schöpfung.

»Wir ... wir wollten ...« McCormack fehlten die Worte.

»Detective McCormack ist auf dem Teppich ausgerutscht, Sir«, sagte Chambers, der hastig die Initiative ergriff. »Ich wollte ihm gerade auf die Beine helfen, als –«

»*Helfen* Sie stattdessen lieber, den Leichnam zu bedecken«, befahl Wilson. »Zeigen Sie etwas Respekt den Toten gegenüber.«

»Ja, Sir ...«, murmelte der verschüchterte Chambers.

»Ich gehe davon aus, dass Hicks informiert wurde, Detective McCormack?«

»Ja, Sir. Er müsste jeden Moment hier sein«, sagte McCormack und ging um Wilson herum.

Wilson richtete seinen Torpedoblick direkt auf Karl.

Karl hatte noch nie so viel Freude in den Augen eines Mitmenschen gesehen. Wilson hatte einen Sechser im Lotto und war in den Polizistenhimmel gekommen, und das an ein und demselben Tag.

»Ich will, dass du rausgehst, Kane.«

»Bin ich verhaftet?«

»Geh einfach raus.«

Gerade als Wilson und Karl in den bitterkalten Morgen hinaustraten, traf ein weiteres Team eines lokalen Fernsehsenders ein; jetzt waren es insgesamt vier. Fünf uniformierte Polizisten bemühten sich, eine kleine Gruppe von Schaulustigen wegzuscheuchen.

»Wenn du mit mir reden willst, Wilson, dann nicht hier.«

»Wo?«

»Hier lang«, sagte Karl und ging die Hill Street hinab zum Long Bridge House an der Ecke.

Wilson folgte ihm hastig.

Im erleuchteten Torbogen des Long Bridge House wandte sich Wilson an Karl.

»Dieser Tag hat immer auf dich gewartet, Kane. Ich habe ihn schon lange, lange kommen sehen. Wie jeder andere auch. Außer dir, natürlich.«

»Hast du mich aus meinem Büro geschleift, nur um mir eine Standpauke zu halten?«

»Du bist wie der sprichwörtliche arme Tor in der Ecke, der nie etwas dazulernt und auch gar nichts dazulernen *will*. Vermutlich wandert eine junge Frau jetzt deinetwegen ins Gefängnis.«

»Es war Notwehr. Sie hat mir das Leben gerettet. Wenn ich den Zeitungen meine Version erzähle, dürften sie Lipstick als Heldin feiern.«

»Du machst mich krank, Kane. Du scherst dich nie auch nur einen Scheißdreck um die Leute, denen du mit deinen Kapriolen Schaden zufügst.«

»Liegt dir wirklich das auf der Seele? Oder ist es etwas anderes? Etwas Schlimmeres?«

»Was soll das heißen?«

»Er wusste verdammt viel über mich, dieser Reiter der verfluchten Apokalypse. Diese Informationen muss er von irgendwo haben – oder von *irgendwem*.«

Wilson sah ihn verkniffen an. »Und du glaubst, dieser jemand war *ich*?«

»Du. Einer deiner Männer. Vielleicht McCormack? Vielleicht sogar ein höheres Tier als du. Du hättest doch nichts lieber gesehen als meinen Leichnam da drin, du scheinheiliges Arschloch.«

»Deine Paranoia meldet sich wieder, Kane. Sie zerfrisst dich Stück für Stück. Eines Tages wird sie dir zum Verhängnis.«

»Wenn du nicht vorhast, mich zu verhaften, gehe ich jetzt in mein Büro zurück.« Karl wollte sich abwenden.

»Die junge Frau wird des Mordes angeklagt.«

Karl blieb wie angewurzelt stehen. »Du bluffst.«

»Die drei Dokumente in meiner Tasche sind kein Bluff.

Eines ist ein Haftbefehl für Miss McKeever, die binnen einer Stunde aus dem Krankenhaus entlassen und in Polizeigewahrsam genommen wird.«

Karls Magen sackte ein wenig ab. »Du Arschloch. Sie ist unschuldig.«

»Über ihre Schuld *oder* Unschuld werden Geschworene bestimmen, Kane. Nicht du. Sie dürfte mindestens zwei Jahre in Untersuchungshaft sitzen, bis es zur Verhandlung kommt. Zwei sehr lange Jahre. Dafür sorge ich. Weißt du, was zwei Jahre Untersuchungshaft bei jemandem anrichten können, der geistig so labil ist wie sie?«

»Du bist doch krank. Weil du mich nicht kriegst, lässt du es an einer jungen Frau aus, die kaum zwanzig ist? Wie pervers ist das denn, du feiger Drecksack?«

»Habe ich dich eben sagen hören, dass ich dich nicht kriege? Habe ich es dir noch nicht gesagt? Deine Lizenz als Privatdetektiv wird eingezogen, ab sofort. Das ist das zweite Dokument in meiner Tasche. In deinem Haus wurde eine illegale Schusswaffe benutzt. Das hat eine Suspendierung von Amts wegen zur Folge.«

»Glaubst du, dass ich dich anflehe, Wilson? Ist das dein großer Traum? Dass ich auf den Knien rumrutsche und dir den Schwanz lutsche? *Am Arsch die Räuber.* Ich finde einen anderen Job.«

»Einen anderen Job? In deinem Alter?« Ein Grinsen erhellte Wilsons Gesicht. Er kam ganz dicht an Karl heran. »Was für einen? Drogen? Prostitution?«

»Leck mich.« Karl stieß Wilson aus dem Weg.

»Bist du gar nicht neugierig, was das dritte Dokument ist?«

»Schieb es dir in den Arsch.« Karl ging die Straße entlang.

»Es ist ein Haftbefehl für Naomi.«

Karl blieb wie vom Donner gerührt stehen. Wilsons Worte kamen einem Tritt in die Eier gleich. Er drehte sich um. Starrte Wilson an.

»Das wagst du nicht, du dreckiges Aas.«

»Nicht? Ich bin der Überzeugung, dass sie Informationen verschweigt, die entscheidend für diese Ermittlung sind. Sie wird mindestens wegen Mitwisserschaft angeklagt.«

»Wenn du sie anrührst ... bring ich dich verdammt noch mal um.«

»Wie du Bulldog und Cairns umgebracht hast?«

»Nein, so wie du Phillips umgebracht hast.«

Wilsons linke Wange zuckte nervös. »Ich habe niemanden getötet. Deine Paranoia spielt dir Streiche, Kane. Überall Verschwörungen.«

»Anthony Trollope hat mal gesagt: ›Ich glaube, die größten Schurken sind die, die am häufigsten ihre Ehrlichkeit betonen.‹ Dabei muss er an dich gedacht haben.«

»Ich habe das alles langsam satt.« Wilson nahm ein Handy aus der Tasche. »Ich drücke eine Taste, und Naomi wird beschämenderweise vor den versammelten Reportern in Handschellen abgeführt. Ihre gebrechlichen Eltern unten im Süden dürften es zweifellos in den Abendnachrichten sehen.«

»Nein ... warte ...« Karl ballte die Fäuste hinter dem Rücken; er überlegte, ob er Wilson am Kragen packen sollte.

»Du solltest besser zur Vernunft kommen, Kane, und dir ganz ruhig anhören, was ich zu sagen habe.«

Karl versuchte verzweifelt, den Herzschlag zu beruhigen, der ihm in den Ohren klopfte. Er hatte einen widerlichen, stinkenden Verdacht, wohin dies alles führen würde.

»Okay, Wilson ... ich höre.«

»Ich will die Waffe, die Phillips gestohlen hat. Sie ist Eigentum der Polizei.«

»Eigentum der Polizei?« Fast hätte Karl laut aufgelacht. »So kann man das auch nennen.«

»Du kannst meinetwegen denken, dass ich Harry in eine Falle gelockt habe. Mir ist das inzwischen gleich, aber ich lasse nicht zu, dass irgendwelche Richter und die Presse den guten Ruf der ganzen Truppe in den Dreck ziehen.«

»Ist das alles?«

»Nein. Noch lange nicht. Ich will außerdem die Briefe, die Phillips geschrieben hat, während er depressiv und geistig labil war, und in denen er an den Haaren herbeigezogene und haltlose Anschuldigungen gegen Mitglieder der Polizei vorbringt«, sagte Wilson und griff auf den Blickkontakt zurück, den er in unzähligen Verhören schon angewendet hatte. »Ich will die Originale *und* alle Kopien.«

»Verstehe.« Karl sah die Straße hinauf, dann wieder Wilson an. »Und als Gegenleistung?«

»Verschwinden die Dokumente in meiner Tasche auf rätselhafte Weise. Miss McKeever bleibt im Krankenhaus, bis sie in der Lage ist, sich wegen eines unbedeutenden Vergehens schuldig zu bekennen, du behältst deine Lizenz, und am wichtigsten, Naomi wird nicht in dieses traurige Schlamassel hineingezogen, das du angerichtet hast.«

»Das ist alles gut und schön und prima ausgedacht, hm?« Karl fletschte abfällig die Zähne. »Was ist mit deinen Detectives? Dürften die angesichts deiner dreckigen Winkelzüge nicht misstrauisch werden?«

»Lass das meine Sorge sein.«

»Woher weiß ich, dass du deinen Teil der Vereinbarung einhältst?«

»Du hast mein Wort darauf.«

»*Dein* Wort?« Karl brachte ein kurzes Grinsen zustande. »Bitte entschuldige, wenn mich das nicht völlig überzeugt. Eine Menge Tote vermodern in ihren Gräbern, weil ihnen jemand sein *Wort* gegeben hat. Denen möchte ich nur ungern Gesellschaft leisten.«

»Friss oder stirb, Kane. Ich muss dir schließlich auch vertrauen, und *ich* bin auch nicht hundertprozentig überzeugt.«

Karl schwieg einen Moment und dachte über die Worte seines Exschwagers nach.

»Okay, Wilson, sieht so aus, als hätte ich keine andere Wahl. Ich nehme dein Angebot an – widerwillig, wie ich hinzufügen möchte.«

»Endlich zeigst du ein wenig Vernunft«, sagte Wilson, der sichtlich erleichtert aussah. »Die Gerechtigkeit siegt am Ende immer, wenn man fest daran glaubt.«

»Gerechtigkeit? Ein Jammer, dass du und die anderen Polizisten sich nicht auch so heftig ins Zeug gelegt haben, um die Schleimbeutel, die die Kinder der Cohens in Ballymena ermordet haben, der *Gerechtigkeit* zuzuführen. Stell dir nur vor, wie viele Leben dadurch gerettet worden wären.«

»Sorg nur dafür, dass die Originale und die Waffe mir bis morgen um diese Zeit ausgehändigt werden. Und eines noch.« Wilson kam näher zu Karl und sah ihn stechend an. »Du weißt natürlich, wie zuwider es mir ist, schlimme Wörter zu gebrauchen, aber für dich mache ich eine Ausnahme. Solltest du jemals wieder versuchen, mich zu ficken, dann sorge ich dafür, dass es der letzte Fick deines Lebens war. Habe ich mich klar ausgedrückt?«

»Tut mir leid. Ich habe gerade nicht zugehört. Kannst du das alles noch mal wiederholen?«

»Es wäre besser, du hättest zugehört, du elender kleiner Wurm. Es war mein völliger Ernst.«

»Schlimme Wörter sind wirklich nichts für dich, Mark, sie kommen dir wie rostige Nägel über die Lippen. Vielleicht lässt jemand deinen Bluff auffliegen.«

»Das war kein Bluff. Das nennt man Strategie, und wenn es um Strategie geht, gewinne ich *immer*, Kane. Vergiss das *niemals.*« Wilsons Gesicht wurde giftig. »Wenn es hart auf hart kommt, tue ich, was getan werden muss.«

»Das hört sich an, als würdest du mein Leben bedrohen, Mark.«

»Das kannst du auffassen, wie du willst. Bring einfach alles bis morgen früh Punkt neun Uhr in mein Büro. Komm *nicht* zu spät.«

»Keine Angst, Mark. Du bekommst Phillips' posthumen Brief und die Waffe, die du seiner Meinung nach frisiert hast, damit Harry stirbt. Halt du dich nur an deinen Teil deiner dreckigen kleinen erpresserischen Abmachung und verhafte keine Leute, die, wie du genau weißt, unschuldig sind, nur um mir eins auszuwischen.«

»In dieser Stadt entscheide *ich*, wer unschuldig ist, Kane, nicht du. Und jetzt geh mir aus den Augen.«

Eine Reporterin, die in ein Mikrofon sprach, kam auf Karl und Wilson zu.

»Sieht so aus, als ob du Gesellschaft bekommst, Mark. Schluck lieber den ganzen Mist runter, der dir auf der Zunge liegt. Und eines solltest du stets bedenken: Die Wahrheit ist wie Scheiße. Ziemlich eklig, aber am Ende kommt sie immer raus.«

Bevor Wilson antworten konnte, stürmte die Reporterin zu ihm.

»Chief Inspector?«, sagte die Reporterin. »Was können Sie uns über diesen schrecklichen Vorfall sagen?«

Schlagartig setzte Wilson seine Politikermiene auf.

»Es ist zu früh für Spekulationen, und ich darf mich nicht zu laufenden Ermittlungen äußern.«

»Wir wissen aus zuverlässiger Quelle, dass es sich bei dem Getöteten um den Serienkiller mit den abgehackten Händen handelt. Können Sie unseren Zuschauern das bestätigen?«

Wilson schäumte. »Das ist reine Spekulation. Unbestätigte Gerüchte wie dieses können Ermittlungen gravierend behindern. Es gab nie einen solchen Serienkiller. Die Medien sollten sich hüten …«

Karl sah Wilson und der Reporterin nach, die langsam die Hill Street entlang zu den anderen Medienvertretern schlenderten, und tastete nach dem Handy in der Tasche. Als er gerade die erste Ziffer drücken wollte, hörte er, wie jemand seinen Namen rief.

»Karl!«

»Tom?« Karl schaltete das Telefon hastig aus.

Tom Hicks stieg mit unordentlicher Kleidung und zerzaustem Haar aus einem Auto aus. »Alles klar, Karl?«, fragte der leichenblasse Hicks.

Hicks hörte sich erschüttert an.

»Bestens, Tom. Wenn du je die Stirnhöhlen freikriegen willst, lass dir von jemandem eine Waffe ins Maul stecken. Das wirkt Wunder.« Karl versuchte zu lächeln, doch es gelang ihm nicht.

»Was ist mit Naomi?«

»Die schlägt sich wacker, wie immer.«

»Ich hab's versaut, weil ich dir nicht gesagt habe, dass Taylor, Brown oder Blake des Mordes an den Kindern angeklagt waren.«

»Blödsinn. Woher hättest du es wissen sollen? Die Akten dieser besonders grausigen Tat wurden gelöscht, weil voreingenommene Geschworene sie für *nicht schuldig* befanden.«

»Ich hätte tiefer graben sollen. Ich hätte etwas finden müssen.«

»Du solltest dich nicht selbst ans Kreuz nageln, Tom. In dieser miesen Stadt laufen mehr als genug Drecksäcke mit Hämmern und Nägeln rum, die das an deiner Stelle tun. Glaub mir. Das weiß ich schon ziemlich lange.«

»Danke …«

»Du musst mir nicht danken, aber vor allem darfst du nie wieder so reden. Das ist ein Befehl. Du hast keinen Grund, dich schuldig zu fühlen.«

»Wie wäre es, wenn wir nächste Woche mal in aller Ruhe was trinken gehen? Nur wir zwei.«

»Klingt gut.«

»Es ist lange her, dass wir mal was trinken waren.«

»Ein kleiner Männerabend, so was in der Art?« Jetzt lächelte Karl zum ersten Mal richtig.

»Ja, so was in der Art.«

»Jederzeit gern. Ich ruf dich in den nächsten Tagen an. Wir machen was aus. Bis dahin solltest du besser in mein Büro gehen. Wilson und seine Affenbande treiben sich da mit Reportern rum und verwüsten alles.«

»Was ist mit dir? Kommst du nicht mit?«

»In ein paar Minuten. Ich muss erst einen klaren Kopf bekommen.«

»Okay. Dann sehen wir uns gleich bei dir.« Hicks blickte wieder ernst. »Ich bin froh, dass dir nichts passiert ist.«

»Das weiß ich. Na los. Mach deinen Job. Mir geht es gut.«

Karl sah Hicks nach, der die Straße hinabging, dann drückte er wieder die Tasten seines Telefons. Wenn er seine

Quelle erreichte, würde dies vermutlich einer der wichtigsten Telefonanrufe sein, die er je gemacht hatte.

Kapitel Dreiunddreißig

Der Clou

»Die Dummen vergeben und vergessen nicht; die Naiven vergeben und vergessen; die Weisen vergeben, aber vergessen nicht.«
Thomas Szasz, *The Second Sin*

Karl und Naomi lagen entspannt auf dem Bett, jeder mit einer Zeitung in der Hand, und tranken Kaffee. Im ganzen Schlafzimmer lagen Regenbogenpresse und seriöse Blätter verstreut. Im Radio spielten sie klassische Motown-Hits aus den Siebzigerjahren.

»Kaffee, Marvin Gaye und dicke Zeitungen. Dafür wurde der Sonntagvormittag erfunden«, sagte Karl.

»Ich dachte, der Sonntagvormittag wäre für Sex mit der Frau, die du liebst, erfunden worden?«

»Das auch – wenn ich es zeitlich einrichten kann.« Karl blätterte eine Seite um. »Man hat das Gefühl, dass jeder Scheißartikel von Bartlett handelt. Nach fast einer Woche sollte man meinen, dass die mal Ruhe geben.«

Die Zeitungen berichteten immer noch über den Tod von Peter Bartlett, ehemaliger Captain des Royal Irish Regiment und Killer, der beinahe auch Karl auf seiner Abschussliste gehabt hätte.

Naomi schaute von ihrer Zeitung auf. »In der *Sunday World* steht, dass Bartlett im Irak diente, als drei seiner Kameraden bei einem Bombenanschlag ums Leben kamen und er schrecklich entstellt wurde. Den Ärzten zufolge grenzt es an ein medizinisches Wunder, dass er überlebte.«

»Ich glaube, der Teufel wäre nicht besonders glücklich, wenn man im Zusammenhang mit einem der Seinen das Wort Wunder benutzt, Naomi.«

»Hier steht weiter: ›Er versah seinen Dienst pflichtbewusst und wurde für seine Tapferkeit mit dem Conspicious Gallantry Cross ausgezeichnet. Ein guter und furchtloser Soldat, so einer seiner ehemaligen Captains. Andere behaupten, dass Bartlett eine dunkle Seite hatte, dass er ein Rassist mit Kontakten zur British National Front und zu Paramilitärs in Belfast war. Darüber hinaus hieß es, dass er Gefangene in seiner Obhut wiederholt körperlich und seelisch misshandelte. Vor der Explosion wurde im Fall zweier ermordeter Iraker gegen ihn ermittelt, deren von Kugeln durchsiebte Leichen man am Stadtrand von Bagdad fand. Offenbar fand man in den Taschen der Toten Origamitiere, gemacht aus den Seiten der biblischen Offenbarung.‹«

»Die behaupten, dass hochrangige Offiziere der britischen Armee von Bartletts Verstrickungen in verschiedene andere Todesfälle wussten, nicht nur hier und im Irak, auch in Afghanistan, und dass er *›ein aktives Mitglied‹* des britischen Geheimdienstes war.«

»Ein aktives Mitglied? Was soll das denn heißen?«

»Ein Auftragsmörder. Oder, laienhaft ausgedrückt: Wir haben nichts dagegen, dass du es tust, vorausgesetzt, du bist nicht so dumm und lässt dich erwischen oder plauderst aus dem Nähkästchen. Dann lass dich lieber erschießen. Tote reden nicht.«

»Wie in Spionagethrillern.«

»Mit Betonung auf Thriller. Hier steht, der gute Captain wäre Mitglied einer berüchtigten Einheit namens JFIT – Joint Forward Intelligence Team – gewesen, im logistischen Stützpunkt Schaibah, dreizehn Meilen von Basra, Irak, entfernt. Die Zeitung behauptet, die Mitglieder des JFIT hätten sich aus Militärs, MI5 und Zivilisten zusammengesetzt und ihre Befehle direkt aus London bekommen.«

Naomi blätterte eine Seite der Zeitung um. »Mein Gott, Karl ...«

»Was? Was ist denn jetzt wieder?«

»Dein Name ... man fand ihn auf einer Liste in Bartletts Hotelzimmer.«

»Was? Lass sehen«, sagte Karl und nahm Naomi die Zeitung weg.

»Was steht da?«

»Eine Menge frei erfundener Mist.«

»Lass es mich lesen.« Naomi holte sich die Zeitung zurück.

Karl seufzte. »Das ist gar nichts. Ich wusste schon, dass mein Name auf einer Liste in Bartletts Zimmer stand. Chambers hat mich vor zwei Tagen angerufen und es mir gesagt.«

»*Was?* Warum hast du mir das nicht gesagt?«

»Um zu verhindern, dass du tust, was du gerade machst. Dich grundlos sorgen.«

»Wenn du bloß aufhören würdest, mich beschützen zu wollen. Ich bin ein großes Mädchen.«

»Das kannst du laut sagen, du großes Mädchen, du.«

»Im Ernst, Karl.«

»Okay. In Zukunft erfährst du alle Hiobsbotschaften, die ich erhalte. Warum soll nur ich graue Haare bekommen?«

Naomi las weiter. »Die Namen der Leute, die er ermordete, waren in Rot geschrieben; die er ermorden wollte, in Grün …«

»Gott sei Dank bin ich so grün hinter den Ohren – grüner geht's nicht, andernfalls würden wir diese lächerliche Unterhaltung jetzt nicht führen.«

»Hier steht, Tev Steinways Name stand in Rot darauf. Hast du nicht gesagt, er wäre bei einem Unfall mit Fahrerflucht ums Leben gekommen?«

»Ja, aber Chambers sagte, dass die Polizei mittlerweile Bartlett für den Unfallfahrer hält. Offenbar hatte der kranke Drecksack ziemlich viel Fantasie, wenn es darum ging, sich neue Todesarten für seine Opfer auszudenken.«

»Die Vorstellung, dass er in unserem Haus war …« Naomi erschauerte. »Wenn ich nur daran denke.«

Karl beugte sich zu ihr und küsste sie auf die Wange. »Es ist vorbei – endgültig. Er ist tot.«

Bevor Naomi antworten konnte, brachte das Radio die Mittagsnachrichten.

Die Polizei bestätigte, dass ein Fall von Brandstiftung vor sechs Jahren in Ballymena neu aufgerollt wird. Damals starben drei jüdische Kinder in den Flammen. Es gibt Spekulationen, dass Peter Bartlett, der sogenannte »Hände«-Serienkiller, möglicherweise der Anführer der Bande war, sich dem Zugriff der Polizei jedoch entzog, indem er sich freiwillig in den Irak meldete. Die Polizei spricht von neuen, eindeutigen Indizien. Ein Geschäftsmann soll ihnen bei den Ermittlungen behilflich sein …

»Ein bisschen spät, verdammt«, sagte Karl. »Wie viele Menschen könnten noch am Leben sein, wenn sie die Schleimbeutel gleich von Anfang an hinter Gitter gebracht hätten.«

»Du kannst der Polizei keinen Vorwurf machen, Karl. Es waren die Geschworenen.«

»Die Geschworenen können nur das Blatt spielen, das sie auf die Hand bekommen – von der Polizei.«

Unbestätigten Berichten zufolge soll es sich bei dem Geschäftsmann um Nigel Potts handeln, der unter dem falschen Namen Nelson Roberton lebte. Geld, das im Europa Hotel gefunden wurde, führte zu Potts und Peter Bartlett. Detective Inspector Mark Wilson leitet die Ermittlungen …

»Hast du das gehört, Karl? Wilson leitet die Ermittlungen.«

»Der macht alles für eine Schlagzeile.«

»Bist du nicht ein bisschen hart zu ihm? Wenigstens hat er den Fall wieder aufgerollt, und dank ihm haben sie alle Anklagepunkte gegen Lipstick fallen lassen, sofern sie eine Entziehungskur macht.«

»Sie hat im Leben nie Drogen genommen. Es war nicht nötig, sie in die verdammte Entziehungsklinik zu schicken.«

»Er musste sich irgendwas ausdenken, um die Medien zu beschwichtigen. Ich finde es toll von ihm, dass er sich so weit aus dem Fenster gelehnt hat.«

»Ja, er ist ein toller Hecht.«

»Ich weiß, dass ihr euch nicht besonders grün seid, aber Ehre, wem Ehre gebührt, Karl. Es hätte viel schlimmer enden können, hätte er nicht seinen Einfluss geltend gemacht, um uns allen zu helfen – dich eingeschlossen.«

Karl spürte, wie er rot wurde. Er wollte schreien. Stattdessen atmete er fünf Sekunden ein und dann wieder aus. Zum Glück kühlte sein Gesicht wieder ab.

»Ja, da hast du wohl recht, Naomi. Wenn ich ihn das nächste Mal sehe, nehme ich ihn ganz fest in den Arm.«

»Gott sei Dank war Lipstick da«, sagte Naomi und hielt zärtlich Karls Hand. »Ich will gar nicht daran denken, was passiert wäre, wäre sie nicht bei uns gewesen. Sie war so tapfer. Ich frage mich immer wieder, hätte ich den Mumm aufgebracht und abgedrückt?«

»Du wärst überrascht, wozu wir fähig sind, wenn wir keine andere Wahl haben.«

Naomi stand vom Bett auf. »Ich gehe duschen. Und danach möchte ich Lipstick besuchen.«

»Lass dich nicht von falschen Schuldgefühlen beherrschen, mein kleiner Engel. Wir haben sie diese Woche jeden Tag besucht. Und wenn sie dort raus ist, wird sie gut versorgt.«

»Kommst du mit?«

»Ich bin auch von falschen Schuldgefühlen beherrscht. Natürlich komme ich mit. Aber zuerst muss ich noch rasch nach unten. Was im Computer nachsehen.«

»Mach nicht zu lange. Du musst mir den Rücken schrubben.«

»Nur, wenn du mir die Vorderseite schrubbst.«

»Abgemacht.« Naomi kicherte. »Beeil dich.«

Unten schaltete Karl den Computer ein, wartete, bis er hochgefahren war, und legte eine DVD ein. Er betrachtete den Monitor und staunte, wie scharf das Bild war, dann drehte er den Ton lauter.

»Großartig ...«, sagte er fünf Minuten später euphorisch und gab eine Nummer in sein Handy ein.

»Hm?« Die Stimme klang verschlafen.

»Richard? Karl. Das ist super, Kumpel. Perfekt. Ich musste fast weinen.«

»Karl? Oh ... gut. Freut mich, dass ich dir helfen konnte. Ich war irgendwie besorgt, als du heute Morgen angerufen hast. Du hast dich angehört, als wärst du vollkommen durch den Wind. Ist natürlich verständlich, nachdem dieser Spinner versucht hat, dich zu töten. Mann, du führst vielleicht ein irres Leben. Kein Wunder, dass du keine Drogen nimmst. Die brauchst du wirklich nicht, Mann.«

»Ich werde dir nie vergessen, was du für mich getan hast.«

»Das war doch ein Klacks. Dir helfe ich immer gern. Kann ich jetzt weiterschlafen? Ich hasse Montage.«

»Es ist Sonntag.«

»Die auch.«

»Ich brauche vermutlich ein paar Kopien davon, für die Nachwelt.« *Und um Kapital daraus zu schlagen.*

»Die bekommst du Mitte der Woche. Klingt das gut?«

»Ich stehe in deiner Schuld – gewaltig. Wenn ich was für dich tun kann, sag es einfach.«

»Echt?« Richard schwieg ein paar Sekunden. »Wie wär's damit, dass du mir *Detective Comics* Nummer siebenundzwanzig kaufst?«

»Einen Comic? *Einen Scheißcomic?* Ich kauf dir hundert davon! Was? Warum lachst du?«

»*Detective Comics* Nummer siebenundzwanzig ist der erste Auftritt von Batman.«

»Und?«

»Das kostet rund eine halbe Million Dollar – wenn man ein gut erhaltenes Exemplar auftreiben kann.«

»Eine verdammte halbe Million? Scheiße, ich arbeite in der falschen Branche.«

»Mach dir keinen Kopf.« Richard lachte. »Ich denke mir was anderes aus. Gute Nacht.«

»Wir haben –« Richard legte auf. »... Nachmittag.«

In dem stillen Raum sah sich Karl das Video noch einmal an, das vor ihm auf dem Monitor ablief. Modernste Technologie machte die Nacht zum Tage und zeigte sie in den leuchtendsten Farben.

Er sah sich und Wilson im beleuchteten Torbogen des

Long Bridge House stehen. Er musste zugeben, dass er schrecklich übernächtigt aussah, aber die Tatsache, dass Wilson noch schlimmer aussah, war ihm ein Trost.

Wilson redete: *Sorg nur dafür, dass die Originale und die Waffe mir bis morgen um diese Zeit ausgehändigt werden. Und eines noch. Du weißt natürlich, wie zuwider es mir ist, schlimme Wörter zu gebrauchen, aber für dich mache ich eine Ausnahme. Solltest du jemals wieder versuchen, mich zu ficken, dann sorge ich dafür, dass es der letzte Fick deines Lebens war. Habe ich mich klar ausgedrückt?*

Tut mir leid. Ich habe gerade nicht zugehört. Kannst du das alles noch mal wiederholen?

Es wäre besser, du hättest zugehört, du elender kleiner Wurm. Es war mein völliger Ernst.

Schlimme Wörter sind wirklich nichts für dich, Mark, sie kommen dir wie rostige Nägel über die Lippen. Vielleicht lässt jemand deinen Bluff auffliegen.

Das war kein Bluff. Das nennt man Strategie, und wenn es um Strategie geht, gewinne ich immer, *Kane. Vergiss das* niemals. *Wenn es hart auf hart kommt, tue ich, was getan werden muss.*

Das hört sich an, als würdest du mein Leben bedrohen, Mark.

Das kannst du auffassen, wie du willst. Bring einfach alles bis morgen früh Punkt neun Uhr in mein Büro. Komm nicht *zu spät.*

»Karl!«, rief Naomi.

»Was?«

»Die Dusche ist frei. Beeil dich!«

»Okay. Komme.«

Karl öffnete das Laufwerk und nahm die warme Scheibe heraus. Er griff sich einen schwarzen Filzstift und schrieb »Strategie« auf die DVD, bevor er sie in eine schützende Hülle steckte.

Er lächelte, dann machte er sich auf den Weg nach oben.

Dank

Danken möchte ich allen bei The O'Brien Press für ihre harte Arbeit, um dieses Buch auf den Weg zu bringen. Mary Webb für ihren Rat und ihr waches Auge; Emma Byrne für das Original-Cover; Ruth Heneghan für die ausgezeichnete Öffentlichkeitsarbeit und Brenda Boyne vom Vertrieb. Und natürlich allen hinter den Kulissen, nicht zu vergessen Michael O'Brien.

MIX
Papier aus verantwortungsvollen Quellen
FSC® C083411
www.fsc.org

Deutsche Erstausgabe
1. Auflage

Die Originalausgabe erschien 2012 unter dem Titel
The Dead of Winter bei Brandon, Dingle

Aus dem Englischen von Joachim Körber
Umschlaggestaltung: Zero Werbeagentur, München
Umschlagillustration: FinePic®, München
Satz: Pinkuin Satz und Datentechnik, Berlin
Druck und Bindung: CPI – Clausen & Bosse, Leck
Printed in Germany 2014
ISBN 978-3-85535-512-9

www.atrium-verlag.com